恩寵の旅路　時の中洲で

恩寵の旅路

—時の中洲で—

長倉久子著

知泉書館

目　次

I　ストラスブール

Ⅱ　世界のどこかで

Ⅲ　私の研究

目　次

恩寵の旅路　時の中洲で

Ⅰ　ストラスブール

イヴォンヌ　1

ストラスブールへ

一九七一年の十月の半ば、その日は一日中小雨が降り続いていた。

「お母さん、遅くなるわ。もう帰った方がいいと思うけど」

「そうね。新幹線がなくなると困るから、そろそろ帰りましょうか。……じゃあ、元気で行ってらっしゃい」

笑顔の美しい母が、飛び切り美しい笑顔で手を振って、名残り惜しそうに帰っていった。

それからしばらくしてアナウンスがあった。そして、ようよう、小雨のしとしと降る中を、フランス政府がアジアの留学生用に差し向けたエール・フランス機は、真夜中の羽田空港を飛び立って行った。

翌朝七時、北廻りの飛行機は、十八時間の飛行を終わって、静かなオルリー空港に降り立った。

驚いたことに、早朝にもかかわらず、以前京都を案内した識《し》り合いのパリジェンヌが、私の名前を大きく書いた紙を広げて迎えに出てくれている。

しかし、パリの滞在は僅か数時間で、昼にはもう東駅まで留学生用のバスで送られて、目的地のストラスブールに向かうことになった。一行は韓国人一人と、私をいれて日本人二人。その韓国人もナンシーで降りていった。

ロレーヌ地方の首都ナンシーをすぎると、相も変わらず牧草地と小さな木立が続いている。そののどかな風景も次第に静かな闇に包まれていった。

列車が終着駅のストラスブールに到着した時、あたりはもう深い闇の中にあった。重い扉が開けられると人影のまばらなプラットホームが弱々しい灯に照らされて侘びし気に横たわっている。重い荷物を持って手すりにすがりながら列車を降りようとすると、暗い中から、アジア人らしい顔が三つ、ぬっと現われて、重い荷物を持って降ろしてくれる。それは、以前ここに留学していた先輩の計らいで迎えに出てくれた日本人留学生たちだった。

その夜は、ホテルに泊まり、翌朝から下宿探しをすることになった。迎えに出てくれた日本人留学生の方々に助けていただいて、幸い三日目に、寮に一室を見つけることができた。少し遠いのと、風情のない地区にあるのが残念だけど、もう新学年の始まるところだし、「住居を求む」と新聞広告を出してさえ数か月間もホテル住まいを余儀なくされる留学生たちがいることを思えば、ぜいたくは言えない。私はひとまずここに落ち着くことにした。

お世話になることになった寮は、交通量が多く少々ほこりっぽい感じのする地区にあって、イタリア人の出稼ぎ労働者とその家族たちのために建てられた小さな教会の二階にあった。一階には聖堂とイタリア人神父ドン・ピエトロの執務室があり、二階にはドン・ピエトロとその母上の住居と、寄宿者のための八つの部屋、そして共同の台所とトイレがある。

寄宿人は私の他はみなフランス人で、二十代・三十代の女性たちだった。近くに病院があることもあって、彼女たちのほとんどが看護婦さんという。私は、さっそく彼女たちに混じって自炊することになった。

夕の七時になると、病院勤めから戻った看護婦さんたちは、その日の出来事を話し合ったり愚痴を言い合ったりしながら、夕食の準備にかかる。彼女たちの食卓はたいていは野菜スープにチーズとバゲットという質素なものだった。フランス人は美食家だと聞いていたのに、普段の食事は慎ましい。そのことに気づくと、気が楽になった。私は初めて触れるフランス人――といっても、彼女たちはアルザス人だった――の生活を大いに関心をもって眺めていた。そして彼女たちもまた、無関心を装いながら、その実、興味津々に私のすることを観察しているようだった。

出会い

一週間ほど経った日の夕、いつものように食事を準備していると彼女たちの中では年配格のアンヌ・マリが私に言った。「明日の夕食は一緒にどう?」日本で習ったフランス語は丁寧な表現ばかりだったので、親しい言葉で話しかけられて面喰らった。しばらく頭の中で動詞の変化を繰り返して、ようよう親しい言葉遣いを見つけると、やっとのことで返事をした。そんな私を彼女たちは、不思議そうに、もどかしそうに見詰めていた。

翌日の夕、ダイニング・キッチンに入ると、いつもの簡素な食卓とは違って、とりが一羽丸ごと照り焼きにされてテーブルを飾っていた。初めての豪華なフランスの食卓である。しかし、残念なことに、慌ただしく日本を立って以来休む暇なしで、すっかり疲れ果て、せっかくの初めてのフランス料理もあまりのどに通らない。「すみません、疲れているので胃の調子が悪いのです」と、言い訳をして早々に自室に引っ込んだ。

しばらくすると、こつこつとドアを叩く控えめな小さな音がした。扉を開くと廊下に、すらりとして背の高い二十四、五歳の女性が立っている。「あなたの隣の部屋に住んでいます。さっき胃の調子がよくないとおっしゃっていたので、薬をお持ちしました」と、彼女は小声で恥かし気に、かなりの早口で言う。「ありがとう」と言って薬を受け取ると、彼女は満足げに、「何かあったら遠慮なくおっしゃって下さい。私は看護婦ですから」と言って自室に戻って行った。

こうして私はイヴォンヌと識り合った。

住居の方が一応落ち着くと、今度は大学の手続きに忙しい一週間を過ごすことになった。留学生課の女性は、私が遠い東のはずれの国から来たことなどお構いなしに、猛スピードで打つタイプライターのような勢いで喋る。遠くからやって来たのは私の責任だから仕方がないとしても、もう少しゆっくりと話してくれてもよいのに、と内心不満に思っていると、「じゃ、ここに書類がありますから」と言って、私に分厚い書類を渡すなり、くるりと背を向けて、さっさと次の仕事に移ってしまった。

話には聞いてはいたけれど、すべてこんな調子なのかな、とちょっぴり意気消沈して書類を抱えて寮に戻った。そして、辞書を引き引きして、煩雑な手続きをなんとか済ませた。

アルザスの村で

週末になると、寄宿の看護婦さんたちは、近隣の田舎の両親の家に帰っていく。個人主義のお国柄なのに、家族をとても大切にするフランス人の習慣らしい。一人残された私は、日曜日の朝、イタリア人たちのにぎやかなミサに与った。そして、午後になると、ドン・ピエトロは、私を連れてアルザスの村々のイタリア人たちを訪れてミサを捧げた。ミサが終わると素朴な会衆に向かってドン・ピエトロは、鼻にかかった独特の声を張り上げ、イタリア人らしい大袈裟な調子で、遠い東のはずれにある日出ずる国日本からはるばる勉強にやって来た感心な女性だ、と私を紹介するので、私は面映ゆい気持ちで会衆に挨拶する羽目になった。聖堂を出ると、前庭に集まって人々はしばらく歓談し、やがて三々五々、散っていく。会衆が去ってしまうと、ドン・ピエトロは、私を伴って招待のあった村のイタリア人の家族を訪れた。

出稼ぎのイタリア人たちは、それぞれに苦労して異国の生活を送っているようだった。初めて訪れたのは、村はずれにある、主人が鉄工所に勤める一家だった。賑やかな出迎えを受けて私は面喰らった。彼らは、両親も、中学生くらいの姉弟も、みんなお相撲さんのように太っている。間もなく食事になり、大皿に盛られた料理が次から次に出てくる。そして彼らは、気持ちが悪くなるほど、次から次へと大皿の料理を平らげていく。

「マドモアゼル、次の料理はラパンですよ」とドン・ピエトロが私に言う。

ラパンという言葉に私は驚いてしばらく沈黙した。まさか、と思っていると、「これですよ」

とドン・ピエトロは両耳に手をやり兎の格好をして、いたずらっぽく笑う。

「もうこれ以上食べられませんから」と、兎を食べてみる勇気のない私は、体よく断わった。

食事が終わりに近づいた頃、十二、三歳の息子が言った。「父さんの仕事はとても危険なんだよ」その言葉に傍らにいた姉が相槌を打って言った。「そうなのよ」すると、私に向かって「これを見て下さい」と主人は、シャツの裾をめくって大きなお腹を出し、あちこちにあるやけどの跡を指で差して見せた。「毎日灼熱の中で仕事をしているんだから、煉獄（死後、天国に行く前に生前の罪滅ぼしをするところ）の火はさぞかし涼しいでしょうよ」と、ドン・ピエトロが冗談めかして言い、へっへっへっと笑うと、皆が一斉にどっと笑い声をあげた。

食事が済むと、彼らは、怒鳴るような大声をあげ、巨体を揺らして、オオソレミオや帰れソレントへなどなど、聞きなれたイタリア民謡を、調子外れに次から次へと歌い続ける。そうして夜が更けていった。

冬に向かう

月曜日の夕べ、台所でイヴォンヌに会った。彼女は頬を赤らめて、例の恥かし気な早口で、「パパがあなたによろしくって」と言う。私は少しずつイヴォンヌと親しくなっていった。そして何時しか毎晩二人で夕食を準備するようになった。「ちょっと、お玉じゃくしを取ってちょうだい」「え?」「ほら、そこにあるでしょ、それよ」抽象的な難しい単語はたくさん知っていても、その日その日の生活に必要な単語をほとんど知らない私に、お鍋にフライパン、お玉じゃくしにフライ返し、などなどと、彼女は忍耐強く教えてくれる。

月曜日、週末の帰省から帰ってきたイヴォンヌは、「パパがあなたに早く会いたいって言っているわ」と言う。彼女はよほどお父さん子なのだろう。

十月中は秋晴れの美しい天候に恵まれ、私は初めてみる異国の風物に目を見張りながら、憧れの地に居る喜びを噛みしめていた。しかし、十一月も半ばになると、太陽は顔を隠し、空はどんよりと低く垂れ込め、日照時間がどんどん短くなっていった。それは初めて迎える北ヨーロッパの長く陰鬱な冬の始まりだった。朝、大学に出かける時、外はまだ暗い。その上ライン川からのぼってくる霧が立ち込めて、十時頃まで視界を遮る。やっと霧が晴れても太陽は、空いっぱいに広がった幾重もの雲の彼方にあって、一日中、街は曇り空の下に閉じ込められる。そして午後四時ともなると、もうすっかり夕べの帳《とばり》が下りてしまうのだ。私は初めての土地で勝手がわからないこともあって、それから三か月もの間、まるで闇の中を手探りで動き廻っているように感じる毎日だった。

天気の良い間は風物に目を奪われていたけれど、冬の季節の到来とともに、人々との出会いや生活に関心が向かっていった。そして私は少しずつ友を得ていった。

初めてのノエル

十二月に入ると、街はノエル（クリスマス）の準備を始める。市の中心地にあるブログリ広場には、凍てつく寒空の下に、ストラスブールの名物「プチ・ジェズ（幼子イエス）の市」が立つ。広場はイルミネーションで美しく飾られ、彩とりどりの光の下には、綿菓子屋やクロック・ムッシューなどを売る食べ物屋や、クリスマスの飾り付け用品を売る店が並び、ペール・ノエル（サンタクロース）に扮したおじさんが、愛敬を振り撒いている。しかし、日本のように、スピーカーでクリスマスソングをやかましく流すこともなく、暗く静かな中に、その一角だけがぽっかりと虹のような光に包まれて、詩情豊かな空間となっていた。たくさん並ぶ屋台の店頭の中でもとりわけ印象的なのは幼子イエスの馬小舎を飾るサントンジュ（陶器の人形たち）を売る店と、絵入りの大きなローソクを売る店だった。人形もローソクもどちらも手作りの作品で、ローソクの中には目を見張るほど立派な芸術作品とでも言いたくなるものがたくさんあった。

やがてクリスマスが目前にやってきた。私はイヴォンヌに招かれて、フランスで迎える最初のクリスマスは、ウィッサンブールの彼女の家で過ごすことになった。二十三日の午後、勤めを終えた彼女とともに電車に乗り、雪のちらちら舞う中を白いかもめが飛び交っている野原を走り抜けて、ウィッサンブールに向かった。

一八七〇年、普仏戦争で、血みどろの戦場となったウィッサンブールは、今は静かで平和な町だった。閑散とした小さな駅を出ると、澄んだ水の流れる美しい小川がある。そこに架かった苔蒸した石橋を渡ると小さな広場があり、そこから古い街並みが続いていた。そして、その広場の一角にある建物の二階に、イヴォンヌの父の慎ましいアパルトマンがあった。

いそいそと彼女は階段を登り、入り口のベルを押した。ほどなくして扉が開いた。そして、そこには五十がらみの、中背でがっしりした体つきの男性がエプロン姿で立っていた。

「やあ、いらっしゃい。さあさあおはいり」と眼鏡の奥の小さな眼をいっぱいに見開いて、エプロン姿のおじさんは私たちを中に招き入れた。それがイヴォンヌの父のオリヴィエ氏だった。

イヴォンヌとアンブラッセを済ませたオリヴィエ氏は、「娘からあなたのことを聞いていましたよ」と言って、人懐っこい笑顔を見せ、大きな手を差し出して握手を求めてきた。分厚い手を握るとじんとして温かみが伝わってきた。

ほどなく夕食になった。心の籠もったオリヴィエ氏の手料理が次々と運ばれてくる。オリヴィエ氏は、私が初対面の遠来の客であることに特別注意を払っている様子もなく、何かもう古くからの識り合いでもあるかのように、人々がよくするおきまりの質問などすることはなかった。そして父と娘は、取り止めもなく一週間の出来事を話したり、世間話をしたりして、会話はいつ果てるとも知れなかった。時々オリヴィエ氏がおもしろいことを言い、イヴォンヌがいたずらっぽく笑い声を立てた。

フランス特有の長い夕食で疲れた私は、先に失礼することにした。寝室に私を導いていくとイヴォンヌは、「ここは、あなたのお家なのよ。だから気楽にゆっくり休んでちょうだい」と言う。そしてその夜、私は、フランス到着以来、初めてゆったりとした気分でぐっすり眠った。

翌朝の朝食もまた、ゆっくりと長い時間をかけて済ませた。そして十時頃になってやっと翌日のクリスマスの準備を始めることになった。

朝食の後片づけをしながら、昨夜以来気になっていたことをイヴォンヌに尋ねた。

「お母さんは亡くなったの？」

イヴォンヌの顔は少し悲し気に曇った。

「ライン川の向こう側に住んでいるわ。でも私は母の顔を知らないの。私が乳飲み子の時に逃げていったのよ」そして、淋し気な中に憎しみとも軽蔑ともつかない調子を籠めて言い放った。

「母は、ドイツ女よ」

片付けが済むと、イヴォンヌの買物にお伴することになった。暖かなアパルトマンを出ると、外は冷気に包まれた静かな冬の街だった。

道すがら、イヴォンヌは、観光ガイドのように町の説明をしてくれる。そして、町の広場の一角にある十五世紀半ばに建てられたという独特の形をした塩屋の横を通って、姉のソランジュのアパルトマンに私を案内した。

ソランジュの家もまた慎ましいものだった。しかし、そこには、夫のクロードと五歳になる娘のナタリーと、そして三歳の息子のイヴァンとの四人家族の温かな家庭があった。小声で早口で恥かしそうに話すイヴォンヌと違って、姉のソランジュは、大柄で快活で堂々として、一家の主婦としての自信に満ちている。

ソランジュ一家の訪問を終えると、次はローズおばさんを訪れることになった。ローズおばさんは、ソランジュとイヴォンヌが通った学校の近くの、細い通りの一隅に住んでいた。おばさんのアパルトマンは、木造の古い田舎家のような建物の二階にある。細く急な階段を上がると、独り住いのおばさんの住居は、小さな寝室と、小さな台所と、そして小さな居間から成っていた。しかし、おばさんは、アルザスの人々がよくするように、鉢にベゴニヤやゼラニウムの花を植えて小さなヴェランダに並べ、居間や寝室には額に入れた絵を飾って、ロマンチックな小さな空間を創り出していた。私たちを迎えてくれたおばさんは、一四〇センチくらいの小柄な人で、日本の田舎のおばあさんのような感じがする。独身のローズおばさんは、母を知らない姪を可愛がっているのだろう。太って背の低いおばさんが、すらりとして背の高いイヴォンヌを、つま先立ってアンブラッセしようとする。イヴォンヌは腰を低くし、背をまるめる。二人の様子は、何とも言えず微笑ましかった。おばさんは、何やら呟《つぶや》くように言いながら、私もアンブラッセした。私がけげんそうな顔をすると、イヴォンヌが「貴方に会えて、とても嬉しいって」と通訳してくれた。

ローズおばさんは、アルザス地方がドイツ領だった時代に教育を受けたため、ドイツ語のなまったアルザス語しか話せなかったのだ。

ローズおばさんへの挨拶が済むと、今にも雪が降り出しそうな寒空の下を、商店街に向かった。お店には、クリスマスの準備の買物客が五、六人いたが、街はしっとりと落ち着いていて、雑踏もなく、うるさいクリスマス・ミュージックも流れてはいなかった。私たちは、肉屋さんと八百屋さんに寄って家に戻った。

今度はイヴォンヌの料理で昼食を済ませると、イヴォンヌは私におどけるように楽しそうに言った。「今日は、あなたもナタリーやイヴァン同様に子どもよ。だから居間にはミサが終わるまで入室禁止」

それは、プチ・ジェズ（幼子イエス）の贈物がサパン・ド・ノエル（クリスマス・ツリー）の下に届くからだった。

少し午睡をした後、午後はイヴォンヌの料理を手伝ったり、再び買物に出たりして過ぎていった。クロードとソランジュもまたプチ・ジェズの贈物を準備しているのだろう。夕方になると、二人に頼まれて、イヴォンヌと私は、ナタリーとイヴァンを散歩に連れ出すことになった。戸外は既に真っ暗だった。私たちはマントに身を包んで静まりかえった通りを、ナタリーとイヴァンを中にして横に一列に並んで石畳を踏みしめ踏みしめして歩いた。通りはところどころにイルミネーションが灯され、闇の中にぽっかりと明るい幻想的な空間となっている。

恐らくどの家庭でも、幼子イエスの贈物と、明日の御馳走の準備をしているのだろう。行き交う人はない。暗い通りには雪がひらひらと舞い降りてきた。

街の中心に向かうと、十三世紀建立のゴシックの大きな教会堂が、黒々とうずくまっている。そして広場は淡い煙るような光につつまれ、大きなサパン・ド・ノエルがイルミネーションで飾られていた。

四人で、暗い通りを歩いていた時、急にイヴォンヌが立ち止まった。そして爪先立つようにして背を伸ばし、耳に手をあてて言った。「ナタリー、イヴァン、耳を澄ませてごらん。ほら雪の落ちてくる音が聞こえるよ」私も立ち止まって、二人の子どもたちと耳をそばだてた。あたりはしんと静まりかえって、ほんとうに雪の降る音が今にも聞こえてくるかのようだ。

真夜中になると、オリヴィエ氏はイヴォンヌと私を伴ってミサに出かけた。先ほど通った時には、真っ暗闇だった教会堂に灯火が明るく灯っていた。入口の扉を開けると、堂内は既に人々でいっぱいだった。ふだん教会にあまり行かない人々も、この日だけは熱心にミサに与るのだろう。そして、ミサを捧げる司祭も、この日のために特別に説教を準備したのだろう。司祭は、力を籠めて長い長い説教をした。

ミサを了えて家に戻ると、私は居間に招き入れられた。そこには美しくテーブルが整えられ、片すみの二メートル近い鉢植えの杉の木は銀のモールで飾られている。そして、その下には、幼子イエスの贈物が並んでいた。「クリスマスおめでとう」と互いにアンブラッセをすると贈物を開いた。イヴォンヌには、自転車に付けるカバンが、そして私には、サン＝テグジュペリの『星の王子さま』のレコードが、プチ・ジェズの贈物だった。ジェラール・フィリップの読む『星の王子さま』のレコードは日本にいた時から欲しかったものだ。その贈物は、オリヴィエ氏の思いつきだったのか、それともイヴォンヌの思いつきだったのか、私は知らない。

翌日のクリスマスの祝日は、一日中、食べて話して過ぎていった。イヴォンヌが、週末ごとに少しずつ準備したクッキーを食べながら、オリヴィエ氏とイヴォンヌは、クリスマスの説教の批評をしたり、主任司祭の悪口を言ったり……フランス人の好きなおしゃべりがいつ終わるともなく続いていた。

ウィッサンブールの週末

ヨーロッパではお正月を特別に祝わない。短い休みを終えて、一月二日からもう授業が始まった。そして、私にとって初めての長い辛い冬の間、私は何度かイヴォンヌに連れられてウィッサンブールの家で週末を過ごした。私たちは、粉雪の舞う中をナタリーとイヴァンにそりすべりをして遊ばせ、雪の止んだ時には、カメラ好きのオリヴィエ氏と一緒に、カメラをもって散歩に出かけた。

ある日のこと、イヴォンヌが台所で食事の準備をしていた時、居間にいた私にオリヴィエ氏が尋ねた。「イヴォンヌのことをどう思いますか」「とってもすばらしいお友だちです」と答えると、オリヴィエ氏は顔をほころばせ、そうだろうとばかりに頷いて、「イヴォンヌは私の宝なんですよ」と嬉しさを隠しきれない様子で言った。そして語りはじめた。

「妻に逃げられてから、二人の娘を育てるのに私はどんなに苦労したことか……。母親の役までするというのは男にとってはほんとうに辛いことですよ。仕事から疲れて帰って、二人のために時間を使わなければならなかった……。私に信仰がなかったら、とてもやってはこられなかった……」

それから遠くを振り返るように言った。

「私は若い時、神父になるつもりで神学校に入ったんです。けど途中で病気になってやめました。あの時、忍耐が足りなかったんです……」

まるで長年の知人に対するように、また昔を回想して独りごつように語るオリヴィエ氏の中には、理想の追求に挫折し、現実との葛藤に悩む人の姿があった。

食事の片付けをイヴォンヌとしていると、「パパは、亡くなったおじいさんをとても尊敬しているの。おじいさんは、子どもたちが大人になり、おばあさんが亡くなると、神学校に入って司祭になったの。もうその時、七十歳だったのよ」とイヴォンヌが言う。

それから、一息入れるようにして、「幼い時、私は人が怖くて、人前に出るのがいやだった。パパが私をソランジュと一緒にガール・スカウトに入れたわ。それで少しずつ、人が怖くなくなったけど」と言った。

「ソランジュは、外向的のようだけど、あなたは内向的なのね」と言うと、
「ええ……。それに、ソランジュにはいい主人がいるわ」と彼女は声を落として答えた。

三月になった。太陽が厚い雲の彼方に去って暗くどんよりとした陰鬱な日ばかりだった長い冬も、もう終わりに近づいていた。大気が微《かす》かに明るみを帯びると、こわばっていた人々の顔が和らぎ、行き交う人々の挨拶に笑みがこぼれた。復活祭の喜びがもうすぐそこにきていた。
「ほらペルス・ネージュよ」と、イヴォンヌが路地に咲いている小さな花を指して教えてくれた。ペルス・ネージュ……雪を突き破って咲く白い花……それは、寒い冬にじっと耐えて、真っ先に、間近な春の訪れを告げる素朴で可憐な花……長い長い冬の間、暖かな雪の絨緞に護られて、秘かに、花開く日を準備する雪の花。

三月も末になると、アルザス地方は一挙に早春の雰囲気に包まれた。村々に桃や梅の花が咲きみだれ、ライン川の岸辺には木蓮の白い花が澄んだ青い空に向かって開いている。私は、土曜日の午後になるとまたイヴォンヌの家を訪れ、オリヴィエ氏と三人で雪解けの道を通って小さな湖や古い砦の跡を散策した。そして日曜日の午後、イヴォンヌの手作りのジャムやクッキーをいただいて、バスでひとり、ストラスブールに戻っていった。

四季

復活祭。それは生命の甦りだった。永い冬の間じっと息を潜めていた草木が、一時に息を吹き返したように、一斉に花開き、大自然に生命が満ち溢れた。澄んだ温もりのある大気に包まれて万象が輝き、百花繚乱の中で人々の顔が喜びに踊っている。

復活祭が過ぎると、もう大学暦は一年の終わりに近づいていた。その頃、時々遊びに行っていた神学校のディレクターから、部屋が数か月間空くからよかったら来ないか、という誘いを受けた。それはシュバイツァーゆかりの神学校で、美しいイル川沿いの風光明媚な地区にあり、中心市街地にも近く大学からは歩いて二十分ほどのところにある。それまでお世話になっていた寮は少し遠かったし、通りの交通量が多くて落ち着かない。そのうえドン・ピエトロがわざわざイタリアから取り寄せたという美しいタイルを敷きつめた部屋は、木の感触に慣れ育った私の神経をとても疲れさせていた。親切にしていただき、友人もできて安心して過ごしていた環境を去るのは、名残り惜しい気もしたが、思い切って引っ越すことにした。

そのことを告げると、ドン・ピエトロは不機嫌になり、ドン・ピエトロの母上は、「イヴォンヌが淋しがるでしょうね」と非難の気持ちを籠めて言った。

私もイヴォンヌのことが気になっていた。しかし、恐る恐る彼女に打ち明けると、「あなたの健康が第一よ。それに近いのだから、私たち、時々会いましょうよ」と彼女は気持ちよく賛成してくれた。

それから半年を神学校で過ごして、二年目の新学年に入った時、私は大学のすぐ近くの静かな住宅街に下宿を見つけて移り住んだ。そしてイヴォンヌも、神学校から歩いて十分ほどの古い家々の並ぶ地区に住居を移した。それから彼女は以前よりもひんぱんに私の下宿に現われるようになった。そして、ある日、パパがバイクを買ってくれたから、と私に彼女の自転車を貸してくれた。私たちは、連れ立ってよく近くを一緒に散歩した。歩きながら、彼女はいろいろな話をしてくれる。小さなかぼそい声ですごいスピードでしゃべるのに、会話などろくろく習ってこなかった私に、不思議と彼女の話が理解できる。私のあやしげなフランス語も彼女には通じる。ある日のこと、二人で大学付属の植物園を散歩していると、イヴォンヌが言った。「私はここに来ると、いつも星の王子さまを思い出すわ」私が怪訝そうな顔をすると「ほら、王子さまとバラの花の話があったでしょ」とつけ加えた。気がつくと、秋の殺風景な庭園の片隅に一本のうらぶれたバラの花がひっそりと咲いていた。

「そうね、百万本の同じ花が咲いていても、王子さまにはこの世界でたった一本の大切な大切な花なのよね」

「そうよ」

「人間を探して彷徨っていた王子さまに、狐は教えてあげたわね。絆をつくる……友だちになる……一緒に過ごした時間が大切なんだって……そして、絆のできた友だちには責任があるんだって……あの狐はすごい狐だわ」

「ええ、大切なことは目では見えない、心で見なくちゃだめって、言っていたわ」

二度目の冬は、一度目ほど辛くはなかった。あの暗い暗い長い季節も、友人や仲間ができ、言葉も上達してくると、社会のことも少しは分かって、開放的な夏とは違う楽しみ方があった。授業に出て仲間たちと先生の噂話をしたり、図書館でスペースを確保して論文の準備に没頭したり、講演会に仲間たちと出かけたり、招いたり招かれたり……もちろん招かれることの方がはるかに多かったけれど。まだまだ言葉は不十分だったけれど、私はもうすっかりストラスブールの住人になっていた。そして、時間は一年目よりもずっと早く過ぎていった。

絶望

冬が終わりに近づいたころ彼女を訪ねた。何週間ぶりかで見る彼女の顔には、悲しい翳が濃くなっている。

「女性は敵よ。あなたは例外だけど……」

突然の言葉に驚いていると、「私は母が憎い」ときつい表情で続ける。しかし、次の瞬間、急に弱々し気になって、「私は未来が恐い」と小声でうめくように言った。彼女の眼を見詰めると、まるで猟犬に追い詰められて怯えている兎のようだった。「そんなこと言ってはだめよ。神様はそんなに意地悪ではないわ」と元気づけようとして言うと、

「パパのそばで、パパの世話をして一生を過ごせって言うの。そんなのまっぴらよ」と反抗するように言い放った。

それから一か月ほどして、彼女がまた訪ねてきた。

「パパがトルコに行くの。パパの会社がトルコにエスカルゴの缶詰工場を開くので、パパがその責任者に選ばれたの」と言う。

「あなたは淋しくなるわね」と言葉を添えると
「パパにとっては良いことよ。男として責任のある仕事ができるのは嬉しいでしょ。それに数年したら戻ってくるのだから」

そしてうれしそうに「夏休みには、私もトルコに行くわ。あなたも一緒に来ない」とつけ加

えた。

夏の終わり、トルコ旅行から戻ったイヴォンヌは、私に楽しい旅行の思い出を語ってくれた。

三度目の冬の訪れの近い晩秋のある日曜日のことだった。私は昼食に招かれていた。けれども、イヴォンヌのことが気になって、途中、イヴォンヌが通う教会に立ち寄った。ミサが終わると会衆が、ぞろぞろと出てくる。私は、その中にイヴォンヌを捜した。しかし、彼女の姿は見当たらない。あんなに私を貧しい人々のミサに誘っていたのに、どうしたのだろう。人々の去った薄暗い教会の中を見廻した。すると前方の席に、イヴォンヌが背を丸めて、小さくなって祈っている。首を折るようにしてうなだれた姿が痛々しい。そっと近よって背中ごしに「イヴォンヌ」と小声で呼ぶと、彼女は振り向いて私を見た。悲しく打ち沈んだ顔に、一条の微かな光が射した。「来てたのね。今日は来てくれないものと思っていたわ。来てくれてありがとう」と言って弱々し気に微笑んだ。

三度目のクリスマスは、ロンドン近郊のD家で過ごした。そして年末をパリ近郊で過ごしてストラスブールに戻ると、母急死の電報が私を待っていた。思いがけない報《しらせ》に、私は呆然とした。電報の意味が理解できたとき、「神様ひどいではありませんか。こんなことなさるなんて」

と恨み言が私の脳裏を駆け抜けていった。でもイヴォンヌには……イヴォンヌに比べたら私は感謝しなければならない……。

それから混乱し、極度に緊張した中に数週間を過ごし、友人たちの助けでやっと私は日常生活に戻っていった。そして一か月が過ぎ去った頃、私はイヴォンヌを訪ねた。彼女はちょうどバイクで出かけるところだった。力なく憂鬱げな彼女に向かって「母が亡くなったの」と告げると、彼女は「おくやみ申し上げます」と無表情に言う。ぶっきらぼうで紋切り型の言葉……私が押し黙ると、あらぬ方を見るように顔を斜め上に向けて「でも私には、あなたの気持ちがわからないわ」とつけ加えた。それは表現しがたいほど淋し気な表情だった。

それから一か月もした頃、彼女は突然に私の下宿にやってきた。そして「母に一度会ってみたい。ソランジュは、お母さんは私たちに興味がないから、会ってもこちらが傷つくだけ、と言うけど、傷ついてもいい。一度会ってみたいの。一緒に行ってくれないかしら」と切羽詰まったように言う。

私には「そうねえ」とあいまいな返事しかできなかった。

次に訪ねてきた時、彼女は言った。

「しばらく前から精神科のお医者さんに診てもらっているの。あなたを恐がらせるつもりはないけど、私、小児科で働いていて赤ちゃんを扱っていると、何だか絞め殺したくなってくるのよ」突然の言葉に何と言ったらよいのかわからず、黙って複雑な気持ちで彼女を見詰めると、「精神科って、あなたどう思う？」と尋ねてくる。「さあ、私にはよくわからないわ。話すことによってあなたの気持ちの整理がつけばいいと思うけど……。それで結果はどうなの」と聞くと「お医者さんは話を聞いてくれるわ。話をすると、心が軽くなるの」と言う。「そう、それならいいけど」と私は言葉を濁した。

友情

留学の三年目に入った私は、次第に忙しくなっていった。フランス政府の奨学金は二年半までだったから、何とか早く論文をまとめなくてはならない。しかし、母の突然の死もあって、予定通りには進行しなかった。私は、常日頃から論文の進行状況を心配して下さっていた先生に勧められて、留学期間延長願いをフランスの文部省に申請するとともに、半年間の滞在費のことを考えた。指導教官は半年分のお金を貸すから、何とか仕上げて帰りなさいとおっしゃって下さる。しかし、お金を借りることには躊躇していた。そんな時訪ねてきたイヴォンヌに事情を話すと、手伝うから〈日本の夕べ〉という催しをしなさい、と知恵を貸してくれた。私は、家族と友人がクリスマスのためにと送ってくれ、遅れて着いた日本の品々と合わせて、自分の手作りの小さな品々を揃え、日本の夕べを催すことにした。たくさんの友人が準備を手伝ってくれ、驚くほど多くの人が集まってくれた。その日は大統領選を間近に控えて、二人の候補者、ジスカール・デスタンとミッテランがテレビで対決するというので、友人たちはそれを楽しみにしていたし、当時はビデオという便利なものもほとんど普及していなかったというのに……。私は振袖を着込み、日本から届いたお菓子とお茶をサービスした。そして人々は、私の作った粗末な小さなものまで買い求めてくれた。自分のためにバザーをするなんて……それは全く初めての経験で、私は物乞いするようなひどく恥かしい気持ちになった。そんな私の気持ちを察してか、イヴォンヌをはじめ友人たちは、「あなたを助けることができて、私たちはとっても嬉しいのよ」と、消え入りそうな私を励ましてくれる。「ごめんなさい。せっかくのジスカール・ミッテラン対決を逃したこと後悔しているんじゃない」と言うと、級友たちは、「そんなことはないよ。絶対に」と、まるで騎士たちのように誇らし気に言う。

このバザーは結局要らぬ取り越し苦労だった。なぜなら、それから数か月して、フランス政府から奨学金の給付が六か月延長されたことを知らせてきたのだから。しかし、恥かしかったこの経験は、私に多くの人の友情を証し、人々の細やかな気遣いや、たくさんのことを教えてくれたのだった。

留学期間の残りが少なくなるにつれ、私はイヴォンヌのことが気になった。いつか「私は未来が怖い」と怯えるように言った彼女は、ますます暗く淋し気で絶望的な表情になっていた。ある日、訪ねてきた彼女に、「いい人がみつからなかったら、日本にいらっしゃいよ。日本はきっと気に入るわ」と言うと、「そうね」と彼女は虚ろな目をして弱々し気に微笑んだ。

若者

三度目の長い夏休みを迎え、帰国を半年後に控えた頃、イヴォンヌの生活に変化が生じた。ある日、彼女を訪れると、「二階に新しい住人がきたわ」と言う。「どんな人？ 感じがいい人？」と尋ねると「とっても感じがいいわ」といつにない生き生きとした表情で彼女は答える。私たちがしばらく話し合っていると、二階の住人が姿を現わした。それは、顎に髭を生やした二十三、四歳の若者だった。彼女は、アランという名の内気そうなその若者を私に紹介した。それから彼女がアランに向かって「棚をつけたいのだけど」と言うと、アランは手助けを快く承諾し、二人で棚の位置を決めたり釘を打ったり意気投合して、なんとも楽しそうだった。

長い夏休みが終わった時、イヴォンヌを訪ねた。イヴォンヌは、二か月の間に、驚くほど痩せてスマートになっている。「どうしたの？　病気だったの？」と尋ねると、ぱっと顔を赤らめて恥かし気に首を振った。「わかったわ。二階の住人のせいね」とちょっとおどけて言うと、顔を真紅に染めて「ええ」と小声で答えた。

それからしばらくたったある夕方、イヴォンヌは二階の住人アランを伴って、私の下宿に現われた。見ると、イヴォンヌはおでこにこぶを作っている。「どうしたの？」と尋ねると、訪問者のためにバルコンに吊るした鐘の紐を、あまり強く引っ張ったので、鐘が落ちてきて額に当たったのだと言う。「まあ、痛いでしょう。ごめんなさい」と言うと、イヴォンヌはなんだか嬉しそうにくっくっと笑い声を立てた。そして、痛さなどまるで感じていないかのように、近くのオランジェリー公園の中にあるレストランで夕食を一緒にしようと、私を誘ってくれる。私はその時、論文の最後の追い込みでタイプを打っている最中だった。またの機会に、と何度断わっても、二人は帰ろうともせず、ぜひぜひと待っている。仕方無しに私は彼女たちと一緒に出かけた。フランスでは、同性の二人の友人のどちらか一方に恋人ができると、三人連れになることが多い。決して一人が遠慮するということもなく、また二人も遠慮することがない。三人連れはよく見かける風景だった。私もどうやらこの三人連れの一人にされてしまったようだった。

秋が駆け足で過ぎてゆき、四度目の冬に入った頃、私は、文字通り、時間との競争になった。もう最終原稿を仕上げ、論文審査の日取りやら、審査員の選択やら、タイピストや印刷屋さんとの交渉など、具体的に進めなければならない。私は切迫した気分で毎日を過ごしていた。そんな時、イヴォンヌはたびたび現われた。「アランがあなたのことをとても気に入っていたわ。あなたは他人の喜びを共にすることができるって」そう言って彼女は、私をアランと一緒の食事に誘う。まあまあ、イヴォンヌったら、この、猫の手も借りたいときに……よっぽど嬉しいのだわ。「ごめんなさい。今はもう喜びを共にしている時間的余裕はないの。論文が完成したら喜んでおつき合いするから」と断わると、「残念だわ。論文が終わったらきっとよ」と言う。「私が帰国する前に結婚式は無理でしょうけど、せめて婚約ができるといいわね」と言うと、イヴォンヌは頬を赤らめて、ええ、と小さな声で言って俯いた。

私にとってヨーロッパで迎える四度目のそして最後のクリスマスが終わると、イヴォンヌは再び私を訪ねてきた。そして頬を紅潮させて言った。「アランと婚約したわ。私が崩壊家庭の出身だということ、いま精神科に通っていることを話したら、彼はとても苦しんだ。それに私はアランより四つ年上だし……。でも彼は私のことをほんとうによく理解してくれたわ。二人の間には何も隠しごとも嘘もあってはならないの……」それから小さな声で、しかし興奮を隠せない様子で付け加えた。「愛が勝ったの」そして、彼女は続けた。「クリスマスの一週間前だったわ。午後の勤めに出かけようとしてバイクでアパルトマンを出たところでトラックにぶつかったの。飛ばされて倒れたんだけど、幸いけがはしなかった。それをアランが見ていたのね。もし私が死んでいたら、って思ったんだそう……。クリスマスには南仏のトゥールーズにある彼の実家に招かれて過ごしたけど、そこには生まれてから一度も経験しなかった温かな家庭があったの。皆とても優しくって、私、涙が出て仕方なかった……」

数日後、イヴォンヌが再び現われた。前回の興奮はどこへやら、打ち沈んでいる。

「どうしたの」

「私は自分が怖いの」

「どうして」

「いつかアランを裏切るんじゃないかって」

「まあ……どうしてそんな風に考えるの」

「だって、私には浮気者の母の血が流れているのよ」

「だめよ、そんな風に考えては、お父さんの血も流れているのよ。忠実に二人の娘を立派に育て上げたお父さんの血よ」

私の言葉に、イヴォンヌは皮肉っぽい笑みをもらした。その軽蔑の込もった冷たい笑みを打ち消そうとして私は急いで付け加えた。

「それに、あなたはお母さんとは別の人間よ。血によって人生が決まるなんて、私はそんな宿命論だか決定論だかなんて絶対に信じないわ」

私の勢いに押されるように、「そうね」と力なげに言うと、イヴォンヌは肩を落として帰っていった。

思いがけない贈物

在仏の日も残りわずかとなった。一章ずつ最終原稿を書き上げては、三人の審査員の先生にお見せし、タイピストに廻し、それを印刷屋さんに届けるという目の廻るような一か月が過ぎ、年が明けて一月八日の公開論文審査の日を迎えた。五十名ほど入る赤い絨緞を敷いた会議用の立派な部屋に、友人・知人たちが所狭しとばかりに詰めかけてくれた。そして、その中に寄り添うようにして座っているイヴォンヌとアランの姿があった。

審査の形式に従って、最初の三十分は、私が論文の内容を審査員と聴衆に向かって発表し、そのあと、三人の審査員が交代に質問をし批評をした。この審査は、いつになく長時間だったと友人たちが後で口々に言ったが、私自身は緊張していたのだろう。長い時間の経過をまったく感じていなかった。

審査が済むと、学位の授与が審査委員長から発表された。論文を提出し学位を授与されたものは、パーティを開いて感謝の気持ちを表わすのが恒例である。私も、友人たちの助けを借りて小さなお茶の会を催した。そして、この日のために日本から送ってもらった羊羹や和菓子を摘《つま》んで談笑する人々の中に、アランに伴われて頬をぽっと赤らめている幸福そうなイヴォンヌの姿を私は見た。

日本の大学で新学年から非常勤講師を引き受けていたので、論文審査がすんでほっとする間もなく、私は帰国の準備にかからねばならなかった。三年三か月を過ごしたストラスブールには、もう根が生えたみたいに、すっかり昔からの住人のような気分になっていたから、そこを去るのはとても淋しく名残り惜しい。しかし、感傷にふけっている余裕はなかった。バタバタと手続きを済ませ、飛行機を決め、三年間の生活の整理に取りかかった。そして、友人たちの招待があり、恩人・知人への挨拶があり、またまた時間との駆けっこだった。そうした中を、アランとイヴォンヌはたびたび訪ねてきては私を食事に誘ってくれた。二人の仲睦まじさを見、アランのイヴォンヌに対する細やかな心遣いを見ていると、将来の二人の幸福な家庭が目に見えるようだった。

帰国後一年ほど、イヴォンヌからの便りはなかった。どうしたのだろうか。無事結婚式を挙げたのだろうか、と時折思い出していると、突然に便りがあった。「昨年四月結婚しました。そして、今度赤ちゃんが生まれました。私は、思いがけないこの神様からの贈物に、どのように感謝したらよいのか、わかりません。……フランスに帰ってきたら訪ねてきて下さいね。子どもをたくさん授かりたいと思っています。子どもたちは、きっとあなたを大好きになるでしょう」とあり、数枚の写真が同封されていた。そのうちの一枚には見違えるほど美しく、幸福そうな花嫁姿のイヴォンヌと、喜びと淋しさの入り混じった複雑な表情をしたオリヴィエ氏と、優しい目をした花婿アランが写っていた。そして、もう一枚には、生まれて間もない赤ちゃんに口づけをしているイヴォンヌの姿があった。

イヴォンヌ　2

再会

手紙を受け取ってから一年半ほどしてストラスブールを訪れる機会があった。手紙にあったイヴォンヌの住所を訪ねていってみると、表札が変わっている。イヴォンヌの行方を友人たちに尋ねても誰一人知るものはなかった。

それから五年半して、再びストラスブールを訪れる機会を得た。イヴォンヌはどうしたのだろうか、とたびたび思い出すことがあったが、音信は途絶えていた。今回も、彼女の行方を知っている人は一人もいなかった。ふと思いついて、電話帳を繰ってみた。ウィッサンブールの町に、オリヴィエという人は、一人しか載っていない。私はその番号をダイヤルした。

「もしもし」太い男性の声が電話に出た。

「もしもし、オリヴィエさんですか」

「ハイ」

「イヴォンヌのお父さんですか」

「ハイ、そうですよ。」と元気な大声が返ってきた。

「私が誰かわかりますか」

「あっ、ヒサコだ！」それは、あのどっしりとした存在感のある個性豊かなオリヴィエ氏の声だった。

「今、ストラスブールにきています。でも、ウィッサンブールまで行く時間はありません。皆さんお元気ですか」

「おかげさまで皆元気ですよ。ソランジュの家族も、姉のローズも。私は定年退職してウィッサンブールに戻っています」

「イヴォンヌとアランは？」

「二人は今南仏のトゥールーズに近いカオーに住んでいます。子供が四人になってね。忙しくしていますよ。なかなか電話に出ないけど、かけてやって下さい」そして、電話を切る前に、オリヴィエ氏はつけ加えた。

「あなたは、自分に与えられた使命を完うして下さいね。私も残された年月を、私の使命を完うするために使いますよ」

電話を通して力強く語るオリヴィエ氏の姿が彷彿とした。オリヴィエ氏の使命というのはいったい何なのだろう。娘たちの心配がなくなった今、オリヴィエ氏の父上のように、司祭になって余生を捧げようとしているのだろうか。

イヴォンヌと家族の消息がわかったので、さっそく教えられた番号をダイヤルした。しかし、オリヴィエ氏の言った通りなかなか通じない。

せっかく五年振りにヨーロッパを訪れたのだから、せめて電話で話ができれば、と思い、それからフランス滞在中、何度か電話をかけたが、成功しなかった。私は、四人の子育てに追われる、快活で自信に満ちた幸福なイヴォンヌを想像して帰国の旅についた。

＊　＊　＊

次の年、予期せずして再びフランスを訪れる機会を得た。僅かな期間だったので、忙しい日程ではあったが、私は九年振りに、ラ・ロッシェル近くの城に住む、陽気で温かなD家を訪れて楽しい数日間を過ごした。その城に滞在中、ふとイヴォンヌの住むカオーがそこからそれほど遠くないことに気づいて電話をかけた。

「もしもし、ルブランでございます」

「もしもし、イヴォンヌですか」

「ハイ、私です」

「私が誰かわかるかしら」

「ヒサコでしょう！」

私たちは直ちに電話の向こうで語る相手を確認し合った。

「今どこにいるの」イヴォンヌの細い声を通して興奮が伝わってきた。

「ラ・ロッシェルとサントの間にあるD家のお城にいるのよ。ほらD夫人を覚えているでしょう」

「ええ、あの小柄で太った方ね。そこからカオーは近いからぜひ私たちの家に寄って欲しいわ」

直線的には近いといっても、電車で行くとなるとサントからボルドーへ下り、そしてボルドーからモントバーンを経て東に向かい、それからカオーへと北上して行かねばならない。ボルドーとモントバーンでは乗り継ぎのために随分と待ち時間があった。幸い翌日は日曜日で、イヴォンヌの家族は、モントバーンに住むアランの妹の家族を訪れるから、モントバーンまで車で迎えに来てくれる、ということになった。

翌朝早くD夫人に送ってもらい、ボルドー行きの電車に乗った。そして一時を少し過ぎた頃、私は、モントバーンの駅のホームに降り立った。ホームには以前のように顎髭をたくわえ、頭髪が多少薄くなったアランと、痩せてすっかりスマートになったイヴォンヌが立っていた。八年振りの再会……。互いにアンブラッセすると、まるで昨日別れて今日再び会ったかのように、互いに相手の心の中にすっと入ってしまった。

家族

アランが運転し、後方の席に並んで腰を下ろすと、以前のように早口で細い声でイヴォンヌが語り始めた。

「あなたの今年のクリスマスの便りはとてもよかったわ。お返事を差し上げないでごめんなさい。とても暇がなくって。今子どもが四人いるの。一番目は女の子でセシル。二番目も女の子でソフィー。三番目は男の子でニコラ。四番目は女の子でベネディクト、まだ赤ちゃんなの。男の子は一人だけど、一人で四人ぐらいの騒ぎなのよ。……今からお食事をする義妹のところにも四人の子どもがいるわ」

ほどなく車は郊外に出て、一面の畑の中にあるアランの妹の家に着いた。

遠くから車の音を聞きつけて、アランの妹モニックとその主人のシルヴァンが迎えに出ている。そして八人の子どもたちがそのまわりで、はしゃぎ廻っている。インテリア・デザインの仕事をしているというシルヴァンは、友だちに手伝ってもらって手作りの家を建てているところで、断熱材とソーラーシステムを活用して経済的に生活できるように設計したという。私が興味深そうに見廻すと、屋根裏に案内して家の構造を説明してくれた。家の見学が済むと、ゆったりとした豪華な昼食が始まった。子どもたちは物音をたて、大声で叫び、食卓の近くでいたずらをして廻る。するとアランが子どもたちのお尻をピシャリと叩き、父親らしく恐い顔をして叱った。

楽しい会話が進むなか、初対面のモニックとシルヴァンに向かって私は悪戯っぽく言った。

「アランとイヴォンヌがどうして出会ったか、一部始終を知っているんですよ」

私の言葉にアランは微笑み、イヴォンヌは顔を真っ赤にして、うふっ、と小声で笑った。

「最近、私、イヴォンヌの思い出を書いているんです。でも、出版しようかしまいかと迷っています」と言うと、即座にシルヴァンが「もちろん出版すべきですよ」と言う。シルヴァンの言葉にアランは黙って相槌を打ち、モニックは微笑み、イヴォンヌは恥かしそうに俯いた。そしてイヴォンヌは顔を上げると、とても嬉しそうな表情になった。

食事が済み、お喋りが終わると、私たちはシルヴァンとモニックの家を辞して、カオーのアランとイヴォンヌの家に向かった。アランは車の屋根に子供たちの為に譲り受けた机と椅子を括り付け、四人の子どもを乗せて出発した。そしてイヴォンヌと私は、電車でカオーに向かった。古い車体の列車は騒音がひどい。ごとん、ごとん、と轍の音が車内に響いてくる。私たちは暑さにもかかわらず窓を閉め、互いに身を乗り出し顔を近づけるようにして、話し始めた。

「あれからお母さんに会ったの？」と私は尋ねた。

イヴォンヌは、悲しげな表情になった。

「ううん。お母さんは一度ソランジュの住所を捜して連絡してきたわ。でもそれはお母さんの夫が亡くなったので、遺産相続を放棄してほしいという手紙だったの」

一息ついて彼女は皮肉っぽく軽蔑を込めて言った。

「そういう人なのね、お母さんは」

しばらく沈黙の時が流れた。話題を変えようとして私は口を開いた。

「お父さんはお元気？」

「ええ、元気にしているわ」

彼女の淡々とした話し振りに、一人住まいのオリヴィエ氏の姿が目に浮かんだ。

「あなたが遠く離れているから、お父さんは淋しいでしょうね」と私はオリヴィエ氏を代弁して言った。すると意外な言葉がイヴォンヌの口から漏れた。

「私はパパの本当の子ではないの」

「えっ?」

「パパは私が二十二歳の時、私に言ったわ。おまえはパパの子ではない。お母さんが産んだ他人の子だ。それははっきりしているって」

「……ひどいわ。……そんなことを言われたら悲しかったでしょう」

「ううん、その言葉を聞いた時、かえってすっきりした気持ちになったわ。ソランジュはパパの子だけど、私は違うのよ」

私は、十年前初めて会った時、ソランジュとイヴォンヌがずいぶん違った印象を与えたのを思い出した。

「でも、あなたはお父さんのお気に入りで、あなたもお父さんが大好きだと思っていたわ」と言うと
「パパは私には父親の役割を果たしてくれた人よ。私は、シンボルの父親だと思って、パパによい娘の役を演じていたの。……戦争中、神父さんだったおじいさんが、母をナチから

かばったのね。その時パパが神学校をやめて帰ってきていて、ヒューマニズムのようなものを感じて、母と結婚したの。父は理想主義者だったのよ。でも母は浮気者だった。だから、パパは私を見ると母を思い出して母を許せないのね」

十数年前、イヴォンヌは私の宝だ、と目を細めて言ったオリヴィエ氏の顔が浮かんだ。憎しみは愛と表裏一体なのだ。オリヴィエ氏の複雑な気持ちに思いを馳せていると、イヴォンヌの言葉が続いた。

「それに、ローズおばさんは、母が逃げたあと、ソランジュと私の世話をして結婚しないでしまったし……」

そして、腹立たし気にイヴォンヌは言葉を結んだ。

「みんな戦争のせいよ」

少し打ち沈んだイヴォンヌを励ますそうと、

「過去よりも未来が大切よ」と言うと、

「ええ。でも、不幸な時、人は過去にこだわるわ」と彼女は言う。

現在に戻らなければ、と思って私は言った。

「今あなたは幸福そうね」

「ええ。私たち、時々お互いの気持ちがわからなくなる時もあるけど、でも神様は私たちを互いのためにつくって下さったんだって、ますます実感しているわ」

「今話したようなことアランは知っているの」

「ええ、全部話したわ。お互いの間には秘密は何もないの。アランの家族は、私にとって身内以上に温かだわ」

ウィッサンブールの〈身内〉を思った。それはとても温かな〈家族〉だった。けれど、オリヴィエ氏のたった一言が、イヴォンヌの心の刺になって今もなお疼いている。それは、オリヴィエ氏の不用意な一言だったのだろうか、それとも、いつかは知らせておかなければならない考え抜かれた言葉だったのだろうか。電話の向こうでイヴォンヌのことを楽しげに語るオリヴィエ氏の姿が彷彿とする。〈父〉と〈娘〉のわだかまりが解けるのは、いったいいつのことなのだろう。

列車がカオーに近づく頃、イヴォンヌが言った。

「友達に日本の宗教に興味を持っている人がいるの。話して下さらない。しばらく泊っていって下さるのでしょう」

「ごめんなさい、明日パリに帰らないといけないのよ」

「そう、知らなかった。残念ね。こちらに来てから未だ友達があまりできなくて退屈しているのよ」

列車がカオーに着き、駅前からイヴォンヌの運転する車で郊外の家に向かった。静かな新興住宅地にある庭付きの家に着くと、アラン達は既に帰宅していた。子供たちは、はしゃぎまわって私を裏の小さな菜園に案内した。菜園には、さまざまなハーブが植えられていて、これはマント、これはティム、これは……と教えてくれる。アランとイヴォンヌは机と椅子を車の屋根から下ろし、二階の窓から部屋に入れようと、大奮闘を始めた。私も二人に加わって手を貸すと、アランの額から大粒の汗がしたたり落ちてきた。

机と椅子をようやく二階の部屋に納めると、イヴォンヌは子供たちに食事を与え、二階の部屋に寝かしつけた。そして、私も食事の準備を手伝いながら、イヴォンヌと二人、会話を続けた。初めてウィッサンブールの家を訪れた時もこんな風だった、と懐かしく回想していると、ふと、十数年ほど前、この地方を数日間案内してくれた、年輩の神父さんがこの町に住んでいるのを思い出した。電話をかけると、高等学校で哲学を教える神父さんは、私たちの食事が済みデザートになる頃をねらって訪ねてきた。神父さんは、以前と変わらず若々しかった。そして、この神父さん特有のものすごい早口で喋りまくった。

「お喋りは私の欠点です。遠くから久し振りにヒサコがやって来たというのに、私ばかり喋っていてすみません」と時々弁解しながらも、途切れることなく喋り続けていた。けれども、真正直で深く物事を考えておられる神父さんの話は、私たちの興味を惹き退屈させなかった。そして話しているうちに、隠されていた人間のいろいろな関係が、露になってきた。アランのおじさんは、その地方の神父さんだったからだ。アランは居間に飾ってあった尊敬するおじさんの写真を持ってきて私たちに見せた。神父さんはアランとイヴォンヌの家庭を気に入ったらしく、「お子さんたちを連れて遊びにきて下さい。遊び場がたくさんありますから」と二人に言った。

「ありがとうございます。私たち、こちらに来てからなかなか友達ができなくって。主人が農業労働監督官だとわかると、皆敬遠してしまうので」とイヴォンヌは答えた。

時計が十二時を廻ると、神父さんは帰っていった。

「感じのいい神父さんね。深い考えをもっていらっしゃるし、久し振りによいお話が聞けたわ」とイヴォンヌが言うと、無口なアランは相槌を打った。そして、それからまたひとしきり私たちは話し続けた。

翌朝八時半過ぎに目を覚ますと、アランはもう事務所で仕事を済まして戻ってきていた。

「ご迷惑をおかけしてはいけないわ。お仕事をして下さい」と言うと、アランは首を振って「いや、町を見せなくてはいけない」と答えた。朝食を済ませると、イヴォンヌが子供たちと門の外に出て、私を見送ってくれた。四人の子どもを大きい順から並べて傍らに立つイヴォンヌには、以前よく見た弱々しく淋し気な影はどこにもひそんでいなかった。

糸のような小雨の降る中を、古い中世の街を大急ぎで見物して、車は駅に向かった。荷物が少ないから、一人で大丈夫と言うのに、アランは絶対にだめだ、と言ってわざわざプラットホームまで見送ってくれる。

列車を待つ間、アランに向かって「イヴォンヌはストラスブールにいた頃はとても淋し気だったけど、今はとても幸福そうよ。これもみんな、あなたとあなたの御家族のおかげね」と言うと、アランは黙って微笑んだ。

列車がホームに入ってくると、アランは、ひげ面の顔を押しつけて、私をアンブラッセした。イヴォンヌの親友は自分の親友である、というように。そして、列車が見えなくなるまで、彼は手を振り続けていた。

絆

列車は、がらがらに空いていて、乗客は車内にちらほらするくらいだった。私は中央の席に腰かけると、静かな車内で一人しばらく感慨にふけっていた。

絆をつくる……友だちになる……一緒に過ごした時間が大切……心の目で見なくてはだめ……狐は星の王子さまの目をじっと見て心をこめて教えていたっけ……友がいるからすべてのものが美しく見えるって。……すべては過ぎ去っていく。時間も物も人さえも……けれど友と分かち合った時は過ぎ去っていかない。それは永遠に現在《いま》……。

ぼんやりと車窓から見える風景を見るともなく眺めていると、車掌が入ってきた。そして、前から座っていた乗客に、予約席ですからと告げて歩いていく。私のところは黙って通り過ぎていったので、日本人とみて遠慮したのかしら、と思って座席の背を見ると、不思議に私の席だけ、予約席の札はついていなかった。粋な車掌さんがそっと札を外してくれたのだろうか。

ほどなく次の駅に着いた。すると、急に車内が騒がしくなった。どっと小・中学生が、乗り込んできたのだ。彼らは、自分の身体の二倍もありそうなスーツケースを持ち込んでいる。

車内は子どもたちと、付き添いで指導員らしい、数人の大学生と思われる若い男女でいっぱいになった。子どもたちは荷物を網棚に落ち着けると、お菓子を取り出して食べ始めた。私の隣に座った坊ちゃんは、「どうぞ」と言って私にビスケットを差し出してくれる。「ありがとう」と言って一つ摘みながら、「コロ（コロニー・ド・バカンス＝夏休み中、両親とバカンスに行けない子どもたちのために開かれる、林間学校のようなもの）の帰り？」と聞くと「はい、そうです」とはきはきした返事が返ってきた。とても利口そうで、可愛い坊ちゃんだ。「楽しかった？」「はい、とても。食事を作ってくれたおばさんたちは、別れる時泣いていました。指導員のお姉さんたちも、そうです」

子どもたちは、コロの最後を惜しむように、お菓子を交換しあったりふざけ合ったりして、車内を歩き廻っていた。まわりを見廻すと、親しくなった子どもたちが別れを惜しんでいる。中には、涙を流し合っている女の子や、しっかりと互いに腕を組んで座っている男の子と女の子がいる。

後方で、子どもたちが一斉に、はやし立てるように大声をあげた。何が起こったのだろう。振り返ってそちらを見ると、指導員の女子学生が眼を赤くして立っていた。子どもたちは一斉に、女子学生に向かって歌い始めた。耳を傾けて聞くと、「泣くのはおよしよ、マリ・アンヌ。さようならは、また会う日までじゃないか」と歌っている。マリ・アンヌとかいう女子学生は、その歌声にますます泣き顔になった。

子どもたちの歌声でいっぱいになった列車は、やがてオルレアンの近くのオーブレに着いた。子どもたちは大きな荷物を棚から下ろし、列車を降りていった。

ホームを見ると、子どもたちの両親たちが、出迎えている。そして最後の別れを惜しむ子どもたちは、抱き合って泣いていた。

再び静かになった列車は、ゆっくりとパリに向かって走り出した。

それから十五年近い歳月が流れ去った。

イヴォンヌはその後どうしているのだろう。夏に再びストラスブールに戻った時、住所録でイヴォンヌの電話番号を捜してみた。彼女の住所は別の手帳に記しておいたのだろうか。今回持ってきた小さな手帳のどこをめくっても、見つからなかった。オリヴィエ氏はまだ健在だろうか。友人のところにあった古い電話帳を繰ると、ウィッサンブールにオリヴィエ氏の番号があった。

「もしもし」

「もしもし」

大きな力強い声が答えた。

「オリヴィエさんですか」

「ハイ」

「ヒサコです」

「おやおや、久しぶりですね」

「ええ、またストラスブールに来ています。お元気ですか」

「元気ですよ。おかげさまで。けど、足が悪くなって外出はできなくなりました。ヘルパーさんのお世話になっていますよ」

「ソランジュ一家はお変わりないですか」

「ナタリーもイヴァンも、もう立派なおとなですよ」

「もう、そんなに時間が流れ去ったのですね」

「そう、みんな年をとって……」

「イヴォンヌたちは？」

「相変わらず元気でやっていますよ。電話をかけてやって下さい。番号をお知らせしましょう」

さっそくイヴォンヌのところにダイヤルした。

「もしもし」小さな細い声が答える。

「わたしです」

「ヒサコ！」

「ええ。またストラスブールに来ているの。いまウィッサンブールにお電話して番号を教えてもらったところなの。みんな、お元気？」

「おともだちのところからかけているの？」

「ええ」

「じゃあ、こちらからかけ直すわ」

すぐに電話のベルが鳴った。イヴォンヌの声が聞こえる。

「子どもたちも大きくなったわ。上の三人は大学生よ。そのうちに子どもたちがあなたのところに押しかけますからね」

「おやおや、これは大変。ところで、お父さん足が悪くてもう外には出られないって言っておられたけど」

「パパはいつも大げさなのよ。大したことないのに」

相変わらずイヴォンヌはオリヴィエ氏に厳しい。

「ローズおばさんは？」

「おばさんはホームに入っているわ。クリスマスに会いに行ったのだけど、すっかりぼけてしまって、私のこともわからなかった。すごくショックを受けたわ」

「そう……。ところで、イヴォンヌの思い出を書いたのがあるのだけど、発表しようかどうしようかって、とっても迷っているの」

「あなた、いつかもそんなことを言っていたわ」

「そう、もう十年以上も前のことになるわ」

「月日の経つのは、ほんとうに早いわね」

「ええ。活字にする前に、あなたの承諾を得たかったの」

「承諾もなにもないわ。もちろん、賛成よ。ところで、こちらにまで来られないかしら。話したいことがいっぱいあるのよ」

「残念だけど、今回もだめなの」

「そう、じゃあ、お手紙をちょうだい、きっとよ」

「ええ。このごろはお手紙を書く楽しい時間もなかなかみつからないけど、何とか書くわ」

「必ずね。待っているから」

「まるで、強迫ね」

「ええ」

「じゃあ、また、この次ね」

「オールヴォアール」

和解

私のヨーロッパの旅ももう終わりに近づいている。会うべき人に会っておかなければ……。真っ先にイヴォンヌの顔が浮かんだ。幸いフランクフルトからトゥールーズまで直行便がある。泊めていただいていたフランクフルト近郊の友人先から、さっそくイヴォンヌに電話をかけた。

「こんにちは、イヴォンヌ」

「ヒサコね。こんどこそ会えるかしら」

「ええ、トゥールーズまで直行便があるわ」

「じゃあ、迎えにいくわ」

静かな飛行場にスラリとしたイヴォンヌが待っていた。きっちりしたジーパンにTシャツの姿が若々しい。

「三女のベネディクトが来ているわ。結婚してこの近くに住んでいるの。ちょっと待ってね」

しばらくして背の高い女性が現われた。健康そうに日焼けしている。

「こんにちは。ベネディクトです」

「この前お会いした時は、まだほんの子どもだったわね。いつだったかしら」

「もう二十年経ったのよ」とイヴォンヌが言う。

「うそでしょ。十年よ」と私。

「ほんとよ。まだ双子が生まれていなかったわ」

「もう二十年も経ったなんて信じられない」

実際イヴォンヌは二十年前とあまり変わらない。相変わらず細身でスポーティな身のこなしだ。

「ちょっと待ってね」と言ってイヴォンヌは母親になろうとしているベネディクトに先輩としてのアドバイスをしている。そして、ベネディクトに別れを告げるとカオーに向けて出発した。

広い高速道路に車はまばらで快適なドライブだ。

途中で道路の傍らに並べられた野菜売りからトマトを箱ごと買って車に積むと、私たちは二人だけの空間を楽しんだ。

「お父さんはどうしていらっしゃるの。お電話してみたけど、もう使われていなかった」

「パパは亡くなったわ」

「そう。最後は会えたの?」

「ええ、ソランジュが呼んでくれて、急いで病院に駆けつけたわ。パパは私を待っていてくれた」

「私も父が亡くなるとき同じような経験をしたわ」

「死にゆく人は待っているのね」

「ええ」

「私はパパを赦したわ」

「赦したって何を」

「何を、って。家族の間では赦し合わなければならないことがあるわ」

「そうね」

それは言葉にならないことなのだろう。

「パパはもう話もできなかったわ。聞こえているかどうかもわからなかった。私もただ黙ってパパのそばに坐ったの。そうしてしばらくしてパパは息を引きとったわ」

「……………」

「沈黙の、無言の時だった。でも和解したのよ」

「ええ」

イヴォンヌの顔にはじめて深い安らぎが浮かぶようだった。

「ローズおばさんは？」

「おばさんも亡くなったわ。長いこともう私たちの顔もわからなくなっていた」

「そう」

「おばさんは私たちのためにずっと独身を通したわ。みんな戦争のせいね」

「ええ」

ドイツとフランスの狭間にあって絶えず戦乱に巻き込まれてきたアルザスの人々を思った。

豊かな大地ゆえに両大国の欲しがるところとなり悲劇を繰り返してきたアルザス……アルザスの人々はなかなか心を開いてくれないけれど、一度心をゆるすと、どこまでも信頼し合う仲になる。

そんなアルザスは私の第二の故郷になった。

「私、施設に入れられるはずだったの」

イヴォンヌは言葉を続けた。

「どうして知っているの」

「パパは書類を取り寄せていたのね」

「そう」

「パパが亡くなって整理していたら書類が出てきたわ」

オリヴィエ氏はイヴォンヌに対して生涯複雑な感情をいだき続けたのだろうか。愛と憎しみの交叉するところで一生を過ごしたのだろうか。それともただ不用意に書類を処分し損なってしまったのだろうか。あるいは施設に入れても当然のあかの他人の子を育てあげたという自負の気持ちだったのだろうか。

「子どもたちは何となく感じているわ」

「何を？」

「ルブラン家には秘密があるって……」

「……」

「子どもたちには、理解できるときがきたら話そうと思っているけど」

「特別に話す必要もないと思うけど」

「そうね」

ほどなくしてカオーの郊外の見憶えのある家に着いた。

前回とはちがって賑やかな出迎えはない。

「アランは今日仕事で戻ってこられないと思うわ。泊まりの日なの。車で二時間のところを往復するのは大変だから」

「そう。残念だけど、またの機会を楽しみにするわ」またの機会はいつあるのだろうか、と思いつつ私は答えた。

「ここがあなたのお部屋よ」

二階の一室が私に与えられた。

恐らく子どもの誰かの部屋だったのだろう。

イヴォンヌの言葉は、ウィッサンブールに招かれて初めて過ごしたフランスの家庭の一夜を懐かしく思い出させた。

子どもたちはもう巣立っていったのだろうか。

そんなことを考えていると、長女のセシルが一人娘を連れてやってきた。

「ボンジュール、憶えているかしら。ヒサコです」

「ええ、憶えていますよ。私、小さかったけど」

一人娘はなんと愛らしいのだろう。

黒い瞳で眼が大きく、金髪に色白と、美人のお手本のようなお嬢さんだ。お人形のように着飾って、お人形のように愛きょうを振りまいている。父親はギリシャ人だという。

セシルが娘を連れて帰って行くと代わって次女のソフィーが帰宅した。

続いて初対面の双子の一人フランソワが現われた。そして驚いたことにアランが帰宅した。

「ヒサコが日本からやってきたのだから」と言って。

夕食は前回のようなチビちゃんたちの賑やかさはなく、静かになごやかに大人のテーブルになった。イヴォンヌもう〈おばあちゃん〉なのだ。

夕食が済み、片付けを終えるとアランが夜空を見ようと誘ってくれる。

「あっ、こうもりが飛んだ」

「あっ、また」

アランとイヴォンヌが夜空を見上げていう。

私は何度見上げてもこうもりは見えなかった。

「あっ、流れ星だわ」とイヴォンヌ。

「ほんとう、私も見えた」

家に戻るとアランがランプをもってそっと忍び足でやってきた。

「ヒサコ、来てごらん」

アランについて私も忍び足でテラスに出た。アランがそっとランプで照らしたところを見ると、何と、はりねずみが猫のお皿から牛乳を飲んでいる。

アランがそっと抱き上げると、首をつっこんでまるで果物のドリアンのように丸くなった。

「いつもこんな風に猫の餌を食べに来るのだけど、足音は人間の足音そっくりだよ」とアランが言う。私には初めて見る小動物で、そっと触ってみると針は出ていなかった。

アランの手の中ですっかり安心しきっているのだろうか。

翌日は例のおしゃべりの神父さんの案内でカオーを観光することになった。

初めてみる街は、中世の趣の残る静かな小さな空間だった。

そして翌日の朝早く、アランの車でアジャンに向かった。アジャンからはD家のお城が近くにあるサントまで乗り換え一つで行けるからだった。

道はくねくねと曲がっていて、かなり緊張を強いられるドライブだ。アランのオフィスはアジャンにあるというから、この道を毎日往復するのは確かに疲れることにちがいない。それでも道中、アランはユーモアを忘れない。「ほら、ひまわりだよ」「ほら、とうもろこし」などと、わかりきったことを私に言って笑わせる。

「アラン、ありがとう。イヴォンヌは今、とても幸せそうよ。いつまでもよろしくね」と言うと、アランは黙って頷いた。

おばあさんの赤いいちご

フランスのストラスブール大学に留学して二年目を迎えようとしていたころ、私は大学の近くの静かな場所に下宿を見つけたいと思った。

女子学生寮を経営していたシスターに尋ねると、「ちょうど大学から歩いて五分の静かな住宅街に、女子学生に一部屋提供したいというスイス人の家族があるから行ってごらんなさい。子どもがない夫婦で、いい方ですよ」という。

シスターにその場でランデブー（面会時間）をとりつけていただいて、そのお宅を訪ねることにした。

それは、美しい公園のすぐ近くの一角で人々が「カルティエ・シック」（瀟洒な街）と呼ぶ、上品で静かな住宅街にあった。通りには、比較的新しい家々が並んでいる。——比較的新しいというのは、市の中心地には中世以来の建物が残り、今なお十五世紀に建てられた古いアパルトマンに住んでいる人もあれば、第一次大戦前後のドイツ時代のがっしりした厳めしい建物もあり、また、ごく最近の超高層の団地式アパルトマンもある中で、この街は、恐らく第二次大戦後の建物で成っていると思われるから。――二階建てか三階建ての家々は、赤茶色の屋根瓦にベージュ色の壁が基調で、調和のとれた美しい街並を成し、街全体が落ち着いた優しい雰囲気を醸し出している。それぞれの家の奥には小さな中庭があるらしい。

教えられた番地を見つけ、門にあるM家のベルを鳴らした。

大柄で丸まる太った夫人が、にこにこして出迎えてくれた。歳は五十歳前後だろうか。

門を入って三階建ての家に招き入れられると私は目を見張った。玄関の床も階段も美しい大理石で、金色の真鍮の手摺は磨かれてぴかぴかに光っている。この家の持ち主は二階に住む八十歳近いお婆さんで、M夫妻は一階を借りているという。そして私には、M夫妻の借りている、普通はお手伝いさんなどの住む三階の部屋を貸したいという。

さっそく三階の部屋を見せてもらった。それはとても小さな小さな部屋……。けれど、バルコンもあって、そこからは手入れのゆき届いた美しい中庭が見える。壁の色もこちらでよく目にする強い色彩ではなく、淡いベージュで明るく落ち着いている。そして何よりも木の床が安らぎを与える。すっきりした温かな空間……普段使わないものは屋根裏の片隅に置いておけばよいし、洗濯物も屋根裏に干すという。そして、隣の部屋にはお婆さんのお手伝いさんが住まっているが、彼女はとても静かで決して勉強の邪魔にはならないともいう。

M夫人は私がこの簡素な部屋を気に入ったのを見ると、一階に戻り自分のアパルトマンに招き入れた。

内部はとても贅沢な住居で、客間には中国趣味の立派な家具が並びたくさんの油絵が壁を美しく飾っている。いままでに招かれたどの家よりも豪華な住居……。でもM夫人は気取るところがなく素朴で正直そうに見える……。少し擦れたような声がなんとなく温かい。

ここだったら安心して静かに勉強できそう……。

私がここに引っ越そうと決めたと知ると、「大家さんのG夫人に紹介しましょう。私達も借家人ですから」と言って、M夫人は二階に私を導いていった。

G夫人のアパルトマンのベルを押すと、黒っぽい服を着た背の高い痩せた老人が杖をついて現われた。仰ぐようにして見ると、骨格のがっちりしたこの老婦人の顔は厳めしく、いかにも気難しい感じがする。

「このお嬢さんが今度三階のお部屋を借りたいと言っていますので」とM夫人が、私を紹介した。するとG夫人は即座に言った。

「ガスの使用は禁止です。ガスの臭いがしたらすぐ追い出しますよ。私は苦労に苦労を重ねてこの家を建てたのだから、火事など出されたらたまらない。それからガルソン（男の子）が訪ねてきてもだめ」

お婆さんは威嚇するように肩をいからせ、顔をひきつらせている。

まるで映画か小説の一場面に居合わせているようだった。皺くちゃな顔に真っ赤な口紅をさしたお婆さんの表情を見ているうちに、全身から血の気が引いていき、頭がくらくらしてきた。そして、すっかり気分が悪くなった私は、よろめきながらM夫人と一緒に一階に下りた。

「お茶を入れましょう」と私の蒼白な顔を見てM夫人は私を台所に招いた。

紅茶をいただいて少し落ち着いたのを見るとM夫人が口を開いて言った。

「G夫人はやり手で、毛皮の商売で一儲けしたんです。未亡人で苦労したから、あんなになったんですけど、根はいい人なんですよ。妹さんを経済的に援助してますし……。でも、あなたがもういやだとおっしゃるなら、あなたとお識り合いになったことだけで満足しましょう」

私は大きく息を吐いた。そして、ゆっくり空気を吸い込んでからしばらく間をおいて確かめるように尋ねてみた。

「でもガスが使えなかったら、自炊できないですね」

するとM夫人の顔にいたずらっぽい表情が浮かんだ。

「あのお婆さんは案外単純なんですよ。私の主人は知能犯的で、私にお婆さんの扱い方のコツを教えてくれたんです。ガスを使えなかったら電熱器を使えばいいんです。そして、お婆さんの言葉通りにしたように思わせてしまえばいいんですよ」

この言葉に少しほっとしていると、夫人は付け加えた。「三階のアパルトマンにはG夫人の息子さんが住んでいます。一人息子で甘やかされたので、夫人も頭を痛めていますが。離婚して今は一人でスイスで働いていて週末以外には帰ってきませんから、とても静かですよ。お手伝いさんのベルタも親切な人ですし……」

お婆さんは恐ろしいけど低音のM夫人は親しみ易そう。そして、どっしりとして頼りがいが有りそう……。私は二、三日うちにお返事をします、と言ってM家を辞した。

帰り途、お礼かたがたシスターのところに寄り、前の下宿人はなぜ引っ越したのかと尋ねてみた。するとシスターは、様子を聞きたければ、と言って前の住人のアニックという女子学生の住所を教えてくれた。アニックを訪ねると、「部屋が狭すぎるから引っ越したけど、あそこは静かで勉強するにはいいですよ。お婆さんは不愉快だけど、顔を合わせることはあまりないから」と言う。この言葉を聞いて私はそこに引っ越す決心をした。

大学に近く閑静な住宅地にあって、日没後の帰途も危険がなく、新しい住居は快適だった。しかし、ただ一つ困ったことがあった。訪問者が私に来訪を告げる方法がなかったのだ。M家のベルを鳴らして夫人をわずらわせることはあまり度々はできなかったし、夫妻が留守をすることも多かった。通っていた教会付属の学生寮の神父さまに相談をすると、ベルを取り付けたらよいから、器用な学生に頼んであげようと言って下さる。M夫人に話すと夫人も賛成し、その学生に来て見てもらうことになった。

やって来た学生は、背が高く太ってとても体格がよかった。M夫人と私と三人で階段を上っていた時、きっと彼の足音が廊下に響いたのだろう。普段と違う足音を聞きつけたG夫人が扉を開いて、「何事が起こったんですか！」と叫んだ。「マドモアゼル・ジャポネーズ（日本人のお嬢さん）がベルを取りつけることができるかどうか見ていただいているんですよ」とM夫人が説明すると、「この家に何が欠けているというんですか。いったい何か足りないところがあるんですか」と甲高い声でヒステリックに言う。堂々とした体軀の学生もすっかり恐れをなし、もういやだ、と言って帰っていった。

実際ベルを取り付けるのは容易ではなかった。例の学生係の神父さまは、バルコンに鐘を吊したらよいと苦笑して言った。この冗談まじりの話が、結局一番の名案ということになって、私は小さな鐘を三階のバルコンに取り付け、紐を長く地上にまで垂らした。

そしてお婆さんは何も文句を言わなかった。

こうして、やっと外との連絡をとることができるようになった。

G夫人には数人の雇人がいた。まず食事と身の回りの世話をするベルタ、運転手のベルナール、庭師、そして一週に一度やってくるお掃除のおばさんが。お掃除のおばさんは建物の隅から隅まで、階段の滑り止めの溝に至るまで完璧に磨き上げていた。G夫人は、朝十時になると毎日決まってベルナールの運転する車で散歩に出かける。そして、それ以外にはほとんど廊下に姿を現わすことはなかった。ただ普段と違った物音がすると、扉を開け、「何事ですか」と叫んだ。私は友人たちに、忍び足で歩くようにと頼んだ。それでも時折お婆さんに出くわし、恐れをなす人もいた。「囚われのお姫様に会うのは楽じゃない」と友人たちが冗談を言い合った。

それから半年ほどの間、何事もなく平穏無事に過ぎていった。隣室のベルタも物静かで、出会った時には愛想よく挨拶してくれる。

と或る夕べ、私はM夫人のところでテレビを見せてもらおうと部屋を出た。

ちょうどその時、同じ三階にある、お婆さんの息子のピエールのアパルトマンから、厚化粧をし、着飾ったベルタが出てくるところが見えた。その姿は昼間見るベルタとは全く違う。

驚きが去ると、急に恐くなった。以前、一度、太って頭の禿げたピエールと階段で擦れ違った時、「マドモアゼル」と言って、私に近寄ってきたのを思い出した。どうしたらよいのだろう……。思い悩んだ末、アニックに相談することにした。

「私は何度もあなたの見たのと同じことを時にはもっとひどいことを見たわ。あの甘やかされて大きくなってどうしようもないピエールは、私にも近寄ってきたことがあるの。でもあなたさえ毅然とした態度をとっていれば、危険はないわ。ベルタのことはM夫人に話したけど、信じてもらえなかった」と、アニックは言う。

私は少し安心したものの、まだ何となく不安だった。

翌日、信頼する先生にも相談すると、古き良き時代を代表するような老教授は、「気の毒に、はるばる日本からフランスまでやってきて、大変な経験をしてますね」といかにも申し訳なさそうに言う。そして「そう言っては悪いけれども、そのお手伝いさんがいる限り、あなたに危害が及ぶことはないでしょう。静かに勉強ができるのだったら、下宿を変える必要はないと思いますよ。ただ一言、あなたの大家さんの耳に入れておいたほうがよいでしょう」と付け加えた。

M夫人には興奮しやすいところがあるから、夫人に話したら、どんな騒ぎに発展するかわからない。不安を感じて仲良しの年輩のエレーヌに話すと、「お手伝いさんはお婆さんの財産が目当てなんでしょう。大家さんには言っておいた方がいいわ」と言う。

親切なベルタについてそうは思いたくなかったけれど、やっぱり自分の身の安全のために、M夫人の耳に入れることにした。

ベルタを傷つけることのないように、ここだけの話にして欲しいと何度も前置きしたのに、私の話を聞くとM夫人は大声で「そんなはずはない。ベルタは信心深い子です。あのベルタがそんなことをするなんて、私には信じられない」と叫び出した。そして「アニックもあなたと同じことを何度も私に言いました。あの子は少し想像力が強すぎるから、と私は取り合わなかった。でも、あなたがそう言うなら、今度こそ信じましょう」と興奮して言った。

私は外に声が漏れ聞こえるのではないかと冷や冷やしながら、くれぐれも夫人の胸のうちにしまっておいて下さいとお願いして、夫人のところを辞した。

しかし、心配したとおり、夫人は興奮してM氏に話したらしい。しばらくの間緊張した空気が家の中に満ちた。が、数週間も経つと、次第に元の平穏な家に戻っていった。私はピエールと出くわさないよう細心の注意を払った。そして、再びベルタの厚化粧と着飾った姿を見ることはなかった。

美しい五月のある日、歯の手術をした。

手術が終わると、歯医者さんは、家に帰ったらしばらく氷で冷やしなさい、と言われる。

下宿に戻るとすぐ、私はM夫人から氷を分けてもらおうとM家のベルを鳴らした。しかし、返事はない。あいにく夫人は留守のようだった。仕方なくベルタに頼むと、彼女は快くお婆さんの台所からボールいっぱいの氷をもってきてくれた。そしてもう片方の手に持っていたものを私に差し出した。見るとガラスの器いっぱいに大粒のつやつやした真っ赤ないちごが盛られている。ベルタは「G夫人からの贈物ですよ」と言って微笑んだ。

思いがけないお婆さんの贈物に私は息を飲んだ。「ありがとう……ほんとうにありがとうございます」と言って受け取ると、

「お大事に、とおっしゃっていましたよ」とベルタは言い添えた。

一週間ほどして、廊下でG夫人に出会った。夫人はいつにない穏やかな表情をしている。私は改めていちごのお礼を言った。「とてもおいしかったです」と付け加えると、夫人の顔がほころび、「そうでしょう」と満面に微笑を浮かべて満足そうに頷いた。初めて見る夫人の笑顔だった。見詰めると、皺くちゃな顔の中の二つの目が優しく瞬いていた。

それから残りの一年半ほどの間、たくさんの友人が私を訪れてくれた。彼らは、時には即席のホットケーキに満足し、時には日本料理らしきものをお箸で食べて、「すっかり異国情緒に浸

った」などと冗談を言い合った。
やがて三年の留学期間が過ぎ、私はたくさんの懐しい思い出を携えて帰国の途についた。出発の前日、G夫人に挨拶をすると、夫人は笑顔を見せ、柔和な様子で「日本という国は美しい国だそうですね」と優しい言葉をかけてくれた。

帰国して二年目のクリスマスを迎えた。M夫人の便りには、G夫人が亡くなったという知らせが添えられていた。

その翌年の夏、ボンで開かれた国際学会に出席した折に、私はストラスブールまで足を延ばした。元の下宿を訪れると、M夫妻はバカンスで不在だったが、ベルタが出迎えてくれ、G夫人が亡くなったことを告げた。そして意外なことに「夫人のアパルトマンをお見せしましょう」と言って私を中に招き入れた。
初めて見る立派なアパルトマンの中には、私には一生縁がないと思われる高価な家具調度品が並んでいた。きっとベルタが入念に手入れをしているのだろう、埃ひとつ見つからない。感心して眺めていると、ベルタが言った。

「G夫人はいつも泥棒に入られるのではないかとびくびくしてましたよ」

そう言ってから、まるで教会の神父さまのように付け加えた。

「でも亡くなってしまえばこの立派な財産も意味がないのですね。天国には持っていけなかったんですよ」

それから寝室に続いて浴室に案内して、ベルタは言った。

「G夫人は浴槽でころんでから、死ぬのが怖くなって大変だったんです。ときどき自殺もしかねない様子になって……。心配だったので夜はこちらに来てそばで寝ていましたよ」

アパルトマンを一巡りしてベルタに別れを告げた。

玄関を出ようとした時、金ぴかの大きな柱時計が目に止まった。

二メートルほどもある振り子時計は、主がいなくなったアパルトマンの中で、ひとり静かに振り子を揺すって、忠実に時を刻んでいた。

その年のクリスマスの便りには、M夫人の優しい言葉があった。「あなたが帰国してから、あのお部屋はそのままにしてありますよ。いつでも帰っていらっしゃいね」

それから八年の歳月が経った。思いがけずストラスブール大学の恩師たちに招かれて、再び彼の地で論文を書くことになった。

ストラスブールの住宅事情は厳しい。外国人にはなかなか部屋を貸してくれないという。以前通っていた教会の神父様に適当な住居を探してほしいとお願いの手紙を出しておくことにした。

M夫人にも渡仏前に多少の期待をもって手紙を出したのだったけれど、夫人の返事には、あの部屋のことは何も触れられていなかった。

ストラスブールに到着してしばらく友人のところでお世話になった後、M夫人を訪ねた。すると意外な言葉がM夫人の口から漏れた。

「あのお部屋はそのままになっているんですよ。でも、もう以前のような家ではないんです。ベルタの頭がおかしくなったんですよ」

「まあ……」

「夜中にホースで水を撒いたり、ドタンバタンと大きな音をたてるんです」

「……」

「私たちに対しては横柄で命令口調なんですよ、まるで自分が主人だとでもいうように」

「……」

「主人は、こんな悪霊の棲みついている家はもう嫌だって……」

私には到底信じられなかった。私の頭の中には、なお、あの美しい空間が生き続けていた。

「信じられないみたいですね。一度、泊ってごらんなさい」

翌日、あの三階の懐かしい、小さな部屋に泊めていただいた。

鍵をいただいて階段を上った。G夫人のアパルトマンの扉はぴたりと閉じている。扉の前を行き過ぎながら思った。おばあさんがいらしたときには、ぴんと張り詰めた空気があった。でも今はもうそんな緊張感はない。なにか空気がだらんとしてしまったみたい……階段も手すりも埃っぽいし……。

三階に着いた。ピエールのアパルトマンの前を過ぎてベルタの部屋の隣の部屋の扉を開けた。

六畳くらいの小さな空間にベッドと小さな机と椅子、そして洋服箪笥……。

たくさんの思い出が詰まった懐かしい空間……。

でも何かが変わってしまった。いったいそれは何……。

そんなことを頭の中で思いめぐらしているうちに眠りに落ちていった。

真夜中を過ぎた頃だろうか、バタンバタンという大きな物音で目を覚ました。音は下の階段の辺りでしている。

ああ、ベルタだわ……。

何か新聞を束ねたようなもので手すりを叩いているのだろうか。バタンバタン、バタンバタン、と音は家中に鳴り響いている。

すごいエネルギーだわ……。

二十分ほどして、ようやく静かになった。

「ねえ、聞こえたでしょう」

「ええ、ものすごい音ですね」

「私たち、もうスイスに帰ろうと思っているんですよ。主人も定年退職しましたから」

「フランスもこの十年の間に随分変わったようですね。こちらに来てからは、ひったくられただの、泥棒に入られただの、騙されただの、嫌な話ばかりが聞こえてくるみたいで……」

「フランスの経済が今とても悪いんですよ。だから、もう以前のように食事に招きあったりすることも少ないんですよ」

「そうなんですか……」

朝食をいただいてＭ家を辞した。

門を出たところで振り返ってみると、ちら、とベルタの姿が二階のバルコンを横切っていった。

ベルタ……。

ずっと以前にエレーヌの言った言葉が私の脳裡に浮かんだ。

「いいえ、そんなはずはない。ベルタは信心深い子です……」と打ち消したM夫人の言葉も記憶の底から蘇ってきた。

私の識っているあの頃のベルタは優しくて親切な人だった……。

通勤時間が過ぎた通りは静まりかえって人影もない。

私は静かな道を歩き続けた。

心の中をベルタがG夫人のアパルトマンを案内してくれたときに言い添えた言葉が去来していた。

（一九八〇年）

アルベールおじさん　1

アルベールおじさんのほんとうの名前を、私は知らない。恐らく私の友人や知人の誰れに尋ねても、わたしは知らない、と言うだろう。私も皆も、おじさんをただ「ムッシュー（おじさん）」と呼んでいたから。しかし、或ることがきっかけになって、私はおじさんを、秘かに、アルベールおじさん、と呼ぶようになった。

アルベールおじさんに出会ったのは、研究休暇を得て十年ぶりに再びストラスブールの住人になってから間もなくのことだった。

出発前にD修道院に手紙を出して、住居を見つけて欲しいと依頼してあったから、着いたらすぐ落ち着けるだろうと思っていたのに、それは全くの期待外れで、到着早々、住居探しの厳しさが私を待っていた。もともと賃貸住宅の絶対量が少ない上に、アルザスの人々は外国人に対して警戒心が強い。その上、近頃は、家賃、光熱費を踏み倒して帰国したり姿をくらます外国籍の借家人が多いこともあって、外国人にはなかなか貸したがらない。それでも、D修道院のお世話でしばらくM夫人のところに寄宿させていただくことができた。

幸い、一週間ほどした時、大学の前の女子学生寮が一部屋空いたからどうか、という誘いを受けたので、差し当たりそこにお世話になることにした。

そして、十年前と同じように、朝から夕まで大学の図書館で勉強し、昼にはD修道院付きの教会でミサに与る、という繰り返しが始まった。私は、外国に来たという緊張もなく、懐かしいという感じもそれほどなく、まるで十年の空白がなかったかのように、すっと、社会に融け込んでしまった。

しかし、昔の友人の多くはこの街を離れフランス各地に散ってしまっていたし、お世話になった人々の中には、定年後の余生を故郷で送るため遠くに住むようになった家族があったり、また故人となっている人もいたりして、人々の顔ぶれはかなり変わっていた。

こうして、外国人という意識もなしに、外国にいるのか、日本にいるのか、全くわからない妙な気持ちで、私は新しい生活を始めていた。しかし、しばらくすると、「何かが変わった」と感じ始めた。その「何か」は、街並とか人々のファッションとか外に見えるものではなかった。

いったい何が変わってしまったのだろう。私は自分自身に問いかけつつ、十年前と同じ生活を繰り返していた。

たしかに大学のスタッフの三分の一以上は変わっていた。以前多くの学生をストラスブールに魅きつけたグランプロフェッソール（大教授達）は故人となったり定年退職をしていた。仰ぎ見る先生たちがいないのは、何とも寂しい。学生たちも何か以前の学生たちとは違う。

D修道院付き教会に集まる人々の顔ぶれも、以前は大半が学生だったのに、今回は、若い人よりも年輩の人が目立って多い。以前は、皆が未来に何かを期待していて、年齢にも身分にも関係なく、年輩の人たちも、神父さんたちもシスターたちも、皆に共同体の意識があって、学生のスト騒ぎのときや、大統領選挙のときなどは、フランスを変えなくっちゃ、なんて、息巻いていた。しかし、今は老いも若きも、ミサがすむとあとは静かに一人で祈っているか、あるいは、さっさと教会を去って行く。ミサ典礼は相変わらず美しい。しかし、以前よく歌った溢れるエネルギーをぶつけるような聖歌は歌われない。その代わりに、抑制された静かな調子で東方典礼や古い聖歌が歌われている。それは深みを増したと言えばそうも言えようが、しかし、「何か」が喪われてしまったのを私は感じた。いったい、何が喪われてしまったのだろう。

このように感じていたのは私ひとりではなかった。皆が親しい識り合いになって、一緒にサンドイッチを作って簡単な昼食をしたり、老若男女入り混じって教会や社会の未来について白熱した議論をよくした昔を知っている人たちには、何とも淋しく感じられる。昔の仲間が集まると、そんな感想を皆がもらしていた。けれども、地理的便利さと、美しい聖歌のために、そして、よい説教が聴けるということから、私は、毎日D修道院のミサに出かけて行った。

一週間ほどが過ぎたとき、ミサの会衆の中に懐かしいジョンの姿があった。十年前、ジョンはジーパンにセーターというういで立ちで、毎日のようにミサにやってきた。そしてミサが終わると、たむろする学生たちに気軽に話しかけ、修道院の一室で毎週一回開かれたバゲットにチーズやハムをはさんだだけの昼食会に出て、学生たちの議論に加わった。身軽な身のこなし方は若者のようだったが、欧州会議に勤務していた昔の私の大家さんの話では、欧州会議の中で高位にある外交官だという。ジョンは遠くから私を見つけると、にこっとして、「帰ってきたね」と無言の言葉を送ってきた。

ミサが終わると、以前のように、「もしよければ」と言って私をナダの手料理に誘ってくれる。喜んでジョンの車に乗り込むと、さっそく気になっていたことをぶつけてみた。

「ジョン、私はまだここに戻ってから二週間くらいしか経っていないけど、何かが変わったような気がするの、何かが喪われてしまったような……」

「喪われたというのは〈いのち〉じゃないかな」

「そう、それなんだわ。十年前のあの〈いのち〉がもうここで感じられないんです」

「君が帰国してから、いろんなことがあったんだよ」

「ええ、ドゥボー夫人の手紙やエレーヌの話で、少しは私も知っています」

「修道院の院長が交替してから、すっかり保守的になってしまって、説教もつまらないし、若者も集まらないし、私も失望してもうあまりここのミサには来ていないんでね」

「そうなんですか。そう言えば、ガビの姿も見えませんね」

「ガビは生徒たちにとっても慕われていたのに、高校教師をやめて、スラム街で外国人労働者たちと一緒に働いているよ」

「ええ、知っています。あの頃、とっても若々しくて頑張り屋で情熱に溢れていて、学生たちも慕っていたけど……皆でわいわいやっているうちに、共同体がどろどろになってしまったって……浄化には時間がいるって……」

「あの頃は少々行き過ぎもあったけど、皆が生き生きしていて面白かったよ。白熱した議論を闘わせたりして親しくなって、皆が家族という意識もあったし、……けど、保守的な院長も退陣したから、これから何かが変わるかもしれない。期待したいね」

車を降りると

「このごろ盗難が多くてね。何度もやられたから、防犯装置をつけてもらったよ。こんな車でもね」とジョンが言う。たしかに、私の大家さんの車とは段違いの慎ましいものだ。

それから懐かしいナダとの再会があった。

ナダはからだいっぱいに喜びを溢れさせて「ヒッサコ」と言って私をアンブラッセする。そして、彼女特有のフランス語で言った。

「ヒッサコ、ジョンは今、欧州会議の事務総長なのよ」

この日を機にしてジョンは、以前のように毎日というわけではなかったけど、たびたび昼のミサにやってくるようになった。そして、ある日のことジョンは言った。

「もう大丈夫だ。私はここにもう一度何かを見いだしたよ」

その何かというのは、何なのだろう。私も何とはなしに、もう一度、微かにではあるけれど、少しずつ何かが戻ってくるように感じ始めていた。

そんなある日のことだった。ミサを終えて教会を出ると出口に髪の毛のぼうぼうとした六十四、五歳と見える老人が、帽子を手にして立っていた。人々はその帽子の中に小銭を入れて去って行った。そのたびに老人は「メルシー」と大声で叫んだ。それがアルベールおじさんだった。

最初の数日、ミサが終わって教会を出る時、私はおじさんの前を素通りした。そしておじさんも、特別に私に注意を払わなかった。しかし、何日かすると、おじさんは、「食べるものがないんだよ。少しくらい、恵んでくれたっていいじゃないか」と口をとがらせて私に不満を言った。街にも大学にも乞食はたくさんいる。これはかなわない、と思いながら一フラン硬貨を帽子に入れた。「メルシー・マダム」とおじさんは大声で言う。その顔からは嬉しさがこぼれ落ちそうだった。それから数日、続けて私はミサが終わるごとに一フラン硬貨をおじさんの帽子に入れた。けれども小銭がない時には「今日は何もないの」と言うと「うん、いいよ」とおじさんは笑って、口をとがらして不平を言うこともなかった。

間もなくして、地質学者のジャンヌを訪ねた。「ねえ、乞食のおじさんに毎日お金をあげるってどう思う。何だか分からないけど、善いことなのか悪いことなのかって迷うのよ」ジャンヌはいつものように静かに話を聞いてくれる。そして、「私もそうなのよ。でも私があげるのは自分自身のためなの」と言って彼女は微笑んだ。その微笑みはまるで花も恥らう乙女のようだ。ジャンヌには年を重ねた人の思慮深さと少女のような純粋さが一つになった美しい表情がある。

それからしばらく迷ったけれど、「乞食の人たちはお金をあげたらみんな飲んでしまうのですよ。私は替わりに、サンドイッチを作ってあげることにしています」とナダが十数年前に言ったことばを思い出して、それからはおじさんにサンドイッチを作って持っていくことにした。

例のようにミサが終わって、私は一番後から教会を出た。そして出口に立っているおじさんに、ちょっと迷いながら「お金ではないけど、これ」と言っておじさんの帽子に小さな包みをそっと入れた。「うん」とおじさんが頷いた。

嬉しそうだったおじさんの様子に勇気づけられて、私はそれから毎日おじさんの帽子の中に小さな包みを入れた。おじさんは、最後に入れる私の小さな包みを別にして、その日の身入りをポケットにしまうと、ビニールの袋を下げて去っていく。

しばらくしたある日のこと、ミサが終わって教会を出ると、いつものおじさんの姿が見えない。どうしたのだろう、といぶかりながら、私は、向かいの大学食堂に向かった。数日前に知り合った日本人留学生のMさんと、一時前後に食堂の前で、と約束してあったのだ。

食堂の前の広場に着くとMさんが待っていた。「すみません。お待たせしましたかしら」と言ったとたん、おじさんが食堂の出口から出てくるのが見えた。とっさに、「ムッシュー、ムッシュー」と叫んで私はおじさんの方へ走り出していた。

かけてきた私を見るとおじさんは驚いて立ち止まった。それから照れくさ笑いをすると、「いやあ、今日は、ねぼうしたんで教会はお休みしたんでさあ」と恥かし気に言い訳をした。まるで、先生かお母さんに叱られた小学生みたいだった。

「おじさん、これ」と言って包みを差し出すと、おじさんはそれを受け取って急いでビニール袋に押し込み、足早にそこを去っていった。

「いったいどうしたんですか」と、私に追い付いたMさんがけげんそうに尋ねた。

「いつも教会に来る乞食のおじさんなの。今日は姿が見えなかったから、どうしたのかしら、と思っていたとこだったんです」と答えると、Mさんは、興味津々だとばかりに「へー」と声を発した。

「あのおじさんは礼儀正しいし、いつもにこにこしていて、人がとても良さそうなので、皆に好かれているんですよ」と説明を加えると、Mさんは、ますます興味をそそられた様子で「へー」とまた言った。

やがて短い春が終わって緑のさわやかな初夏になった。天気の良い日、ミサの行き帰りに大学の中庭を通ると、時々草むらの日だまりに寝ころがってぐっすり眠っているおじさんの姿が目に入った。

「乞食のおじさんたち、どこに住んでいるのかしら」と、ある日、七十歳とは思えないほどエネルギーに溢れたM夫人に、尋ねるともなく尋ねた。

「乞食ですもの、住むところがないに決まっているじゃありませんか」と彼女らしいぶっきら棒な答えが返ってきた。

「でも、冬には寒いでしょうに」と私がつぶやくように付け加えると、

「乞食は、私たちが思っているよりもずっと抵抗力があるんですよ」と、つき放すような答えが返ってきた。そして会話はとぎれた。M夫人らしいな……でも、仕方ない。勝気な彼女は心にひとには言えぬ言い知れぬ悲しみを抱えて、じっと頑張っているのだから。

　太陽のない冬の期間が長い北ヨーロッパの人々は日光浴が大好きだ。おじさんも、日だまりが大好きなようだった。雨が多い春の季節が終わって太陽の日差が次第に強くなるにつれ、おじさんは、ミサの前に教会の前の日だまりで日なたぼっこをしていた。髪はぼうぼうで髭がもじゃもじゃのおじさんは、地べたに腰を下ろし、足を大きく開いて、ゆうゆうとおいしそうにたばこを吸っている。いかにも乞食のおじさんらしい。しかし、ミサが終わると、おじさんは、出口に帽子をもってきちっと立ち、「メルシー・マダム」「メルシー・ムッシュー」とおじさんの帽子にコインを入れて教会を立ち去る人々にあいさつしている。人々は「おじさん元気でね」とか「風邪ひかないでね」と声をかけて去っていった。

夏が近づくにつれ、私は、おじさんの変化に気づいた。おじさんはいつの間にか髭をきれいに剃って、髪を梳り、誰にもらったのか、白いワイシャツに赤い毛糸のチョッキを着て、足をきちんと揃えて、教会の入口に立っていた。その姿は、どう見ても乞食とは思われず、それこそ、どこにもいるちょっと粋な好々爺のようだった。

ある日のこと、教会に着くと、いつものおじさんの姿が入口にない。今日はおじさんどうしたのかしら、と思いつつ、教会の入口の扉を押して薄暗い堂の中に入った。扉の開く音で後方の右手の片隅の壁側に直角の方向に置かれた椅子に背を丸めて坐っていた人が振り向いた。おじさんだった。驚いて、「ボンジュール」と声にならない声で私はおじさんに挨拶した。かすかにうなずいたおじさんは、再び背を丸めて頭をたれ静かに坐り続けていた。

ミサが終わると、おじさんは誰よりもはやく堂を出て「メルシー・ムッシュー」「メルシー・マダム」「今日も一日良い日でありますように」といつもの乞食家業に精を出している。おじさんの顔には、つい先刻の神妙な表情は失せて、楽し気な晴々とした空気が満ちていた。

それから数日後のことだった。聖体拝領を終えて席に戻ろうとした時、拝領に向かう列の一番後に、おじさんが半ば申し訳なさそうに、半ば嬉しさと恥かしさを押し隠したおどけた様子で、すっかりへんてこな身振りで歩いているのが見えた。驚いた私は、おじさんが祭壇に近づくのを見守った。おじさんは祭壇に近づくにつれ、すっかり自意識過剰になって、うひゃあ、うひゃあ、と小さな奇声を発した。そして聖体拝領を済ませると、もう全身に嬉しさをいっぱいにみなぎらせて、手を振り、足をぶらつかせ、まるで雲の上に上ってしまったかのように、上げた足を何処に下ろしたらよいのか、何処を歩いたらよいのか分からない、といった風で、ふわふわと元の席に戻っていった。

それから毎日、私はおじさんが例の席に例のように背を丸めて坐っているのを見た。そして、聖体拝領の列の一番後に、神妙に頭を垂れて歩いて行くおじさんを見た。

おじさんは、毎日少しずつ自信を得ていった。相変わらず会衆の列の最後を肩をすぼめ、うなだれて神妙な顔をしてついていくけれど、もう以前のように、足をどこに出したらよいかわからず、手を交互に高く挙げ、前に出した足をぶらぶらさせて奇声を発する、といったようなことはない。足どりは慎ましく確かだ。

そのうちにおじさんは大胆になった。

ある日のことだった。ミサの中で〈平和の挨拶〉の時が来ると、おじさんはいつもの片隅の席を立ってすたすたと人々の輪に近づいた。そして、皆と同じように「キリストの平和」と言って、少し恥かしそうに握手の手を差し延べた。一瞬、周囲の人々は驚いたようだった。しかし、すぐ次の瞬間、皆も「キリストの平和」と言って、おじさんの手をしっかりと握った。すぐそばにいたジョンは、それを見るとおじさんに近づき、顔中に喜びを溢れさせて、おじさんの手を両手でしっかり握った。そして、激しく上下にゆすった。

ひとしきり握手をして廻るとおじさんはすっかり照れたように真っ赤な顔になって自分の席に戻っていった。

ミサが終わると、おじさんは、また、いつものように帽子を持って出口で人々を待った。

「はい、おじさん」と言って人々は一フラン硬貨を帽子にそっと入れていく。

「よい一日でありますように」と、伸びやかなおじさんの声が掛かる。

おじさんはもう以前のように髪をぼうぼうにして現われることはなかった。髪をきちんと梳って、白いシャツに赤いチョッキのこざっぱりしたおじさんは、人の良い職人さんか田舎のどこにでもいる好々爺のようだった。

美しい五月。魂を奪っていきそうな透明な空気と薄黄緑の若葉、そして咲き乱れる彩とりどりの花々……。おじさんの白いシャツと赤いチョッキがひときわ輝きを増した。

ヨーロッパの春は短い。

やがて早くも夏になった。

夏のストラスブールは砂漠のようになる。大陸性の気候とライン川から立ち昇ってくる湿気で蒸し暑く、あまり過ごしやすい風土ではない。それに大学都市でもあるストラスブールは、夏の間は学生が帰省したり図書館が閉まることもあって、大学の周辺は閑散としてしまう。十年前と同じように夏休み中はパリ近郊のJ修道院の図書館で論文に精出すことにした。

九月も半ばになると学生たちはストラスブールに戻ってくる。夏の間は中心街を散策する観光客ばかりで、閑散としている大学周辺の住宅街に、少しずつ若者の姿が増して、十月になると普段の活気が満ちてくる。

ストラスブールに戻ると、さっそく、例のミサに出かけていった。

学生の顔ぶれに多少の変化はあったものの、いつもの常連の面々が来ている。

しかし、おじさんの姿がない。

おじさんどうしたのかしら。

今日はお休みで、きっと明日はやってくるだろう。いつものようにミサに与って、皆より一足先に出口に行って、帽子をもって立っているにちがいない。

しかし、翌日もおじさんの姿はなかった。

そして、その翌日も、またその翌日も……。

おじさん、いったいどうしてしまったのかしら。

「ジャック、あの乞食のおじさんの姿がこのごろ見えないけど、どうしたのかしら」ある日、若い神父さんに尋ねてみた。

「そういえば夏の頃から姿が見えないね。夏の間、身入りが少ないから、もっと商売になるところを見つけていったんじゃないかな。そのうちに戻ってくるよ」

しかし、冬が来てもおじさんは戻ってこなかった。


（一九八六年二月九日）

アルベールおじさん　2

ストラスブールには、乞食のおじさんたちがあちこちにたむろしている。カテドラルの前にはうずくまった女の乞食が寒空の下で赤ん坊を抱いて物乞いをしている。

「絶対にお金をあげてはだめよ。あれはジプシーのグルの集団なの」

「あれは嘘なんだよ。だって赤ん坊は何年たっても赤ん坊なんだもの。どこから借りてくるのか知らないけどね」

友人たちは、乞食の多さに驚いている私にそれぞれアドバイスしてくれる。

大学の広いホールで暖をとっている乞食たちもいる。それぞれに縄張りがあるらしい。大学を縄張りにしている乞食のおじさんたちは、朝、学生たちの出入口に立って帽子を差し出す。学生たちは僅かな生活費の中から、コインを取り出して帽子の中に入れる。雪の降る日は特別に身入りが多い。一時限が始まって学生たちの出入りが途絶えると、おじさんたちはホールにたむろしてふざけ合う。そして、授業が終わる頃になると、それぞれ自分の縄張りの出口に急ぐ。学生たちが出てくるのを見ると、まるでずっと外の寒さを耐えていたかのように大げさに歯をがちがちと鳴らして体を震わせる。そのお芝居を見て学生たちは笑いながら、そっとコインを入れていく。

おじさんたちにはそれぞれお得意さんがいるらしい。ある日、クラスメイトのクリスチャンが昼食に誘ってくれた。クリスチャンはアシジのフランシスコに憧れて、修道士になろうと勉強中だ。小柄で円顔の笑顔が無邪気で愛らしい。

「やあ、クリスチャン」

大学の建物の出口で、まるで海賊の親分のような帽子を被った乞食のおじさんが、クリスチャンに話しかけてきた。

「今日は駄目だよ。お客さまなんだ。またこの次お相手をするからね」

そう言ってクリスチャンはやりすごした。

「仲良しみたいね」そう言うと、キューピーさんみたいな童顔のクリスチャンは

「うん、いいおじさんだよ」と子どものように笑った。

数日後、暗くなった川沿いの道を通って、食糧品屋で買い物をしていると、大学で出会う例

の海賊の親分みたいなおじさんが入ってきた。おじさんは一番安いワインを買うと、早速鎚を開けて、出て行った。私が買い物を了えて外に出ると、おじさんは道路でワインをらっぱ飲みにしている。それからワインのびんを片手に持って左右に大きく振りながら、よっぱらって、あっちへふらふらこっちへふらふらと、十二単衣みたいにたくさん着込んだ上にひっかけた大きなマントをそよがせて歩いていった。

車にひかれなければいいけど……。

その冬、アルザス地方は雪ばかりだった。覚悟はしていたけれど、やっぱり厳しい。それに四月にこちらに来てからというもの、ひったくられただの、強盗に入られただの、だまされただのと、いやな話ばかりが聞こえてくる。お年寄りの口からは「人生は辛い、生きているのは苦しい」とうめきや悲鳴が漏れてくる。通りや広場には、割られた車のガラスの破片が散らばっている。あっという間に車の中にあるものが盗まれるのだという。ホームレスの人たちが街のあちこちをとぼとぼと歩いている。暗くなった川沿いの道には五〇メートル間隔で夜の女性たちがマントに身を包んでじっと凍えたように立っている。なんでもヨーロッパ議会ができてからは高級娼婦が急増したのだそうだ。

雪の降る土曜日の午前中のことだった。私の借りていたアパルトマンのある建物の階段のあたりが騒がしい。のぞき穴から見ると、男の人たちが上ったり下ったりしている。

昼近くになって静かになった。そろそろミサに出かけようとアパルトマンを出ると上の住人に出会った。

「知らなかったんですか。屋根裏で猟銃をもった二人組が捕まったんですよ」

「まあ——」

「銀行に押し入ったところ、防犯カメラで監視していた支店長がホット・ラインで通報したんだそう、それで、すぐ警察がとんで来たんだけど、二人組は屋根によじ登って屋根づたいにここまで逃げてきて、この屋根裏に逃げ込んだんだそうですよ」

「まあ、あの高い五、六階の建物をよく落ちずにこれたものですね」

「まるでウエスタンさながらの捕り物でしたよ。警察の車が何台も連なってすごい光景だったんですよ」

「そうだったんですか。そんな騒ぎがあったなんて、ついぞ知らなくって」

「人質にならなくてよかったですね」

「ふふふ……」

「警察が屋根裏に踏み込んだら、二人とも観念していて、おとなしくお縄をちょうだいしたんだそうですよ」

太陽のない暗い暗い日が続く。

友人たちの話もゆううつな話ばかり……。

例の昼のミサに行こうとアパルトマンを出た。薬局の前まで来ると赤信号になった。薬局の前には大きな犬がつながれて買い物中の主人を待っている。犬と目が会った。犬はじっと私を見詰める。私も見詰め返した。感じのいいシェパードだ。犬は私から目を外らさない。私もじっと見続ける。何だか心が通いそうな犬だ。

「このごろでは、もう皆人間不信なのよ。だから忠実な犬を頼りにして、人間よりも犬の方を大切にしているのよ」

エレーヌの言った言葉が思い出された。そういえば、犬は暖房のきいた車の座席で寝そべっていたり、散歩の時にはセーターなどを着せてもらっている。

信号が緑に変わった。すると、犬はなんとなく恥かしそうに、ふっと横を向いてしまった。

ある昼のことだった。例のミサに行くと、ジャックが会衆に向かって言った。

「皆さんの中にご存じの方があるかも知れません。昨夜、乞食のアルベールという人が凍死しました。お祈りして下さい」

「えっ……」

まさか、あのおじさんでは……。

でも、ひょっとして……。

ミサが終わってから尋ねた。

「ねえ、ジャック、アルベールって誰なの」

「僕も知らないよ」

「まさか、あのいつもここに来ていたおじさんではないでしょうね」

「いや、そうかも知れないよ」

ジャックは淡々としている。

「あのおじさん、とっても感じよかったね」

そう付け加えると、ジャックは話題を変えた。

まさか……でも、ひょっとして……。

いつも困ったことや、ショッキングなことに出会ったときには、私はジャンヌのところを訪ねる。

「乞食のおじさんたち、冬の間はどこで寝泊りしているの」

「行政が宿泊所を用意しているの。でも、いくつかのグループがあって、どのグループからも外れた人がときどき凍死するのよ。残念だけど……」

ジャンヌは済まなそうに言う。

おじさん、とうとう亡くなってしまったのかしら。アルベールおじさん……。

暗い太陽のない冷たい日々がいつまでも続いている。ラジオのスイッチをひねるとアルザス放送のお知らせがあった。

「〇〇通りのXXを借りて〈心のレストラン〉を開いています。ホームレスの人たちや失業者たちの無料食堂です。物資が足りません。温かい心で協力して下さい。物資やお金で援助できない方は、時間と労力を提供して下さい。よろしくお願いします」

二月も末になると、厚く重なった陰うつな雲も、少しずつ軽みを帯びてくる。雲を突き破ってもれてくる微かな光が感じられる。春が間近い。

そんなある日のこと、例のミサに出かけていくと、いつもおじさんが立っていた教会の入口の石段に、見なれない中年の乞食が立っていた。アルコールの飲み過ぎなのだろう。赤ら顔で、のっぺりした顔付きをしている。無表情のおじさんは、無言で帽子を差し出したままだ。コインを差し入れる人は少ない。

来る日も来る日も、無表情なおじさんは無言で帽子を持って立っていた。ミサを終えて出てくる人々は、仕方なさそうにコインをぽとんと帽子の中に落としていく。おじさんは「メルシー」と機械的に言う。

「あの乞食はなんだが気持ちが悪いよ。前の人とは段違いだね」とジョンが本音を吐いた。

春になった。野も山も、復活祭の喜びを表わすように、精一杯にいのちを甦らせている。透明な空気に澄んだ光が満ち溢れた。フランスの経済状況は依然として最悪なのに、自然の甦りの中では、世界が一新したような気持ちになる。

軽やかな足どりでミサに出かけた。

五段ほどの石のステップを上って聖堂の重いぶ厚い木の扉を開けると、扉はきしんでギーと音を立てた。

明るい陽の光を浴びた外の空気とちがって、中は薄暗く冷んやりしている。堂内を見渡すと、入口近く、後方の横向きの席に、肩を落とし、背を丸め、膝をきちんと揃えてかしこまって坐っている人の姿が、ぼんやりと浮かんで見えた。

まさか……。

目を凝らすと、背を丸めてうなだれていた老人は、ふっと顔を上げて入口の方に視線をやった。

やっぱり、おじさんだ。

アルベールおじさんが帰ってきたんだ。

おじさんと目が合うと、おじさんは黙って首肯いた。

私はいつもの左側の前方の席に向かった。

私のうしろで、どすんどすん、と重い足音がする。老人か足の悪い人が後からやってくるようだ。

私はいつもの席に腰を下ろした。

すると、足音は私の横で止まった。

見上げると、おじさんが立っている。

「ボンジュール・ムッシュー」と顔を上げて小声で挨拶すると、おじさんは「失礼」と言って腰をかがめた。

あっという間の出来事だった。私にそっとアンブラッセすると、おじさんはまた、どすんどすんと足音を立てながら、後方の席に戻っていった。

ミサの間中、おじさんは後方でかしこまって坐っていた。そして、平和の挨拶になると、以前のような笑顔で皆に握手して廻った。そして、聖体拝領にも列の最後に並んで加わった。おじさんの足どりはしっかりとして落ち着いている。

ミサが終わって教会を出ると、おじさんは以前のように帽子をもって階段のところに立っていた。

「おじさん、帰ってきたのね」

「どこに行っていたの」

「元気だった?」

などなど、おじさんに声をかけながら、皆にこにこして帽子の中にコインを入れていく。帽子はずっしりと重くなった

最後に私も一フランを入れようとすると、おじさんは首を横に振った。

「いや、あなたからはいただけません」

「えっ……」

「わしの仲間に会ったでしょう」

「ああ、この間よく来ていたおじさんのことね」

「わしの仲間でさあ」

「そうなの」

「これから学食に行くんでしょう。わしも後から行きますんで」

アンリやフランソワーズたちと向かいにある学生食堂に行った。気がつくと、おじさんは乞食の人たちの通用門を通って食堂に入っていった。

学生食堂の中に入ると、おじさんが仲間たちと合流している。そして、私たちの席の方に向かって、嬉しさと気恥かしさの混じり合った奇妙な声ではやしたてた。

おじさんのデモンストレーションに当惑しながら食卓に坐ると、

「今日は、あのおじさんにアンブラッセされちゃったわ」と私は仲間たちにおどけて言った。

すると髪の毛が全くなくてぬーっとした背の高いアンリが言った。

「汚いなあ。のみでも移されたんじゃないの」

さっそくジャンヌに報告した。

「そう、ほんとうによかった。きっとヒサコは、乞食のおじさんたちの間で有名なのよ」

「まあ……ふふふ……そうかもね」

ジャンヌは、微笑みながら言葉を続けた。

「私もね、M教会に行くと、入口や出口で乞食のおじさんたちが、『ボンジュール・ママン』と言うのよ」

甲羅の中に頭を引っ込めようとしている亀さんみたいなジャンヌが、恥かし気に「ふふふ」と首をすくめた。

それから毎日、おじさんは再び教会の風物誌に彩りを添えた。

「メルシー・ムッシュー」「メルシー・マダム」「今日もよき一日でありますように」


春は足早に駆け抜けていった。

ある日、おじさんは姿を見せなかった。

次の日も、次の日も……そして、来る日も、来る日も……。


夏になった。

フランスの経済状況は依然として悪い。人々の心はすさんでいる。いやな話ばかりが耳に入ってくる。

夏休みに入ったある日、「街の中心地に行ってごらんなさい。そこら中に歌声が溢れていますよ」と教えてくれる人があった。〈ヨーロッパ歌の祭典〉が開かれているのだ。

あちこちの街角や広場で、東西ヨーロッパのみならず、たくさんの国からやってきた合唱グループが歌っている。

祭典の最後の日は、毎年見本市が開かれる広場と建物に、合唱グループが一同に会して、会場のあちこちから次々に歌を披露した。日本からも、いくつか大学の合唱団が参加していた。

祭典の締め括りは圧巻だった。五百人ほどの参加者がステージに上り、今回初めて演奏されるというポーランド人のペンデレッキが作曲した「ルカ受難曲」が歌われた。

一九三三年生の作曲家がかつてない地獄を経験した同世代の人々に捧げた受難曲は、ドラマチックに展開していく。そして、神の子の受難という一大出来事をめぐって、生と死、善と悪、天使と悪魔の戦いの様を盛り上げていく。今まで聞いたことのない、全身が震える合唱……。

悲劇……深い深い言いようのない悲しみ……。一瞬の沈黙の後、喜びの声が爆発した。その声は高く高く広く広く拡がっていく。言語を絶した底無しの悲しみを知れる、限りない喜びの歌声……。

歌い手たちも聴衆も、神秘の一大ドラマを共有した。

拍手が鳴り止まない。

「皆さん、またお会いしましょう。次はハンガリーのブダペストで」と横断幕をステージの上の歌い手たちが皆で掲げる。

閉会を告げるマイクの声も喜びに踊っている。

フランスは、ヨーロッパは、きっと甦る。この歌声があるかぎり、必ず、きっと……。

家に帰ってパンフレットを開くと、そこには第九回を祝うヨーロッパ歌の祭典の実行委員長マルセル・コルヌーの「私たちの使命、それはヨーロッパ」と題する四頁にわたるメッセージが寄せられていた。

三十年前から、私たちはポリフォニーの歌声によってヨーロッパを実現してきました。私たちは、多くの声が一つになることによって人々の心と知性も一つになることを知っているからです。私たちの声は、疑いもなく人々の一致への序曲なのです。歌うヨーロッパは、文化のヨーロッパの建設に、経済のヨーロッパの、そして最終的に政治のヨーロッパの建設に貢献しています。けれども、この道のりで、困難も経験して知っています。しかし、私たちは深い喜びも知っているのです。

この深い喜びは、この歌声十字軍が、それを生きこの使命の正しさを確信している人々に、与えるものなのです……。

それから四年後、ベルリンの壁は崩壊し、東西の冷戦は終結した。

（一九八六年一月九日）

ジェルメーヌ

ジェルメーヌかしら。

マルヌ大通りのケーキ屋さんの前を通りすぎようとしたとき、歩道に置かれたテーブルの席でココアを飲んでいるおばあさんの姿が目に入った。

やっぱりジェルメーヌだわ。でも、ずい分小さくなって……。髪の毛もすっかり薄くなって……。

あれからもう十年も経ったのかしら。

「ボンジュール、ジェルメーヌ」

おばあさんはきょとんとした目で私を見つめた。それからジェルメーヌ特有の小さな目を精一杯に開いて口をもごもごさせた。

「ヒサコなの」

「ええ、そうよ」

「帰ってきたのね」

「ええ夏休みなので……。ごめんなさい。今、先生のお宅を訪ねるところなの。約束の時間が迫って急いでいるの。近いうちにお寄りするから、今日はこれで失礼するわ」

そう言って私はマルヌ大通りを横切ってブルージュ通りへ急いだ。

数日後、ジェルメーヌの住むアパルトマンを訪ねた。彼女は十四階建ての中級高層住宅の十一階に住んでいる。二十年前と比べると、この建物もずい分見すぼらしくなったよう。古びた大きな重いエレベーターに乗ると、何だか荷物を運ぶような感じでガタガタと音をたてながら十一階に登った。

十一階の見晴らしはすばらしい。遠くにヴォージュの森とシュヴァルツヴァルトの森が見え、カテドラルの尖塔も見える。

チャイムを鳴らしたが返事がない。もう一度、鳴らしてみた。しばらく待っていると中からジェルメーヌの声がする。

「ヒサコなの」

「ええ」

「ちょっと待って、すぐ開けるわ」

しかし、扉はなかなか開かない。しばらくしてやっと扉のところで音がした。

「ごめんなさい、お待たせして。パーキンソン病で自由に歩けないの。さあ、中に入って」

私を招き入れると、ジェルメーヌは狭い玄関の中でずい分長い時間をかけて向きを変えた。

そして、亀よりもまだ遅い歩みで数センチずつ歩を進めてそろりそろりと居間に戻った。

アパルトマンの中は足の踏み場もないほどにちらかっている。

「もう片づけもできなくなってしまったの。そこのセーターをどけて坐ってね」

床に散らばった衣類や本の間を縫うようにしてソファーに近付き、小さな空間をつくって腰を降ろした。

「ヘルパーさんは来てくれるの」

「ええ、週に二回来てくれるのよ」

「猫はどうしたの」

「もうこんなだから飼えないの」

前回訪ねた時には、猫が二匹いた。一匹はまだ子猫で、もう一匹は母猫のように見えた。

「近所の人たちは、私のことを猫のママさんて呼ぶのよ。私が猫好きなのを知っていて、保健所に猫が送られると聞くと私に知らせてくれるの。この小さいのは私が保健所に呼ばれていったら、隅っこで震えていたの。そして、私を見るとしがみついてきたの。それですぐ貰ってきたのよ。そしたら、この大きい方がとってもよく世話をするの。そして犬のような性質になったのよ」

「犬のような性質って……」

私のけげんそうな顔を見てジェルメーヌは言った。

「ある日、私がお台所で食事の支度をしていたら、ニャーニャー泣いて私のところに来てまたバルコンに戻って、何度も台所とバルコンを往復しているの。何だろうと思ってバルコンまで行ってみたら、この小さいのがバルコンの端っこの方に出ていて……。落ちると危ないからって私に知らせに来てくれたのね」

二匹の猫を前にしているジェルメーヌの姿が目に浮かんだ。いかにもジェルメーヌらしい。

「小鳥はどうしたの」

「もうずっと前に飼うのをやめたわ。場所がなくなってね」

たしかに、大きな鳥かごのあった部屋にはいろんな物が詰まっていて、どこもかしこも乱雑になっている。二十年前とはうって変わった住居だった。

二十数年前、留学生としてこの町で論文を書いていた私を、ジェルメーヌはときどきこのアパルトマンに招いてくれた。無口で社交性がなく、お料理も決して上手とは言えなかったけど、ジェルメーヌには、何かしら不思議な安らかさがあった。

その頃、3Kの彼女のアパルトマンはきちんと片づいていて、日当たりのよい部屋には観葉植物の葉が繁り、片隅に置かれた大きな鳥かごの中には十数羽の小鳥たちが飼われていた。

ある秋の日に彼女を訪ねると、こんなことを話してくれた。

「夏休みの間におもしろいことがあったのよ。仕事のことで一週間講習会があって、毎朝早く家を出なければならなかったの。それで、急いで水とえさをあげて出かけると、いつもとちがって小鳥たちがギャーギャー騒いだの。変だなあ、と思いながら一週間が過ぎて、日曜日になったので少しほっとして、朝、いつもしていたようにチュクチュクと言って小鳥たちとお話をしてから水とえさを持っていったの。そうしたら小鳥たちが喜んで喜んで、チュクチュク、チュクチュクと鳴くのよ。驚いたわ」

「相手になってほしいのは人間だけじゃないのね」

「そう、植物にも動物にも、心があるのよ」

＊　＊　＊

「もう小鳥も、鉢植も猫もいないわ」とジェルメーヌは淡々と言う。

「もうそろそろホームに入った方がいいってヘルパーさんも勧めてくれるけど、ホームは狭いでしょ。本がたくさんあるから、全部を持っていきたいけど無理でしょうね」

「そういえばジェルメーヌ、あなたから『天地創造』っていうとても楽しい漫画をお借りしたことがあったわ」

私は立派な装丁の五冊セットの漫画を思い出していた。この漫画は旧約聖書の創造物語をフランス文学や歴史の有名な言葉や出来事で味付けしてあって、外国人の私には解説無しにはなかなか理解できない高級なものだった。でも無邪気でしゃれたこの漫画を日本に帰ってからも何度も思い出して、ユーモラスな場面を友人たちに話したものだった。

「そんなことがあったかしらね」とジェルメーヌは言う。

「毎日何して過ごしているの。本ばかり読んでいるの」

「ううん、もう本もそんなに読めないわ。ヘルパーさんが買物をしてきてくれて、それを毎日作って食べて、テレビを見て……それから一か月に一回ヴォージュの森に散歩に行くのよ」

「まあ、どんなふうにして行くの」

「五百フラン払ってタクシーを一日借り切るの。運転手はとても親切でやさしいの。森で一日過ごして戻ってくるんだけど、いつも運転手のピエールが花を摘んでくれるのよ」

なんとすてきな話なのだろう……。森の中で遊ぶジェルメーヌとそれをやさしく見守っているピエールの姿を想像していると、ジェルメーヌは真剣な眼差しで私をじっと見詰めた。

「五百フランも遣うなんて、ぜいたくかしら。でも普段は何も遣わないのよ。だから一か月に一回ぜいたくしてもいいでしょう」

まるで私の承認を得たいと言いたげに尋ねる。

「もちろんよ。すてきなお話をありがとう」と言うと、ジェルメーヌは満足そうに微笑んだ。

＊　＊　＊

それから一年が過ぎた。夏休みにフランスに戻ると、ジェルメーヌのアパルトマンを訪ねて、私は何度もベルを鳴らした。しかし、もう返事はなかった。

ジェルメーヌはホームに入ったのだろうか。ホームからはヴォージュの森に散歩に行っているのだろうか。

ヴォージュの森の散歩……。

二十数年前の冬、アルザスの上空に寒気が居座って、地上ではマイナス二十度近い日が続いたとき、ジェルメーヌはヴォージュの森の散歩を私に提案した。

土曜日の朝、八時半に駅に行くと、五、六人のお年寄り――といっても、当時の私にはそう見えたけど、実際には六十代前半くらいの人たちだったのではなかろうか――が、勇ましい姿で集まっていた。その中にいたただ一人の男性を〈おばあさんたち〉は「白一点」と言ってひやかした。〈おじいさん〉は、「じゃ、行こうか」とおどけて言うと、皆を引き連れて列車に乗り込んだ。

ストラスブールの駅を出て十分もしないうちに、列車はもうまっ白な森木立の間を通っていく。そして三十分ほどすると、「さあ、降りよう」という〈おじいさん〉のかけ声で、皆、雪の小径に降り立った。

室内ではスチーム暖房もあまり効果がなかったけど、美しい雪景色の中ではしんしんとした寒さもどことなく神秘的で、辛い寒さはどこかに行ってしまったよう。

雪が靴の下でさくさくと音を立てる。粉雪が頬に冷たい。

〈お年寄りたち〉は、とても元気だ。冗談を飛ばし、ふざけ合いながら、白い森の小径を登って行く。途中で、ジェルメーヌが、「ピッピ（おしっこ）」と言う。すると〈おじいさん〉は、

「わかったわかった」と言って歩を早めて遠ざかった。

やがて峠の小屋に着いた。

中に入ると暖炉の薪がぼんぼんと音を立て炎を上げて燃えている。数名の先客たちが、リキュールを飲み、心地よさそうに談笑している。

「さあ、温まろう」と〈おじいさん〉が皆のグラスにリキュールを注いで廻った。

ひとくち口にふくむと、柔かな液体が舌に甘く触れ、よい香りが口の中いっぱいに広がった。そして、喉から胃の中まで温かくなった、と思った瞬間、冷たかった体が一気に熱くなり爆発しそうになった。そして、心臓がドキドキと早く鳴り出した。

山小屋でサンドイッチを食べて一休みすると、また〈お年寄りたち〉は、エイホーエイホーと勇ましく、次の駅を目指して雪の中を歩き続けた。

夕暮れまえ、再びストラスブールの駅に降り立った〈お年寄りたち〉は、「オールヴォアール（じゃあ、また）」と言って散っていった。

ジェルメーヌと二人きりになった時、「どういうグループなの」と尋ねると、「ヴォージュの森を歩く会なのよ。新聞広告で見たの。いつも、あのくらいの人数が集まるのよ」と教えてくれた。

ジェルメーヌ……。

大柄で、ずんぐりして、不恰好だったジェルメーヌ。

真面目で無口で、それでいて、ふっとユーモラスなところを見せるジェルメーヌ。

無器用だったけど、あらゆる生き物を限りない母性で包んでいたジェルメーヌ。

ジェルメーヌは今どんな毎日を過ごしているのだろうか。

ホームには猫も小鳥もいて、草花とたくさんの本に囲まれて日々を過ごしているのだろうか。


（一九九九年）

カティ

「カティが結婚したんだよ」

「カティって……医学生のカトリーヌのこと」

「そう。カティはとってもとっても幸福そうで、ぴょんぴょん跳びはねていたよ」

一年ぶりに会ったアンドレが興奮して、会うなりそう切り出した。

「ほんとうは僕が結婚したかったんだけどね」

「まあ、アンドレったら……」


アンドレは、貧乏な庭師だ。正直で一徹者だけど、少々単純でしょっちゅう落ち込んでいた。原因はいつもだまされてただ働きさせられたというのだった。ある時、怒りを爆発させて、「友達に裏切られたんだ。裁判に訴えて、絶対にお金を払わせてやるんだ」と意気まいていた。

「無理だよ。証拠になる書きつけがないんだから」と皆でなだめても「友達なんだ。口約束で働いたんだよ。だけど裁判したら絶対に勝つ」と、頑張った。

その後の経緯については、私は知らない。けれど、「悪いけど、学食のチケットを譲ってくれないか」と、教会の出口で学生たちに頼んで一緒に学食で食べているのを目撃することがよくあった。

そのうちに鼻先の少し赤いアンドレが頬を紅潮させ、得意気に言うようになった。

「少し前から、毎朝一緒にお祈りしてくれる女性がいるんだ」

「そう、それはいいわね」と言うと、

「うん」と言って、目を細め、恥かしそうな笑顔を見せた。

「カティは毎日僕と一緒にお祈りしてくれたんだよ」

「ああ、例の女性というのはカティのことだったのね」

「うん。カティは僕を結婚式によんでくれたんだ。ほんとうに幸福そうで嬉しそうで、僕も嬉しいんだ。カティが幸福になったから」

朴訥なアンドレはまるで自分は王女様を守る騎士なんだとでも言うように得意気な顔をした。

「それでお相手はどんな人なの。同じ医学部の人……」

「ううん、歴史をやっている人だって。まだ就職は決まっていないようだけど、真面目でとても誠実そうな人だよ」

「そう、それはよかった……」

お相手が医学部関係者でないと知って私は内心ほっとした。

＊　＊　＊

三、四年ほど前のある夏の日のことだった。
例のミサが終わって教会堂を出ると、数人がいつものように談笑していた。その日は私の知っている顔ぶれはいなかった。それでも誰か一人くらいはいないかしら、と思って見廻した時、一人の若い女性が近づいてきた。

「こんにちは、カティといいます。医学部の大学院生です」

すらりとして背が高く、真っ直ぐな栗色の髪を肩までたらしたその女性は、細面でいかにも真面目なお嬢さんだった。

「私はヒサコといいます。日本人です」そう答えると、カティはにっこり笑ってとても嬉しそうな顔になった。まるで昔の日本女性を思わせるしとやかなお嬢さんだ。彼女はなんとなくもじもじしている。お友だちになりましょう、と言っているんだわ、きっと。

「どこかでお食事でもしましょうか。向かいの学食は今日はお休みのようですから。近くのピッツァ屋さんなどどう」

そう言うとカティは
「私、今日お金もっていないんです」と言う。

「そう、じゃあ、今日は私のおごりにしましょう」と誘うと、

「いいえ、それはいけません。医学部の学食は今日もやっていますから」と言う。

「でも、ここから歩いて三十分もかかるなんて、ちょっと遠すぎるわ。もう一時だから、着くころにはきっと閉まってしまうわ。バスもないし……。じゃあ、私のところで、ありあわせのもので食べましょうか。すぐそこですから」と言うと、カティはほっとした表情になった。

「でも何もないのよ」と断わると、

「そんなにおなかはすいていませんから」と言う。

冷蔵庫にあるもので簡単な昼食を作った。食事が中頃まで進んだときだった。カティが思い切ったように口を開いた。

「私、相談にのっていただきたいことがあるのですが」

さきほどから、何か話したそうだな、と思っていたのだった。

「ええ、私でわかることなら、どうぞ」と答えると、カティはためらいを振り切るように言った。

「私、好きな人がいるんです」

「そうなの」

「同じ研究室の学生で、片足が悪くてハンディのある人なんです」

「そう」

「私、その人を同情しているのか愛しているのか、自分でもはっきりわからないんです」

「そういうこと、あるかもしれないわね」

「ええ……。そうしたら、最近、彼が試してみようって言うんです」

「え、どういうことなの」

「一緒に三日間だけ住んでみようって言うんです」

「……」

「それって罪でしょう？　結婚前に関係もつなんて」

「罪……」

こんな古風なお嬢さんがまだいたんだわ……。

数年前、十年ぶりにストラスブールに戻ってきた時、年輩のシスター・エレーヌが言った言葉が脳裏に浮かんできた。


「このごろでは若い人たちが結婚しなくなったのよ」

「えっ、独身者が増えたっていうこと?」

「ううん、同棲はするけど、結婚するのはいやだって。法律で縛られるのはいやだって言うのよ。自由でいたいって……。以前だったら、お互いに憎しみ合うようになっても仕方なく一緒にいたけど、今はすぐ離婚してしまうし……以前の制度にも問題はあったけど、今のようにすべて自由というのも問題の解決にはなっていないわ……」

淋しそうに腹立たしそうに風俗の変化を語るエレーヌの言葉は、十年前の温かな思い出を胸に再びストラスブールの住人となった私の期待を打ちくだいた。

「そう、日本はまだそこまではいっていないけど、いずれそうなるのかも……離婚も年々増えてきているようだし……先進国病なのかもしれないわね。……それで教会では何と言っているの」

「教会ねえ……若い人たちはすっかり教会離れだから……」

そう言えば、その十年ほど前には、若い仲間たちが教会にたむろして活発に議論したり、一緒に食事したりしてまだ賑やかだった。そんな中に乳飲み子を抱えて大学に来ている未婚の母がいた。神父さまたちも皆黙ってその女子学生を受け容れていたから、皆でその子をあやしたりして、何となく温かい雰囲気があった。……でも、そんな時代ももう昔のこと……。

「ねえ、それって罪でしょう?」

カティは真剣な眼差しで私を見詰めている。

「罪ねえ……教会で神父さまたちが何ておっしゃるか、私にはわからないわ。そのことだったら、神父さまに訊いて下さらない。……でも少し変だわ」

「えっ、変って……」

「だって、三日間だけ一緒に生活してみようだなんて」

「……」

「断わるべきと思うけど」

「断わったら彼は去っていくわ。彼を失うのは恐いの」

「いつもその手だって聞いているけど」

「どういうことなの」

「以前、初めて留学したとき、こんなことがあったのよ」

「ヒサコ、耳よりな話があるよ」

ある日、星の王子さまみたいに童顔ですらりとしたフィリップ坊ちゃんが、勢い込んで言った。

「何なの、耳よりな話って」

「女子大生のルーム・メイト求む、って貼り紙を見たんだ。下宿代はただなんだって」

「そんなうまい話、私は信じないわ」

「だけど、一見の価値あり、だよ」

「そうね、可愛い弟がせっかく見つけてきてくれた耳よりの話なんだから、一度ともかく行ってみるわ」

すっかりフランス風が身についた私は、冗談ともからかいともいえない調子でフィリップに答えると、さっそく耳よりな話の正体を見定めに出かけていった。

フィリップのメモしてくれた住所を地図で調べると、大学のすぐ近くだった。静かな住宅街の一角にあるアパルトマンのチャイムを鳴らすと、ドアが開いて若い女性が立っている。

「どうぞ中に入って」

そう言われてアパルトマンの中に入ると2DKの住居を案内された。中はあちこちに荷物が雑然として置かれ、何やらせわしなく片づけものをしている中年の婦人がいる。

「この子の母親です」と、婦人は私を見ると自己紹介した。

部屋の片隅には乳飲み子がすやすやと眠っている。

まだ引っ越してきたばかりのようだ。

「私まだ学生なんです。論文を書いているところなので、ベビーシッターが必要なんです。一緒に住んでいただけたら下宿代ただにします」

ああ、そういうわけだったのか……。

「あの、この赤ちゃんのお父さんは……」

そう遠慮しながら尋ねると、横から母親という婦人が答えた。

「子どもができたって聞いて逃げてしまったんですよ。男の子はみんなそんなだから気をつけなさいって、この娘には何度も言っていたんですけど」

困惑したような顔をして、腹立たしげに婦人は口をつぐんだ。

「ねえ、カティ、わたしはよい機会だと思うわ」

「よい機会って……」

カティがけげんそうな顔をした。

「あなたの気持ちを確かめるためにもよい機会だし、彼の愛を確かめるよい機会になるわ。あなたのことをほんとうに愛していたら、彼はあなたの気持ちを尊重するはずよ。あなたが結婚まで待ちたいと言ったら、それを大切にすると思うの。でも、もしそれであなたを去って行ったら、あなたはそれを悔む必要はないわ。彼は真剣ではないという証拠だと思うの。それだったら彼はあなたの愛に値しないわ」

カティの顔がパッと明るくなった。

「そうね、そうするわ、ありがとう、相談してよかったわ」

「ところで、デザートにしましょうか。アイスクリームがあるけど、いかが」

そう提案すると、カティは答えた。

「ありがとう、私、アイスクリームは大好きだけど、今日はがまんします。いとこが今問題を抱えていて大変なところだから。私、このところ自分の好きなものを断っているんです」

そうだったの、カティお嬢さん。

カティを見送ると、心の中にほんのりと温かな灯が点っていた。


その翌年の夏だった。

例の教会堂を出ると、たむろする群の中から若い女性が声をかけてきた。カティだった。彼女はすっきりとした晴れやかな顔をしている。

「一年ぶりね。ときどき、あなたのことを思い出していたわ」

そう言うとカティは、恥かしそうに微笑んだ。

「ありがとう。あなたのアドバイスは的確だったわ。彼にはっきり言ったら怒って去って行ったの。……私も自分の気持ちがわかってよかったわ」

そう言うとカティは隣りにいた若い女性に眼差しを向けて言った。

「こちらアニエス、私のいとこです」

「はじめまして、私はヒサコです」

「はじめまして。カティからあなたのことをうかがっています」

カティと同じ年格好のアニエスは控え目な物腰でカティのように素敵な笑顔を見せた。その素朴で透明な笑顔がアイスクリームと重なって見えた。

＊　＊　＊

「カティにはときどき会うの」

「うん。カティは僕を友達の一人に数えてくれてるんだ」

アンドレはいつもの癖でズボンのポケットからくしゃくしゃのハンカチを取り出すと赤い鼻を拭った。

「そう、今度会ったら、〈おめでとう〉を伝えてね」

「うん、伝えるよ。絶対ダイジョーブ。来年の夏にはまた帰ってくるんだろう」

「ええ、多分ね」

「じゃ、また来年」

「オールヴォアール」

いじわる

国立図書館で絶版の古い本を一冊コピーした。大学の近くの文房具店で製本してもらっておこう、と思った。

一週間後、でき上がったものを見て少々がっかりした。のり付けの綴じに、と頼んでおいたのに穴があけられプラスチックのスパイラルで止められている。

まあ、これくらいのことは我慢しておこう。こちらの人たちの仕事は、そういっては悪いけど、けっこういいかげんだから。そう思って黙って代金を支払った。売り子さんはお釣をくれる。私はおもむろに製本されたものを開いてみた。

まあ、何、これ……、コピーを半分に折った山の部分に穴があいている。字は穴あきで虫喰いみたいだ。その場で、売り子さんに見せた。三十近いと思われる気の強そうな売り子さんは、何も言わず、ただ黙って首をすくめてみせる。

「これでは困るのですけど」と私は抗議した。

「あなたが悪いのですよ」

「えっ……」

「あなたがちゃんと説明しなかったから悪いのですよ」

私は唖然としてしまった。十年前パリに留学していた友人がこぼしていたのを想い出した。

「パリにいるといらいらしてばかりいますよ。しょっちゅう喧嘩ばかりしてなければなりませんから」と。

そのころ、ストラスブールはまだよかった。アルザスにはドイツ人のような勤勉さと正直な気質があった。けれどもこの頃では騙されたの何のと、いやな話ばかりを聞く。

「私はのり付けの綴じをお願いしたのに穴あけになっています。けど、黙って間違いを受け容れたのですよ。でも、これでは字が読めません。これはあまりにひどい。お金を返して下さい」

そう言って売り子嬢を見詰めた。彼女はたじろぐ様子がない。「あなたの説明が悪かったのです」と平然と居丈高に繰り返している。怒りがこみ上げてきた。

「こんな製本の初歩がわからなくて、何で〈製本承ります〉と看板を出しているのですか。店長さんを呼んで下さい」

私は、フランス人の友人のアドバイスを想い出して言った。ひどい売り子がいるときには店長を呼び出しなさい。売り子は大抵そこでひるんで折れるから、と友人は言う。しかしこの売り子嬢はひるむ様子もない。「はいはい、すぐ呼んで来ます」と、まるでこれでやっかい払いができた、とばかりに喜々として奥に引っ込んだ。代わって出てきた店長はもっと悪かった。いきなり、売り子嬢と同じに「あなたが悪いのですよ」と繰り返して言う。小柄で黒い髭を生やしたその中年の男性は、実直さとはほど遠い顔をしていた。

私は首をすくめて軽蔑の仕種をすると、黙って店を出た。

「あのお店でこんな目にあったのよ」と日本人の女性に愚痴を言うと「ああ、あのお店はひどいところよ。いやな思いをしている人がたくさんいるわ。そうだ、ゲリラ戦でいきましょうよ」と彼女は言う。

「なあに、ゲリラ戦って」

「＊＊＊店は、泥棒だって、あちこちに貼り紙するのよ」

「そんなことしたって、すぐ剥がされるわ」

「いいのよ、また貼れば」

「そんな時間とお金、ばかばかしくて使う気にならないわ」

そうは言ってみたものの、腹の虫は収まらない。そのお店とは目と鼻の先にある留学生よろず相談窓口に相談することにした。

背の高い真面目な留学生係の女性は、からだを少し前方に乗り出し、青い目をいっぱいに見開いて、うんうんと頷きながら、私の話を聞いてくれる。そして私の話が終わると、すぐさま電話機に手を延ばした。

「もう一度コピーしてこられたら、コピー代は出さないけれど、製本はただでしますって言っていますけど」と彼女は電話機を放して言う。

「はい、それで結構です。ありがとうございました。黙っていようかと思ったのですが、不愉快な思いをする人がたくさんいると聞いていますので」と言うと、

「言って下さってよかったですよ。私たち、そんなこととは知らずに留学生にあのお店をいつも紹介していたんですよ」と女性は言った。

一週間ほどして、例のお店で品物を受け取った。開けてみると今度はきちんと仕事がしてあった。満足ですよ、という気持ちを込めてメルシーと言って店を出ようとしたとき、例の髭の店長が私のところへやってきた。

「マダム、私はあなたを批判しますよ」と言う。

「どうしてですか」

「あなたは自分で責任を取らずに留学生の窓口に言いつけた」私は再び唖然としてしまった。

「責任を取らなかったのは、あなた方だったのですよ。穴をあけられてしまったことに対して、私は非難するつもりはありませんでした。誰にも間違いや失敗はありますから。私が怒ったのは、あなた方は、自分たちの間違いを私のせいにしたからです。私にとってお金の問題ではないのですよ。私はたくさんの時間を無駄にしたのです。きちきちのスケジュールの中で時間をやりくりして論文を書いているのです。無駄にした時間を返して下さいませんか。少なくとも、すみませんの一言を言って下さいませんか。その一言があれば、あの窓口に私は行かなかったのです」

店長の小さな二つの目をじっと見詰めて私は一気に言った。驚いたように私を見据えていた店長は、私が口を閉じると我に返ったように、肩を持ちあげ、へーえ、とでもいうような仕種をして無言の「ふん」を言って奥に戻っていった。

それから数年経った夏のある日のことだった。

法学部や人文学部のキャンパスの近くにある書店に入った。夏休み中とあって店内にはお客の姿はなく、退屈そうな二人の売り子嬢がレジのところでおしゃべりしていた。興味をひいた十数冊の本を選び出すと、私はレジの横のテーブルに積み上げて言った。

「これだけいただきたいのですが、大学の研究費で支払われますので、納品書と領収書を作っていただけませんか」

すると一人の売り子嬢が突っけんどんに言った。

「納品書を作るなんて私たちの仕事ではありません」

「でも、納品書と領収書がきちんとしていないと、買うことができないのですが」

「そんなこと私たちの知ったことではありません」背の高い売り子嬢は私を見下して冷たく言う。私は唖然として口をつぐんだ。すると横にいた売り子嬢が追討ちをかけるように言った。

「いったい、買うんですか、買わないんですか」

「……」

我に返ると私は早口で言った。

「買いません」そう言い捨てると、さっさと店を後にした。不愉快な人たち……でも、今ごろ二人でぶつぶつ言いながら本を棚に戻しているんだわ、と独り言を言って自らを慰めながら繁華街にある大きな書店に向かった。

街の中心地にある店に入ると、広いスペースに所狭しとさまざまな書物が並び、たくさんのお客で賑わっている。ほっとした気持ちで哲学関係の棚に真っ直ぐに向かった。あるある、あるある、先程のお店で選び出した本がすべて棚に並んでいる。そして驚いたことに、どれも皆、一割から二割安い値段がつけられていた。

これは得したと思いつつレジに向かった。

レジ嬢に本を見せ、先程と同じ言葉を言った。すると、レジ嬢は

「もちろんです。レシートを持ってあそこの窓口で話して下さい」と、にこやかに言う。

窓口に行くと、すぐさま納品書ができ上がった。終わりよければ全てよし、……とは言っても、何となくいやな気分が残った。そんな時にはいつもジャンヌに話すことにしていた。

「ねえ、ジャンヌ、私、いじわるだったかしら」

ジャンヌは一瞬いたずらっ子のように目を輝かせて、微笑を浮かべて言った。

「そんなことないわ、それくらいはやり返さなくちゃ」

もの静かで思慮深く自己主張などからは程遠いジャンヌがとっさに発した言葉を聞いてほっとしていると、彼女は説明を加えた。

「今フランス人はいらいらして不満いっぱいだから、外国人や弱い立場の人に八つ当たりをす

るのよ。多分とっても安い給料でこき使われているんだと思うわ」

ああ、そうだったのか。以前の、あの考えられないような製本のミスも、憤懣やるかたなしの八つ当たりだったのか。ひどい雇主に対する恨みつらみの仕返しだったのか。あーあ、やれやれ。そう思ってジャンヌにこぼした。

「でも、八つ当たりでお客にいじわるしたら売り上げにひびいて、結局お給料はよくならないんじゃない」

「そうよね」

それから帰国前の数日をパリで過ごした。宿舎に近いカフェで数年ぶりに旧友のM神父と再会したとき、「ねえ、こんなことがあったのよ」と書店での例の出来事を語って、「ちょっとやり過ぎだったかしら」と彼の意見を求めた。

「そんなことないよ。僕だったらこの話の締め括りを完璧にするために、店長に手紙を送りつけるよ。あなたのお店の売り子嬢のおかげでだいぶ節約ができて感謝しています、ってね」とM神父は言って「へっへっへっへ」と笑った。

頭の回転が早くて冗談が大好きなM神父らしい答えだった。

翌年の夏のある日、私は再び閑散としたキャンパスの一角に立っていた。コピーをしたいけど、製本を頼んだ例の文房具店はこりごり、そう思って、全く逆方向の片隅にあるお店に入った。

無事コピーを終えて支払いを済ませた。立ち去ろうとする時、ふと一人の中年の男性と目が合った。店長らしいその男性はおや、という表情で私を見詰めた。見詰められて私も見詰め返した。どこかで会ったことがある人だ。誰だろう……。外に出て道を歩き始めたとき、二つのモンタージュ写真が重なって焦点が合った。そうだ。あの人だ。髭こそないけれど、小さな目は、紛れもなく、あの、自分の責任を私に押しつけてきた店長だった。私はおかしさを嚙み殺しながら道を急いだ。

あの製本をした店員の憤懣や怨念は、私を通過してあのひどい雇主の心にしっかりと伝わったのだろうか。

Ⅱ　世界のどこかで

壁

1

「もしもし、ぼくベルナールといいます。突然、電話してすみません。アンジェルがあなたの住所と電話番号を教えてくれたものですから。ほら、あなたのお友だちで看護婦さんのアンジェルですよ」

それは春のある夕べのことだった。電話の主は、優しい声で遠慮がちにつづけた。

「今研修で日本に来ているんです。地図で調べたら、あなたのところからそれほど遠くはないのでお会いできれば嬉しいのですが」

控えめで落ち着いた口調でベルナールは簡単に自己紹介した。それから、共通の友人をネタに、まるで年来の友人であったかのような楽しい会話が弾んだ。来日以来、きっと緊張の連続だったのだろう。堰を切ったように、思うこと、感じることを私に語りつづけた後でベルナールは言った。

「ああ、今日は久しぶりにフランス語で話ができとても嬉しかった。それに、クリスチャンの日本人と話ができてほっとしました……」

電話の向こうの、まだ見ぬ相手に私は好感を抱いた。しかし、それと同時に彼の言った最後の言葉は、ずっと以前アルジェリア出身の青年の口にした悲しい言葉を私に思い起こさせたのだった。

＊＊＊

私が初めてフランスに留学して一年目が終わりに近づくころのことだった。私は学生食堂で一人の日本人留学生と出会った。すでに何度か出会う機会があったのだが、ほとんど話らしい話はしたことのない人だった。内気そうな人だった。しかしその日は違っていた。

「やあ、こんにちは。もしよろしければこちらのテーブルでご一緒にいかがですか」

と、大きな声で私を誘った。

「ええ、喜んで」と言って私は食事の載った盆を持ってそのテーブルに加わった。

「僕はもう近々帰国します。こちらは……さん。アルジェリア出身で政治学をやっています」

と、日本人学生は隣りに坐っていた痩せて小柄などこか東洋的な風貌のある学生を私に紹介し

た。すると即座に、

「僕は日本人が好きだ。紳士的で親切な人たちだ。ぼくは日本人を尊敬してますよ」と、そのアルジェリアの青年は愛想よく言った。

それから、私たちは食事をしながらひとしきり、フランスのこと、アルジェリアのこと、日本のことなどなど、とりとめもない会話に花を咲かせた。

その後、ほどなくその日本人は帰国したのだろう。私は再び彼の姿を街で見かけることはなかった。それとひきかえに、アルジェリアの青年の姿を私はしばしば見かけるようになった。

留学中の私の生活は単純だった。午前中は授業に出るか、図書室で勉強し、昼になるとミサに出かけ、ミサが終わると皆で連れ立って教会の前の学生食堂で食事をし、その後二時まで教会の一室や大学の片隅でコーヒーを飲み、おしゃべりをし、そして再び講義に出たり図書室で勉強したりして夕方帰宅、という決まったプログラムの繰り返しだった。私の行動範囲はごくわずかな距離に限られていた。

そんな私の小さな生活圏のなかに、彼の姿が目立ち始めた。教会への道すがら、私はしばしば彼に出くわした。「やあ、こんにちは」「こんにちは」と短い言葉を交わして私たちは行き交っていった。

そうしたある日のことだった。私はいつものように教会に出かけていった。土曜日なのでフランス人学生たちは皆家族の元へ帰っていったのだろう。聖堂内は人影がまばらだった。ミサが終わって教会を出ると、ふだん握手をし合い、おしゃべりをし、ふざけあっている学生たちの姿はなく、年配の婦人たちが数人、家路につくところだった。週日とはうって変わった静かな大通りを横切り、私は一人で向かいにある学生食堂に出かけた。すると、食堂の前にあの、アルジェリアの青年が立っていた。

「今日は土曜日でこの食堂は休みですよ。学食は遠くのものしか開いていません。近くのレストランで一緒に食事をしませんか。僕がおごりますよ」と、その青年は嬉しそうに私を誘った。困ったな、と私は内心思った。そして、

「レストランで食事をしたらとても高くついてしまいますよ。私たちは学生ですから、そんなぜいたくはできません。買い置きがたくさんありますから、今日は下宿に戻って食事します」

と、丁寧に断わって、私は家路に急いだ。

それから数か月が過ぎたころ、私は再び同じ経験をすることになった。それは私の留学生活の二年目の晩秋のことだったと思う。

厳冬の暗い長い冬が間もなくやってくることを告げるかのような、寒々とした曇り空のある

土曜日のことだった。週末のミサはやはりフランス人学生たちが帰省していて閑散としていた。ミサが終わると大人たちは昼食のためにそれぞれの家路に急いでいった。最後に一人残った私が聖堂を出たとき、あのアルジェリアの青年がそこに立っていた。

「学食はお休みですよ。僕が御馳走しますから、近くのレストランで食事をしましょう」と、前回と同じ言葉を彼は言った。

「いいえ、それはいけません」と、私は同じ答えを繰り返した。

しかし、今度は彼はそれで引き下がらなかった。

「いや、僕が行くレストランは安いところです。このすぐ近くで僕はよくそこに行くんです」と食い下がった。そして私は何度も同じ答えを繰り返したが、彼はどこまでも頑張り通した。根負けした私はとうとう彼の招待に応じて川沿いのレストランに入った。

レストランのなかは薄暗く、道路沿いの大きな窓から入る弱々しい自然の光だけが内部を照らしていた。居酒屋風の食堂なのだろう、あちらのテーブル、こちらのテーブルに労働者とおぼしき人が坐っていた。私たちは入口の窓に近いテーブルに席を取った。隣りには初老の労働者らしい人が食事を終え、一人でぶどう酒の杯を傾けては、なにやらぶつぶつと独り言を言っていた。

アルジェリアの青年は慣れた様子でビフテキとフリット、そしてサラダというありきたりの料理を注文した。そして注文を終えると、

「君は優しいね。だけどそれは君が優しい人たちのあいだで育ったからだよ。僕の家といったら、いつもいつも喧嘩ばかりだった。おふくろときたら僕を年中こき使ってさ、勉強なんかとてもじゃなかった。だから勉強したくって飛び出してきたのさ」と、彼は自分のことを語りだした。

感受性の強そうな人だなと私は思った。

「僕の国は元植民地だからね、ちっともいいことなんてないさ。戦争だよ。戦争になればいい。そうすれば事態は変わるさ」

思ってもみなかった言葉に驚いた私は口を挟んだ。

「戦争だなんで……。希望を持たなくちゃ。いつまでも悪いことはないわ。必ず良いことも来るって、希望を持たなくてはだめよ」

「君たちクリスチャンはすぐ希望だとか、愛だとか、何だとか口にするよ。けれど希望で飯が食えるかい。ガキどもがひもじくって泣いているのに親たちは食物を何もやれない。そんな親たちに希望を持てと言ったたって、それは無理な話だ」と彼は即座に私を遮るように言った。そして「あの人を見てごらんよ」と、隣に坐って一人で杯を傾けているアルコール依存症らしい

初老の男性の方に顎をしゃくるようにして視線を移した。

「彼は、『もう戦争はこりごりだ、戦争はごめんだ、さんざんな目にあった』と口でぶつぶつ言っているけどさ、彼の目をごらんよ。あれは戦争をやりたい目だよ。戦争があれば、彼は喜んで出かけていくよ」と、わが意を得たように彼は言った。

私は何を言ったらいいのか分からなかった。

「戦争だなんて、絶望的なことを言ってはだめ。未来を信じなきゃ。神様はそんなに意地悪ではないわ。いつも希望があるって信じなければ……」

「僕は無神論者だ。希望だとか愛だとか、そんなもの信じないよ。家族も、おふくろも、僕は恨んでいる。戦争だ、戦争しかない、男たちは皆、戦争をしたがっている」と、彼は叫ぶように言い切った。

その後、何を話し合ったのか、私はもう覚えていない。この不幸な幼少年期を過ごした青年は、異国でどのように生計を立てて生きているのだろうか、と心のなかで思いつつ、私は、レストランを後にした。

それから二か月あまりが経った。クリスマスの休暇中、パリの近くで聖書のセッションに出席して下宿に戻った私を二通の電報が待っていた。届いたばかりのものだった。急いで開いた私の目に飛び込んで来たのは「ハハシス」の四文字だった。

何の意味だろう……。しばらくのあいだ私はその四文字を眺めていた。そしてその四文字が言葉となったとき、呼び戻すことのできない時がすでに流れ去ったことを私は悟った。人間のすべての企てが、期待も、計画も、希望も、一瞬にして頼りなく、儚く、空しいものとなった。まるで私自身の死に突然に直面させられたかのようだった。

混乱した頭で私は日本に電話をかけた。通夜の最中の肉親の声を聞くと、遠い地球の向かう側で起こった母の死が私の心のなかで動かしえぬ現実となった。そしてそのとき、それまで規則正しく正確に刻まれていた時は一挙に意味を失って遠くの背景に退いていった。空間も距離もまた仮象に過ぎないものとなった。しかし、時間と空間の感覚が失われたのではない。私は、私を取り巻く日常の出来事を明瞭に意識していた。いや、むしろ今までよりもいっそうはっきりと、流れる一刻一刻の時と一角一角の空間を意識していた。しかし、今は空しく無意味になった時間と空間を抜け出して、それらを越えたところで母の死を味わっていた。

それはいまだかつて経験したことのない辛く悲しい出来事だった。しかし、それはまたとない恵みに満ちた美しい時でもあった。

電報を受け取った翌日、ようようのことで私はミサに出かけたのだったが、ミサが終わったとたんに泣き出してしまった私を、「何があったの?」と尋ねつつ、しっかりと抱き締めていてくれたマリー・フランソワーズ。抱きかかえるようにして車に乗せ自宅に連れていってくれたジョン。数日間わが子のように世話し、慰め、励まし、叱責し、私に元気を取り戻してくれたジョンの奥さんのナダ。ジョンはナダの前で涙を流し、しばらくのあいだ、何が起こったのかを告げることができなかったという。そして、母のような優しさを示してくださったネドンセル先生。私の顔をまともに見る勇気さえなくすっかりうろたえていらっしゃったシャバス先生。勇気を出してミサに出かけていった私を皆で待ち構えて代わる代わる心をこめてアンブラッセしてくれたやんちゃな若い仲間たち……。

「ジャポネーズが母を亡くした」というニュースは、たちまち学友たちや教会の仲間のあいだに広まり、私はたくさんの人から手紙や訪問を受けた。留学生係の老人がわざわざ訪ねてきて慰めて下さったり、見知らぬ人から手紙をいただいたことさえあった。私には想像を超える細やかな心遣いで、親しい人々も、見知らぬ人々も、私の痛みを共有しそれを和らげようと懸命の努力をして下さった。私はこの苦しい出来事のなかで多くの人の愛にしっかりと支えられている幸いを味わっていた。

この予期しなかった出来事のなかで、私と人々とを隔てていた壁が静かに崩壊していくのを私は感じていた。

壁……。それは私にとって最後の壁と思われた。いや、壁というよりもそれは何か目に見えぬ薄い透明なカーテンのようなものだった。渡仏して二年、私はすでにいくつもの壁を越え、今や自分でも驚くほど人々のなかに溶け込んでいた。しかし学友たちや教会に集まる仲間たちのなかで楽しげに親しげに談笑しながら、私は心のどこかでつぶやいていた。

「やっぱり私は外国人なのだ。よそ者なのだ。遠い東の外れから来たお客なのだ。人種の壁と文化の壁はそう簡単に越えられるものではない。肌の色、髪の毛の色、目の色を変えることのできないように、それは宿命なのだ……。目に見えぬ透明な何かが私と人々とのあいだにあって、ほんとうの触れ合いを妨げている……」

それまで越えてきた壁は、私の意志と努力でなんとか越えられる種類のものだった。しかしこの最後の壁は目に見えず、手で触れられず、どこからそれに挑戦できるのか皆目見当もつかなかった。しかし今、この目に見えぬ壁が静かに音もなく自然に崩壊していったのだ。

私はこの思いがけない恵みを心の奥深くで静かに味わっていた。

異国で迎えた母の突然の死の出来事は、私の感受性を異常なまでにかき立てていた。クリスマス休暇明けとあって出会う人々は口々に「新年おめでとう。休暇は楽しかった？　ご家族からよい便りはあった？」と私に尋ね、そのたびごとに私は「母が亡くなりました」と、繰り返した。この返ってきた予期せぬ答えに人々は驚き、戸惑い、顔をゆがめ、同情を言葉や仕草で私に示してくれる。そのたびに、目眩《めまい》を覚え私は立っていられないほどだった。

しかし、十日ほども経つと「母が亡くなりました」という言葉に示す人々の反応や心の動きを私は密かに観察しはじめていた。そんなある日のことだった。大学に行くと、入り口あたりで一人の神学生が声をかけてきた。彼とはときどき授業で一緒になることがあったが、声をかけられたのは初めてだった。

「やあ、こんにちは、新年おめでとう。僕、切手を集めているんだけど、日本の切手をもらえないかなぁ」と、彼は出し抜けにぶっきらぼうな調子で言った。

「ええ、いいわ。でも、母が亡くなったばかりなので、いますぐにはできません」と私は答え、彼の反応を待った。

「ああ、そう。それでいつ持ってきてくれるの？」と、彼は無表情に言った。

「わかりません。母が亡くなったばかりなのです」

そう言って、私は彼の顔を見つめた。彼の表情には何の変化もなかった。

私は黙ってそこを去った。

その翌日の昼のことだった。私はいつものように大学を出ると教会に向かった。土曜日とて人影のない道をひとり歩いていくと、向こうからあのアルジェリアの青年がやってきた。彼は快活に、

「やあ、新年おめでとう。バカンスは楽しかった？　家族から便りは？」と、皆と同じように私に尋ねた。

「母が亡くなりました」と、私は同じ答えを繰り返した。その瞬間、彼の顔はひきつり、血の気がさっと引いていった。

「そんなことうそだ。そんなことはありえない。絶対に不可能だ」と、彼は叫んだ。彼の全身は小刻みに震えている。それまでだれにも見せなかった反応だった。私は驚いて彼の顔を見つめた。彼の表情は私に起こった現実を打ち消し去ろうとするかのようだった。

しかし、それが否定しようもない事実であることを私の表情に読み取ったとき、彼は蒼白な顔で「気を落とさないで、元気を出して……」と、静かに言った。そして、優しく私をアンブラッセすると、そっと立ち去っていった。

あれが「僕は無神論者だ。おふくろを憎んでいる。男はみんな戦争したがっているんだ」と、言った人の反応なのだろうか……。私は溢れ出る涙を拭いながら、教会に向かった。

それから一か月あまりが経った。

「論文を仕上げなさい。それがお母さんの望んでおられることですよ」という言葉に励まされて、私は再び大学と図書館と教会のあいだを往復する日常に戻った。そうしたある日のことだった。いつものようにミサを終え、食事を済まして、仲間たちと教会の横のＤ修道院が開放していた学生たちのたまり場に出かけた。そして入口を通ってなかに入ろうとしたとき、だれかとすれ違った。おや、と私は思った。出ていった人があのアルジェリアの青年に似ていたからだ。まさかイスラム教徒のあの青年がここにやってくるはずはない。きっと人違いだろうと私は気にも留めずになかに入った。しかし、その翌日、また入口でだれかにすれ違ったとき、それが紛れもなく、あのアルジェリアの青年であることを私は知った。

そしてその数日後のことだった。私が学生たちのたむろする部屋に入ったとき、奥の片隅から入口の方に向けられた鋭い二つの瞳に出くわした。あのアルジェリアの青年だった。私は戸惑い、とっさに仲間の群のなかに逃げ込んだ。背中に鋭い視線を感じながら、いつものようにコーヒーを入れ、仲間たちと談笑した。そしてようよう数十分が過ぎていった。

なぜあそこにアルジェリアの青年がいたのだろうか。きっと何かアルジェリア人の集まりがあそこであったのだろう、あるいはイスラム教徒の集まりがあったのかもしれない、と私は大学に戻る道すがら思っていた。

それから私は昼食後、仲間たちとたまり場に行くたびごとに、部屋の奥の片隅に坐って、じっと入口の方に注意を向けている彼の姿を見出した。そして、そのたびごとに私は戸惑った。その戸惑いを隠すために、私は、仲間の談笑の渦のなかに逃げ込み、背中に鋭い視線を感じながら、それに気づかぬふりで、仲間たちと親し気に楽し気にさざめいていた。

私にその青年を紹介して帰国した日本人留学生を、内心恨めしく思う日が何日もつづいた。

そしてある日、私はいつものように連れ立って、例のたまり場に出かけていった。そして仲間たちにつづいて最後に私が入口の門をくぐろうとしたとき、だれかが立ちはだかるようにして入口に立った。それは、あのアルジェリアの青年だった。彼の瞳は怒りに燃えていた。

「結局君はキリスト教徒で、僕はイスラム教徒だ。キリスト教徒とイスラム教徒のあいだには越えることのできない壁が立ちはだかっているよ」。一気に吐き捨てるようにそう言うと、彼は呆然としている私を後に残して立ち去って行った。そして私は二度と再び彼の姿を街で見ることはなかった。

それから半年ほどの時が流れた。私はようやく論文を仕上げ、帰国の途に着いた。

私の胸は友人たちの細やかな愛の思い出でいっぱいに満たされていた。

「ありがとう。すべてのことをありがとう」と、私は友人たち一人ひとりをアンブラッセして言った。

「あなたが共にいて下さってとても嬉しかった。ほんとうにありがとう」

と、たくさんの答えが返ってきた。

「あなたのことは最初に会ったときから外国人とは思えませんでしたよ」と言う年輩のシスターの別れの言葉を噛み締めながら私は機中の人となった。

帰国してから私は別れてきた友人たちのことをよく思い出した。しかし就職やら何やら新しい生活を迎える準備に追いまくられて私はだれにも便りをすることができないでいた。そうしているうちに、無事に家に帰りましたか？　お母さんの不在を感じているのでは……と、数通の優しい手紙が届いた。今や何千キロの距離を飛び越えた友人たちは身近に常に私と共にあった。そして私の心の奥深くで静かに暖かな灯火《ともしび》をともしつづけていた。

壁……あの目に見えない壁を感じていたのは外国人である私一人だけではなかった。そして、意外なことに、外国人の私がほかのたくさんの仲間たちにも増して固い絆で彼らに結ばれていたことを私はずっとあとになって知らされたのだった。

文化の壁も人種の壁も友のあいだにはもともと存在しなかったのだ。

祖国の日々は駆け足で過ぎていく。忙しい、忙しいとこぼしながら時間と競争する日々のなかで、あのアルジェリアの青年もまた私の心をしばしば訪れた。

「僕は無神論者だ。男は皆戦争をしたがっている」と言った彼。

私の母の死に際して深い共感と限りない優しさを示してくれた彼。

「イスラム教徒とキリスト教徒のあいだには越えることのできない壁が立ちはだかっている」と吐き出すように言った彼。

その最後に見た彼の顔からは、次第に怒りに燃える眼差しが消え、代わって深い絶望と限りない孤独の面影となっていった。そして、悲しみを湛えた二つの瞳がじっと私の心を見詰めていた。

「壁が立ちはだかっている。越えることのできない壁が立ちはだかっている……」彼の最後に言った言葉は私の耳元で反響した。
「壁がある。至るところ壁だらけ……壁は崩壊すべき……」とこだまが繰り返した。
（『世紀』一九九一年四月）

壁　2

ベルリンに行ってみたい。私のなかで急にその思いが起こった。今行かなければ、その機会はもう永久にやってこないかもしれない。私はなぜかそう思った。それまで幾度となく行ってみたいと思ったけれど、機会に恵まれるまで待ちましょうと、いつも「いつか」に延ばされていた。けれどもこのときは違っていた。私は即座に住所録を繰ってH神父の住所を探した。幸いそこには電話番号も記されていた。善は急げとばかり、私は唐突に電話をかけた。

「もしもし」

「もしもし、こちらはH神父です」

「お久しぶりです。私がだれかわかりますか」

「えっ……ああヒサコですね。すぐわかりますよ。今どこにいるのですか」

「ストラスブールに来ています」

「私の方は、昨日インドの旅行から戻ったところですよ」

学生時代一緒に勉強したことのあるH神父とはもう十余年も会っていなかった。私は遠慮がちに言った。

「あの、ベルリンに行きたいのですが」

「ああ、それはいい。すぐに来てください。一週間あとにはまた留守になりますから」


それから三日後、私は空港で厳しい身体と荷物の検査を受けて、フランクフルトから西ベルリンへ飛んだ。それは一九八九年八月の初旬のことだった。

夕闇迫る空港には、見たところ頭髪に少し白いものが混じっているがほかは十余年前と少しも変わらずすらりとして背の高いH神父が出迎えてくれた。

到着の翌日は日曜日だった。午前中はミサに与り、午後には私を泊めて下さった老婦人M未亡人の案内で、西ベルリンの中心地を散策した。そして月曜日、M夫人の知人K氏の運転する車でH神父とM夫人と私の四人で、H神父の計画した巡礼に出かけた。

最初に訪れたのは、西ベルリンの北西の片隅にあるプレッツェンゼーだった。郊外の高い塀に囲まれた建物のなかには、ガランとした薄暗い部屋があった。鉄格子のはまった小さな窓からは弱い光が射しこんでいた。そして何もない丸裸の正面の白壁の中央には、花束が飾られていた。目を上げてみると、一直線に鉄製の梁が右の壁から左の壁へと張られていた。その鉄製の梁からは、五つの輪が垂れ下がっていた。それはナチの絞首台だったのだ。ナチは、その狂気にさまざまの形で抵抗した市民たちを人民裁判所で裁き、ここでギロチン刑や絞首刑に処したのだ。当時は八つの輪が並び、一夜のうちに一八六人が縊られた日もあったという。

隣の部屋に行くと、そこには謀反、反逆、裏切り等々さまざまの「罪状」で、ドイツ国民の名において裁かれた人々の告訴状や、人民裁判による死刑判決文、弁護士に送られた処刑立ち合いへの招待状、処刑の詳細な記録、ヒトラーを礼賛する当時の新聞などが壁いっぱいに展示されていた。身も凍るような悪夢の跡だった。

「なぜこのようなことが起こったのだろう」遠い昔の夢からたった今覚めたかのようにK氏が言った。

「その時代を生きたあなたがたに説明できないことは、私にできるはずがありませんよ」とH神父がK氏とM夫人の目を見ながら言った。そして一瞬、沈黙の時が流れた。

プレッツェンゼーを去る前に私たちは記念碑を訪れた。そこには次の言葉が刻まれていた。

「ここで、一九三三年より一九四五年にかけて、ヒトラー独裁政権の下、数百名の人々が審かれ、命を奪われた。
生命を賭けて人権と政治的自由のために戦った彼らの出身は、あらゆる社会的階層とあらゆる国にわたっている。
この記念碑によって、ベルリン市は、第三帝国の数百万に及ぶ犠牲者たちと政治的立場あるいは宗教的心情あるいは人種的帰属の理由で名誉を損なわれ、虐待され、自由を奪われ、殺戮された人々に崇敬の情を表する。」

つづいて私たちは、プレッツェンゼーの近く、アルフレッド・デルプ神父に捧げられた小聖堂を訪れた。神父は、ドイツにおけるキリスト教的社会秩序の回復のために、中心的に働いたかどで捕らえられ、人民裁判所で審かれ、プレッツェンゼーで処刑されたのだった。この小さな聖堂には、神父の思い出に常夜灯が灯されていた。

ナチ関係の最後の巡礼地はプレッツェンゼーから徒歩二十分の距離にある殉教者の元后マリア聖堂だった。コンクリートの壁で囲まれた広い外庭の片隅にコンクリート造りの鐘楼があり、その奥に位置した聖堂もコンクリートの飾り気のないものだった。聖堂の内部も装飾は排された厳粛な空気に満ちて「神と良心の権利を守るために血を流した」（鐘楼の横の壁に刻まれた言葉）人々の殉難を思い起こさせ、未来に対する責任を覚えさせようとするかのようだった。そして、あの暗く苦しい時代の記念に、外庭のコンクリートの壁には、抽象的造形の大きな十字架の道行があった。聖堂のとなりにはカルメル会修道院があって、修道女たちが日夜祈りを捧げているという。ナチの遺跡の巡礼は、私の心を重くした。そこには今なおあまりにも生々しい思い出が満ちていた。

「辛く苦しい思い出ですね」と私が言うと、M夫人は静かな憂いを見せて、「ダス・イスト・ドイチュランド（これがドイツです）」と、現在形で言い切った。夫人にとって、ナチの出来事はけっして忘れてはならない出来事であり、自分たち一人ひとりの犯した罪のごとく、今現在、引き受けねばならない過去だったのだ。

夫人の言葉は、私に、数年前あるドイツ人教授と交わした会話を思い起こさせた。

「あまり口にしたくはないことだけれど、われわれドイツ人は、あまりにもひどい過去について、どのように考えたらよいのか苦しんでいる。ほとんどノイローゼだ。十九世紀に偉大な人物たちを輩出したドイツと二十世紀のナチのドイツ……」とペシミストの教授は言った。

「日本人も同じ戦争という罪を犯しました。でも、日本人は過去はすべて水に流すという態度で……」と私は恐る恐る言った。

「水に流すことができるのは、うらやましい」と教授は悲し気に言った。

「辛い過去を忘れたいのですか」と私は遠慮がちに尋ねた。

するど、

「いや忘れてはならない。けっして忘れてはならないのだ。忘れるということは、あのユダヤ人たちの受けた苦しみを考えないということなのだ。断じて忘れてはならない」と苦しい表情で教授はきっぱりと言った。

忘れることのできない思い出、忘れてはならない思い出。

私は数年前のある一日を思い出す。それはある秋のよく晴れた日のことだった。私は二人の高名な外国人のお客様を伊勢神宮にご案内する役目を仰せ付かった。一人はドイツ人で哲学者、もう一人はヘブライ人女性で彼女もまた哲学者だった。見たところ二人は同じ年格好だった。

その日、私は朝はやく宿舎に二人を迎えに行った。すると、二人のあいだに何か奇妙な空気がみなぎっていた。ヘブライ人女性は懸命にドイツ人の視線を避け、ドイツ人は当惑したように少し後ろに退いていた。この関係はその日一日つづいた。私をあいだに挟んで、二人はおよそ三メートルの距離を常に保ち、まるで目に見えない壁によって隔てられているかのように、その距離はけっして縮まることがなかった。こうして私は右に左にそれぞれ気を遣い伊勢神宮の案内を終えた。そして夕方になって宿舎に戻ったとき、ドイツ人哲学者はすっかり疲れきったように首をうなだれていた。ヘブライ人女性は私に簡単に礼を言ってただちに自室に退いていった。心なしかほっと一息つくようにドイツ人は言った。「ほんとうにどうしてよいのかわかりませんでした。小さな声ですみませんと言ったのですが……」

翌日宿舎を再び訪れると、ドイツ人はもういなかった。ヘブライ人女性は昨日の礼を言うと、「昨日はすみませんでした。ナチがやったことはあの人の責任ではないと頭ではわかっているのですが、体がどうしてもついていかないのです。……私の家族がアメリカに亡命したのは私が五歳のときで、家族はみんな無事でした。家族のなかではドイツ語を使いましたから、ドイツ語は完璧にわかるのですが、一度も使う気にはなりませんでした。もうこれは理性ではどうしようもないのです……」

理性によって解決できない心の奥深くに刻まれた傷はいったいだれが癒してくれるのだろうか。人と人とを隔てる心の厚い壁をどのようにして取り除くことができるのだろうか。

それから三か月あまり経ったころ、まったく予期せぬ出来事が起こった。あの東西を分けて冷たく立ち尽くしていた壁の崩壊をいったいだれが想像しえたであろう。

刻々と伝えられるテレビ・ニュースを驚きと感動を持って追いながら、私はもう一つの壁のことを思っていた。人間の心の奥深くに巣喰うもっと深刻な壁、人間が「自分の神」を守るために無意識のうちに築く心の壁のことを。

ベルリン訪問から一年後、私はベルリンをもう一度訪れた。

「東に行ってみましょう」とH神父が案内を買って出てくれた。地下鉄に乗り、バスに乗り継いで、気がつくと東側に来ていた。私たちは、自由に街を闊歩し、ベルガモン博物館へ向かった。一年前とは打って変わって、通りも博物館もたくさんの人で賑っていた。曇り空にもかかわらず人々の表情は明るく伸び伸びとしていた。

博物館を出ると、私たちはお祭のような雰囲気のウンター・デン・リンデン通りを歩いてブランデンブルク門をくぐった。

「この門を歩いて通るなんて、まったく夢のようですよ」とH神父が嬉しくてたまらない様子で言った。

壁も監視塔も壁越しに東側を見るために造られた物見台も取り払われて今は広場となったところには、商魂たくましい人々が板を並べ、その上に壁の破片やソ連軍の兵士の帽子などを広げて売っていた。そこには祭の華やいだ空気がいっぱいに満ちていた。

私は夢を見ているような気持ちになった。いや、夢を見ていたような、悪夢から目覚めたような、不可解な気分に陥った。

あの壁は幻だったのだろうか……。

たしかに、現実に、たくさんの人が命を失ったのだ。あの幻のために、人間の心に巣喰う幻が生み出した、あの残酷な現実のために。私は昨年目にした、まだ新しい白い十字架のことを痛ましく遣りきれない気持ちで想い出していた。

やがて私たちは人込みを去って緑の木立のあいだを通り抜け、実験中の無人電車に乗って帰路についた。街は至るところ新しい時代を迎える期待と解放感がみなぎっていた。

夕食の席でM夫人は言った。

「人間の心は不思議なものですね。あんなに壁がなくなることを望んでいたのに、いざ壁がなくなってみると壁があったときの方が平和で心が安らかだったなんてみんな言っているのですよ」

「目に見える壁は崩れ去っても、心の壁が崩れることは至難の業なのですね。今私は壁という題で小さな随筆を書いています。それでベルリンにもう一度来たのです」と私は言った。すると八十歳を過ぎた老婦人は静かに言った。

「この壁は至るところにありますよ。国と国のあいだに、人種と人種のあいだに、宗教と宗教のあいだに、男と女のあいだに、……家族のなかにさえ、夫と妻のあいだに、親と子のあいだに、兄と弟のあいだに、……どこも壁だらけ……」

（『世紀』一九九一年八月）

ほんとうの世界　1

郵便局に行こうと、大通りの信号を渡ったとき、中背で痩せた若者に出くわした。

「あら、クリストフ、またお会いしたわね。いつも帰って来るたびにあなたにお会いするようね」

「ええ、僕、いつもこの辺りを歩き廻っていますから」

「今年はどうしていらっしゃるの。就職されたの」

「まだ、正式には……けど、去年代用教員の口があって。おかげさまで今年も続けさせてもらえるそうなので」

クリストフは歴史専攻の学生だった。二、三年前に学部を了えて、就職するまでの暇な時間を、神学部の授業をのぞいたりして過ごしていた。

「勉強の方はまだ続けていらっしゃるの」

「ええ、今年は、ヘブライ語を勉強しようと思っています。去年、イスラエルに行って、とても興味がわいたから」

「そう、それで例のB先生のところには、相変わらず行ってらっしゃるの」

「ええ、でも前よりも回数が少なくなっています。忙しくなってしまって」

「そう」

B先生は哲学の教授で、アリストテレスやトマス・アクィナスを教えていた。七〇年代の初め頃には、流行遅れの哲学を教えていると学生たちから軽蔑されて、授業に出る学生は数人の外国人留学生というさみしい境遇だった。「先生は死んでいる」などと陰口を叩いて、学生たちはよく意地悪な噂話をしては喜んでいた。しかし、十年経ってストラスブールに戻ったとき、先生は生き生きとして若返っておられた。なんでもたくさんの学生が先生のところに押し寄せているのだという。新しがりのフランスの若者たちも、めまぐるしく移り変わる流行の思想に飽きて、古代や中世の思想に新鮮さを見出したのか、それとも、この不安定な時代に、長い歴史の試練を乗り越えてきたものにすがろうとしているのか。ともかく、古典を教える先生は復活したのだ。

「ところで、そちらの方は……日本の方では、いかがですか」

「クリストフ、そのことだったら、今日、夕方のミサに行くから、そのあとでお会いしません。今、ちょっと用があるので」

「はい、ではそうします」

ミサが終わって、数人の知人に挨拶をして教会を出てくると、クリストフが待っていた。

「クリストフ、私、夕食がまだなの。そこのピッツァ屋さんで付き合って下さらない。さきほどの話の続きをするわ」

「僕、もう夕食をすませてきましたから」

「そう、でもデザートくらい食べられるでしょう」

「はい、ではそうします」

ピッツァリアは大いに賑っている。

私たちは大通りの歩道に突き出した一角にあるテーブルに席を取った。

ガルソン（ウエーター）の渡してくれたメニューを見ながら、ピッツァを選んだ。

「サラダもほしいわね」

「僕、このサラダが大好きなんです」

「じゃあ大きい方にしましょうか」

「ええ、もちろん。ああ、僕、これも好きです」とピッツァをもう一つ指して言う。先ほど「僕もう夕食済ませてきましたから」と言ったことなどすっかり忘れている。フランスの若者らしいな、と私は内心おかしさを噛み殺した。

数年前、クリストフに「チュトワイエ（親しい言葉遣い）してもいいのよ」と言ったのに、「いいえ、あなたは先生ですから」と言って、決してチュトワイエはしない。彼はいつまでも礼儀正しい。以前の学生たちとはずいぶん違うなと思った。

私が初めて留学した一九七〇年代の初め頃、学生たちの間には、一九六八年の五月革命の余韻がまだ残っていた。彼らは年上であろうが、教授であろうが、教会の司祭であろうが、誰かれかまわずファーストネームで呼んだり、チュトワイエしたり、全く、権威も何も無視しているようで、私はあきれたり、彼らのお行儀の悪さに辟易したりしていた。しかし、それから十年ほど経って、再び彼の地で勉強してみると、学生たちの振る舞いや風俗に変化が起きていた。何やら皆おとなしくお行儀がよいのである。学年末の或る日、試験が終わってほっとしたというので、医学部の学生が教会に集まる仲間たちを夕食に招くという。私も招かれて行ってみると、驚いたことに、皆おめかしをしてきちんとおみやげを持参している。

以前だったら、皆、普段着の汚い服装で、ほとんどが手ぶらだった。そして床に坐りこんで、バゲットにチーズやハムをはさんだ簡単なサンドイッチを口にして、わいわいとやっていた。しかし、今回皆を招いた医学生はテーブルを美しく飾り、ワイングラスにワインをついで、ちょっと粋なレストランに入ったよう。そして集まった男子学生たちも女子学生たちもすっかり紳士淑女然と振る舞っている。会話の内容も何やら気どっている。

「あのグループは特殊なの」と、以前とは勝手の違う学生たちの振る舞いに戸惑いを覚えて、ある日仲良しのアンジェルに尋ねた。

「振り子が揺れたのよ。以前の若者たちとはまったく違うわ。今は復古調なの。経済が悪くなったので、皆、必死で勉強しているわ。個人主義的ですっかり保守的になってしまって……」

そう言えば、教会の雰囲気もずい分変わっていた。以前は、何かわからなかったけど、皆変化を求めて混沌としたエネルギーが満ちていた。規律のなさにあきれたりもしたけれど、そこから何かが生まれてくるかも知れないという期待もあった。しかし、十年を経て、ますます悪くなる経済状態の中で人々の心はすさみ、「フランスももう終わりだ」という絶望の声が人々の口からしばしばもれた。D修道院付の教会のミサに毎昼集まる人々の群も、以前とはすっかり顔ぶれが変わっていた。以前は、老いも若きも一緒になって、若いエネルギーをぶっつけるように聖歌を歌い、昼食会をし、議論をし……皆仲間という意識があった。しかし、その十年後、教会の中で人々は静かに熱心にひたすら祈っている風だ。お年寄りの口からは「人生は辛い」という言葉がよく聞こえてきた。

そんな悲観的な空気の中で、小さな目をくりくりさせた髪の毛のちぢれた小柄な若者の姿が人々の注意を惹いた。「僕、ベルトランです」と言って、彼は人なつこい顔で自己紹介する。言葉遣いも昔の学生のように親しげだ。ミサが終わると、毎日少しずつベルトランのまわりに人々の輪が広がっていった。そして、ベルトランを囲んで学生たちは教会の真向かいにある学生食堂に向かう。

ああ、昔が帰ってきたわ……。十年前、若者たちは、仲間をつくり、議論し、講演会に集まり……何かを手探りで熱心に探していた。そこには、未知の未来への期待があった。

あれから十年、すっかり落ち込んだ空気の支配する中で、ベルトランは愛敬を振りまき、皆を楽しくしようとおどけたりして、学生たちの間に絆をつくろうと一所懸命だ。若者の中に太ってずんぐりした学生がいた。彼は「あーあ、もうフランスも終わりだよ」とことあるごとに言う。するとベルトランは、「ヒサコ、彼はいつもこうなんだよ」と私に向かって苦笑して言う。太った学生は「だって、歴史の必然なんだよ。ローマ帝国も滅びて、それ以来イタリアはもうずっとあんなじゃないか」と言い返す。「彼はペシミストでね。いつも、歴史の必然だってさ」

とベルトランは肩をすくめ、私におどけた目くばせをして言う。「フランスの希望の星はベルトランだけなのね」と言うと、ベルトランは照れくさそうに笑った。

＊　＊　＊

ガルソンが戻ってきた。そこで、ピッツァを二つとサラダの大皿を一つ取りあえず注文した。

「最近ベルトランに会うことがあるの」と尋ねると、

「ええ、ベルトランたち、去年引っ越ししました。新居に一度招かれたことがあります」とクリストフは言う。

「元気でやっているの」と聞くと、

「ええ。ベルトランは立派ですよ。アグレジェだし。子供も三人になって、セシルも頑張ってます」

セシル……。

＊　＊　＊

セシルは問題の女子学生だった。教会にしばしばやってきて皆の仲間入りをしたのだったが、粗野で嫉妬深くて、なかなか皆と融け合わなかった。セシルが一緒にいると、皆も何となく落ち着かなかった。そして彼女は、時には持病のてんかんの発作を起こして倒れ、椅子をひっくり返して、ばたん、と大きな物音を教会中に轟かせて皆を驚かせた。そんな様子を見ていてベルトランが皆に言った。「セシルにもっとやさしくしなけりゃだめだよ」

ベルトランの支持を得て、セシルは皆の中で少しずつ場所を見つけていった。

そのうちに教会に集まる学生たちの間で、そして大人たちの間で、秘かな心配が広がっていった。

「ベルトランは人が良すぎるよ。大丈夫かい、セシルにあんなに親切にして……」

こんな声が聞こえてきた。ベルトランは皆に好かれていたとてもいい坊ちゃんだったけど、セシルは正直なところ皆に敬遠されていた。

夏休みになった。

「セシルに、僕の両親の家に遊びに来てもいいよ、と言ったんだよ」とベルトランが言う。

「そう。でもよく考えて賢明にね。中途半端な同情はかえって人を傷つけることがあるから」

と言うと

「友情ある御忠告、感謝します。よく肝に命じておきます」と快活な答えが返ってきた。

秋になると、それぞれ故郷に帰っていた学生たちがちらほらと姿を見せるようになった。夏休み前に試験で失敗した学生たちが新学年が始まる前に再度試験に挑戦するのだ。そんなある日、親しい仲間たちが集まってミサが行われた。

ミサの半ば、神父さまが、

「皆さん、祈りましょう。試験のために一所懸命頑張って勉強したのに、今度もよい結果が得られなかった人たちのため……」と言い終えた瞬間、仲間の中から、ウォー、という動物の吠えるような叫び声が上がった。そして一人の女子学生が入り口に向かって突進して行った。驚いて皆が沈黙した。何が起こったのだろう……。情況が摑めずに周囲を見廻した時、看護士のアンジェルが「セシル、セシル」と叫んであとを追ってとび出して行った。

仲間たちも神父さまもしばし呆然としていたが、やがて何事もなかったかのように再びミサが進行していった。

数日後、アンジェルに会った。

「セシルは試験でいい結果が得られなかったの。彼女の家ではお兄さん達ばかり優遇していたから、彼女は大学に行けなかったの。でももう二十代も終わりに近いし、やっと頑張って大学に行けたのだけど、フランスでは二年の間に必要な単位を取れなかったら退学しなければならない規則なのよ」と彼女は説明してくれた。

そして晩秋のある日、ミサが終わって教会から出ると、見慣れない中年の夫妻が皆の中に立っていた。

「両親です」とベルトランが紹介してくれた。

「はじめまして」と挨拶すると、

「ヒサコですね。ベルトランから聞いていますよ」と婦人が言う。白髪が上品で、率直な笑顔が美しい。傍らに立つ紳士は終始にこやかに微笑んでいる。いかにも円満で安定感と包容力を感じさせる夫妻の姿だった。

数日後ベルトランに会った。

「あなたのやさしさや笑顔の秘密がわかったわ。すばらしい御両親ね」と言うと、

「ありがとう。両親に伝えておきます」とにこにこして答えた。

新学年が始まって、学生たちはまた教会に集まっては、一緒に学生食堂に行き、そして授業に散っていく、という例の生活になった。相変わらずベルトランのまわりに楽し気な輪ができた。新しい仲間も加わったようだ。背が高くて禿げ頭のユル・ブリンナーみたいなアンリ、口

から先に生まれてきたような才気煥発のフランソワーズ、そして、時々看護士さんのジュヌヴィエーヴやアンジェルなどの社会人が学食の仲間に紛れ込んで、食堂で議論の花を咲かせた。

そんな中に、セシルが加わると、皆の落ち着きがなくなった。セシルがベルトランを独占したがるのが原因だった。フランソワーズは明らさまに不快感を現わし、時には怒り出した。アンリも批判的だ。

「困ったことだ。ベルトランが勉強できなくなるよ。彼は優秀だし、教員を目指して頑張っているのに、セシルのおかげで試験に失敗するんじゃないか」

「ベルトランとセシルは釣り合わないよ。セシルの方が年もずっと上だし……」

そんな声が教会に集まる人々の間で囁かれた。しかし、ベルトランにそんな声は届かなかった。ベルトランはセシルの勉強を手伝ってやり、セシルはすっかりベルトランに頼っている。そうしているうちにベルトランの姿は次第にみすぼらしくなっていった。なんでもセシルに自分の学費を分けてやっているという噂だった。

やがて一年半の留学期間が過ぎ去った。春休みと夏休みに帰ってきて論文を完成させますから、と指導教官と二つ目の論文を書くように私を招いてくださった学部長や教授たちに約束して、私はストラスブールを後にした。

半年が経った。

春休みにストラスブールに戻ると、またいつもの生活のリズムになった。論文の完成を目指して執筆を進めるかたわら、昼休みには例の教会に通っていく。

冬の間に、教会に集まる若い仲間たちの間には何か変化が起こっていたようだ。ベルトランとセシルの姿が見えない。それにフランソワーズも時々ちらっと見かけるだけになり、アンリもいなかった。

「ベルトランとセシルは婚約したわ」とアンジェルが言う。

「そう。それでベルトランの御両親は心配しないの」と尋ねると、

「ううん、二人のことを認めているわ」と言う。

私の脳裏に昨年挨拶を交わした上品な夫妻の姿が浮かんだ。

けげんそうな私の顔を見て、アンジェルは続けた。

「ベルトランは高校生になるとき神学校に入ったの。お母さんが息子のうち一人は神父さまになってほしい、と思っていたのね。お兄さんはそれを望まなかったから、ベルトランが神学校に行ったのよ。でも途中で自分の道ではないと悟ってやめたの。お母さんは自分の望みを息子に押しつけたみたいに感じて後悔していたの。だから今度は息子の選択と決断を尊重している

のよ」

あの、すべてを包み込むようなベルトランのお母さんの温かな輝いた顔が再び私の目の前に浮かんだ。

「そう、結婚生活がうまくいくといいわね」と心配気に言うと、

「セシルはとても努力しているわ。皆で二人を助けなくっちゃ」とアンジェルが確信するように答えた。

夏休みに再びストラスブールに戻った。アンジェルに再会すると、ベルトランとセシルが結婚したこと、新居はアンジェルの住居の近くだということを知らせてくれた。

そして、翌年の春、再び、ストラスブールに戻った私に、アンジェルは驚くべきニュースをもたらした。

「ベルトランがアグレガシオンに受かったのよ。セシルは今やアグレジェ夫人なのよ」

それはほんとうに驚きだった。アグレガシオン（教授資格）の試験はとても難しい。そしてアグレジェになれば、高校教員のポストは一生涯保証されるという。だからアグレジェというのはたいしたことなのだ。私の友人・知人の中には何度も試験に挑戦した末に、才能がないのだと、諦めてしまった人も何人かいる。五回も六回も挑戦してもだめだったのに、運よくとても

有名な大学のポストを得て、大学教員になっている人もいる。正直なところ、ベルトランがそんなに頑張屋で、難しいセシルを世話しながら、見事アグレガシオンの試験に通るなんて、思ってもみないことだった。

（一九九九年）

ほんとうの世界　2

大きなピッツァと大皿のサラダが運ばれてきた。クリストフは目を輝かせている。切り分けてピッツァを一切れ取り、サラダを自分の皿に取り分けて「私はこれで十分。あとは御自由にね。」と言ってクリストフに任せた。

「じゃあ、日本の話をしましょうか」と言うと、ピッツァを頬張りながら「ええ」とクリストフが言う。

「三月の初め神戸に行ってきたわ」

「ああ、あのコーベ……」

「ええ」

周囲の華やいだ空気が、一瞬、しゅんとしぼんだように思われた。一息ついて、私は続けた。

「神戸や周辺には友だちや知人がいるから気になっていたのだけど、電話で皆の無事も確認できたし、出掛けて行ってかえって迷惑になっては、と思って控えていたの。そしたら、三月の三日に西の宮で葬儀があったの。それで出掛けたのだけど、西の宮の災害の跡はひどかった。街中が埃っぽくて……。板きれや瓦礫をいっぱい積んだトラックが行き交っていたわ……。葬儀のあと、友人がいる修道院を訪ねたの」

「そう……」クリストフの眼差しが真剣になった。

「幸い、電車が近くまで行っていたわ。修道院には何度か行ったことがあるのだけど、線路沿いの風景は一変していたの。クリストフもテレビで見たでしょう。傾いたビルや潰された家など……」

「ええ」クリストフはピッツァを皿に置いて頷いた。

「修道院の近くは特にひどかったわ。細い通りに少し傾いた三階建てのアパートがあったの。気がつくと一階がぺちゃんこに潰されていて、もともとは四階建てだったのね。商店の看板がなんとか残っていたから、一階が商店だったのがわかったの……。全壊の家もいくつかあって、人は住んでいなかったわ。片隅に『お見舞いありがとうございます。皆無事でいます。連絡先は――』などと貼紙があったりして、じーんとすることばかりだった」

クリストフはじっと私の話に耳を傾けている。

「修道院に着いたら、以前の風景とまるで違っていたわ。建物は半壊のようで、庭もトラックなど作業の車が入っていて……。シスターたちは修復に大忙しだった。それで友だちのシスターと少しお話しして、失礼したの。

電車の停留所に向かって歩いて行く途中で雨が降ってきたわ。おなかもすいてきたのであたりを見廻したら、ちょうど小さなパン屋さんが目に入ったの。見るとショーウインドーのところに『パンと温かなミルクがあります』と貼紙があったの。なんだかとても懐かしい感じがして中に入ると、店の中はとてもきれいだった。店の主人が出てきたので尋ねると、そのお店は何の被害もなかったんだそう。

『けれど本店の方はやられましたよ』と言っていた……。

まだ時間が早かったから、神戸まで足を延ばして、以前、ストラスブールで御一緒だったシスターをお訪ねしようと考えたの。でも交通網が寸断されていたから、どのようにしたら行き着けるのかわからなかった。それで電車で行けるところまで行って、それからバスを待ったの。待っていたら、おばあさんがやってきて、『バスは当てにならしまへん』と言うのよ。そして『お宅もひどい目に遭うたんですか』と聞くので『いいえ、私はお見舞いに来たんです』と答えたんだけど……。そのうちにひとが停留所に少しずつ集まってきたわ。周囲はまだ瓦礫の山でとても埃っぽかった。ずっとずっと昔に戻ったみたいな風景だった。でも不思議にとっても懐かしい感じがしたの。

しばらくしたら大型バスが来たわ。見ると、「神戸三の宮行」とあったの。ちょうどよいと思って乗り込んだのだけど……。バスの中はしんと静まりかえっていたわ。いっぱいになった乗客はみんな無言で窓から外の風景を見つめていた……。

そのうちにあたりが薄暗くなって雨が降ってきたの。以前は明るい照明があった大通りは暗くって、通り過ぎていくビルには明りもなく静まりかえって人影は見えなかった。なんだか見知らぬ暗闇の世界に向かっているような気がして急に不安になったわ。それで、運転手さんのところに行って、『大阪に通じている電車の駅の近くで降ろして下さい』ってお願いしたの。そしたら『電車がどうなっているのか分かりません。ともかく終点まで行って下さい』って言うのね。仕方ないから覚悟を決めて行くところまで行ってみようということにしたの。ようやく三の宮に着いたら雨があがっていたわ。駅の前には大きなビルが傾いたようにして立っていた。歩道橋には〈がんばるから見に来るな〉と貼紙があったわ。

三の宮の駅は明るくて被害は何もないみたいだった。何だかほっとして……。

シスターにお電話して、しばらくお話しして、それから遅くならないうちに大阪まで帰らなければと思って電車に乗ったんだけど、途中までしか行けないのね。次は少し歩いて別の会社の電車で行かなければならなかったの。

電車を降りると、ハンドマイクを持った人たちが誘導してくれて、ぞろぞろと列をなして行ったのだけど、みんなただ黙って歩いていった。

暗い大通りを横切ろうとしたら、角にぽっかりと明るい空間があって、静かに音楽が流れていたわ。何だろうと思って近づいてみたら、お寺の境内のようで、テントがいくつか張ってあったわ。そして一つのテントの中にはひな段があったの。

クリストフ、ご存じかしら、三月三日はひな祭りと言って、きれいなおひなさまを飾ってお祝いするのよ」

クリストフは、うん、と言って、あとは押し黙っている。

「その日は寒い日だったけど、心がとても温かくなったと思っていたら、作務衣《さむえ》を着てはちまきをした若い数人のお坊さんが、『食べて温まっていって下さい』って言うの。『私は被災者ではないので』と言ったら『そんなことを言わずにどうぞ』って言うのね。それでおうどんを御馳走になったんだけど、私の他にもリュックを背負った人たちが黙って御馳走になっていたわ。みんなお見舞いの人たちだったみたい。どの人も、どの人も、静かに心の中で何かを感じているようだった。

テントを出る時に、お坊さんたちにお礼を言ったら、『僕たち、全国から集まってきたんです。テレビで見ていたよりずっとずっとすごい地震の跡ですね。とってもいい勉強をさせてもらっています』と言っていたわ。

それから電車を二つ乗り継いでやっと新大阪に着いたの。

新大阪駅は煌煌と照明されて、ピカピカに光っていて、たくさんの人で賑っていたわ。まるでタイムマシーンで五十年を飛び越したみたいだった。別の世界に来たみたいに感じたのね。切符販売機のところに行ったら、中年の男性が二人、笑い合いながら切符を買っていた。その顔は神戸で出会った人たちの顔とは全く違う顔だったわ。まるで何事もなかったみたいに、おれたちの大地は不動なんだと言わんばかりに、自信に満ちて商売の話をしているみたいだった。私は何だかとてもとても不思議な気持ちになったわ。いったい、どちらが本当の世界なんだろうかって……ひょっとして、こちらの世界は幻影ではないかって……」

私はふーと一息ついた。

クリストフは黙りこんでいた。

「あの一月十七日の朝……ニュースを見ようと思ってテレビをつけて……一日中テレビの前か

ら、動けなくなってしまったの……。報道するアナウンサーが、男のアナウンサーが、マイクを持って、ぼろぼろ涙を流していた。そんなところを見たのは初めてだったわ。

いつも冷静なアナウンサーが声も出せなくなって……。

翌日、委員会があって大学に出かけたんだけど、いつも自信たっぷりに雄弁をふるう同僚の先生たちも、すっかり押し黙っていたわ。キャンパスの中で出会っても、みんな小声で話していた……。まるで、日本中がしーんと静まりかえっているようだった……」

「……」

「ふだん技術文明の豊かさ・便利さのなかで見えにくくなっていた本当の人間の世界が見えてきたような……もの、もの、もの、の中で人もものになってしまっている世界と、人間が人間らしい世界と……二つの世界はいつも重なっていて、今の日本ではものの世界が前面に出過ぎていて、人間の本来の世界が見えにくいのだけど、あのときには、その二つの世界がまざまざと見えたの。まるで舞台の前景にあった幕が突然に切って落とされて、背後に隠されていた光景が現われたみたいだった」

「……」

「そう、もっと言えば、あの神戸の隣りの新大阪の場面のように、二つの世界が同時に並んでいたの」

「二つの世界……本当の世界と幻影の世界……まるでプラトンの哲学みたいですね」

「ええ」

「僕たちは、生まれついてからずっと洞窟の中で暮らしていて、影絵で見せられているものを本物だと思って生きている。洞窟の外では、太陽がさんさんと照っていて、本当の草木が生え、生きた動物がいる、というのに、にせもので満足して生命のないにせものを追いかけて暮している。本当の世界を見た人が、洞窟の中の人々に、それはにせものなんだ、本当の世界は洞窟の外にある、とどんなに説いて廻っても人々は耳を貸そうとしない。それどころか、うるさい奴だ、我々の平和を乱す、と言って皆でその人を殺してしまう」

「ええ、その通りよ。この何十年、日本人は、影絵を追いかけてきたの。でもね、今度の大震災で、大切なことにはっと気づいたの」

「……」

「たくさんの人がほっとしたのよ。まだ日本にも人間らしい世界があったって」

「ええ、僕もテレビで見て感激していました」

「やくざとか暴力団とか呼ばれるひとたちも被災者を助けに走り回ったの」

「ああ、あのやくざ……僕、テレビで見ました。かっこいい高倉健の……あの番組では映画の後で本物のやくざの親分と一の子分を囲んでディスカッションがあって、親分も子分も、最初はとっても緊張して冷汗たらたらで、扇子をパタパタさせていたのに、だんだんリラックスして、最後にはもう堂々としてましたよ」

「ええ、あの番組は私も見たわ。番組の終わりでアナウンサーが、率直なお話が聞けて良い番組になりました、マフィアとではとてもこんな具合には行かなかったでしょう、感謝します、なんて言っていたわ」

「ええ、そうでしたね」

「ねえ、神戸では、暴走族なんていう若い人たちも活躍したのよ」

「落ちこぼれ、って呼ばれている人たちですか」

「よくご存じなのね……。落ちこぼれだとか悪い子だとか、大人たちはすぐレッテルを貼るけど、みんな、どんな子も、人の役に立ちたいって思っているのよ」

「ええ、当然のことですけど」

「それに、もともと良い子も悪い子もいないのに、良い子・悪い子って分け方をするから、大人も子どもも、良い子・悪い子・普通の子のどこかに入れたり、そう呼んだり演じたり……どの子もみんな良い子で悪い子で普通の子なのにね」

「ええ」

「ねえ、一瞬のうちにすべてが変わってしまったの。僅か数秒の揺れで、人が一生かけて築いたものが、家も家具も、思い出のアルバムさえも、すべて無に帰したのよ。掛け替えのない家族さえたくさんの人が失ってしまった……」

「……」

「どんなことがあっても無にならないものって何なのかしら……」

「そう……過ぎゆかない本当のものだけが欲しいですね」

「ええ」

気がつくとテラスに並んだテーブルがしんと静まりかえっている。みんな私の話をじーっと耳を澄まして聞いていたのだろうか。

サラダの大皿もピッツァのお皿も空になっていた。

「そろそろデザートにしましょうか」

「ええ」

周囲を見回すと片隅に控えていたガルソンと目があった。

ガルソンは、頷くとデザートのメニューを持ってテーブルにやってきた。

「私はソルベにするわ。クリストフは」

「僕はグラース（アイスクリーム）にします。このグラース大好きですから」そう言ってクリストフは大きなバニラ・アイスクリームを選んだ。

長い夏の一日も暮れていく。周囲に夕べの闇が忍び寄ってきた。

ガルソンがテーブルを廻ってローソクの灯を置いていく。

ピッツァリアのテラスはひときわ華やいで人々の楽しげなさざめきが大通りに溢れ出ていく。

「そろそろ帰りましょうか。私の泊っているところはすぐそこだけど、暗くならないうちに帰った方がよいから」

「帰国はいつですか」

「もうあさってよ」

「また来年も戻ってこられますか」

「ええ、多分。事情が許せばね」

「じゃあ、また、来年」

「ええ、皆によろしくね。ベルトランとセシルにも」

「はい、忘れずにお伝えします」

「オールヴォアール（また会う日まで）」

「オールヴォアール」

＊　＊　＊

次の朝、出発を翌日に控えてハース夫人を訪ねた。

八十歳前後の白髪の老夫人は、「よく来て下さいましたね」と美しい微笑みをたたえて私を応接間に招き入れた。応接間はきちんと片付いていて趣味のよい調度品が並んでいる。

「そちらは大変だったんですね」

「ええ」

「あの日、ニュースを見てクリスチャンヌがここにやってきましたよ。まるで忍び足みたいにそっと。そして小さな声で『私たちの日本のお友だちは大丈夫かしら』って。それで、地図ではコーベからとても離れているから大丈夫だって言いました」

「クリスチャンヌはお元気ですか」

「ええ、相変わらずですよ。もう大分のお年なのに、自分よりもっとお年寄りのお世話に走り廻っていますよ。妹のジャンヌにもほんとうに献身的に尽くしてくれました」

ハース夫人のアパルトマンを出ると、近くのクリスチャンヌのアパルトマンに向かった。

ベルを押すと二階の窓が開いて白髪で髪の毛の薄くなったクリスチャンヌが顔を出した。

「どなたですか」

「ヒサコです」

「ああ、失礼。この頃治安が悪いからこんな風にしているのよ。すぐ開けるから」と言って玄関を開けてくれた。

「今ハース夫人をお訪ねしてきたところなの」

「そう。あのコーベの地震のニュースを見て、私たちとても心配していたのよ」

「ええ、ハース夫人から聞いたわ」

「無事でほんとによかった……」

「私もクリスチャンヌのことをよく思い出したわ。ジャンヌが亡くなってから淋しがっているのじゃないかって……」

「そうね。ジャンヌがいなくなってから、バカンスに行くと……ほら、あなたも一緒に行ったでしょ。あの山の家に行くと、ジャンヌと一緒だった時のことを思い出すわ。その時はやっぱりね……。でもね、ジャンヌはいつも私たちと一緒にいるわ。何か問題があって困った時にはジャンヌ、助けて、ってジャンヌに頼むの。そうすると、いつも問題がよい方に解決するのよ」

「ええ、ジャンヌは内気で無口だったけど、いつでも困った人たちのことを心にかけていたから……」

「ジャンヌが入院して、それから急に逝ってしまったけど、誰もそんなに早く亡くなるなんて思っていなかったの。だから、ハース家の人たちも旅行に出ていて……。急いで呼び戻したんだけど……。あなたと私はジャンヌに最後に会った数少ない人の一人なのよ。彼女はとっても喜んで私に話してくれたわ」

「そう、光栄だわ。……あれは、去年の夏、帰国する前日だったの。数日前からジャンヌに電話していたんだけど、いつも留守で……。少し前にとても調子が悪いって言っていたから不安だったの。クリスチャンヌの住所も電話番号も知らなかったし……近所の人に訊いてみたら、入院したって言うのね。でも、どこの病院かわからないって……。どうしたらいいのかしらって、午前中、友だちの家族に話していたの。午後の三時頃になって、先生のところに御挨拶に行こうとして、泊めていただいていた友だちのアパルトマンを出たの。そうしたら、ちょうどそこを三人のおばあさんたちが歩いていたの。その中に白髪の上品な人がいて……ひょっとして、ジャンヌのお姉さんじゃないかって思って声をかけたのよ。そしたら、人違いだった……。以前、たった一度だけお会いしたことがあって、白髪は記憶にあったのだけど顔は憶えていなかった……。でも、その白髪のおばあさんが、『あの方はどこどこの病院に入院していますよ』って教えてくれたのよ。驚くでしょ……。夕食のとき、友だちの家族にそのことを話したのね。そしたら、御主人が、『その人は君にとってとっても大切な人か』って訊くのよ。それで『ええ』と答えたら、『じゃあ、連れていってあげよう』って。彼は翌日朝早くウィーンに行くことになっていたのよ。

ジャンヌは病院の大きな部屋で電燈もつけないで一人でぽつんと坐っていた……。『こんばんわ、ジャンヌ』と言って入っていったら、ジャンヌはいつものとてもすてきな笑顔で迎えてくれたの……」

「いつまでいらっしゃるの」

「短い滞在だから、もう明日帰国するの」

「そう、わざわざ来て下さって、ほんとうにありがとう」

「多分、また来年ね」

「じゃあ、オールヴォアール」

「オールヴォアール」

それから二年が経った。

「もしもし、クリスチャンヌ」

「もしもし、どなたですか。ああ、失礼。ヒサコね」

「ええ、今、ストラスブールです」

「お会いできるかしら」

「残念だけど、今回は一日だけ、先生のお見舞いに寄ったの」

「そう、残念ね」

「お元気ですか」

「ええ、先日、山の家に行ってきたところよ。ほら、あの三人で行った山の家よ」

「ええ、憶えているわ。ところでハース夫人はどうしていらっしゃるかしら」

「昨年末に亡くなったわ。急だったのでお嬢さんがショックですっかり落ち込んでしまって……」

「そう……」

「でも、高齢者にはよくあることなのよ。私だって何時《いつ》……。私ももう七十九歳ですからね」

クリスチャンヌはジャンヌよりもずっと年上だったんだ。そんなことを考えていると、クリスチャンヌは話を続けた。

「もうすぐ天国で皆と会えるわ。楽しみよ」

「そうね、きっと賑やかかね」

「ええ」

「じゃあ、オールヴォアール」

「オー・ル・ヴォ・アー・ル」


（一九九九年）

こころ

マフィアの首領の家で

帰国なさるときには、私たちのところにお寄りになってね、という友人たちの優しい言葉に誘われて、ストラスブールでの留学を終えるとアメリカ経由で帰国することになった。

あの陰鬱で重い重い冬のさなかの北ヨーロッパを飛び立った私は、ニューヨークとワシントンで一週間を過ごした後、最後の訪問地のロサンジェルスに立ち寄った。霧の立ち込めていた東海岸とは打って変わり、カリフォルニアは明るい。どこまでも高い空と輝く青い海。空気は軽やかで、ここはまるで地上の楽園のよう。陽光をいっぱいに浴びて私は三年三か月の溜まりに溜まったストレスを癒していた。

そんなある日のことだった。

「今からマフィアの首領の未亡人のところへ懺悔を聞きに行きます。一緒に行きたいですか」

「…………」

マフィア？　……首領？　……

怖くないかしら……。でも未亡人？　……懺悔？　……

老神父は私の顔を見て面白そうに反応を窺っている。

この神父さんと御一緒なら大丈夫だわ。それに罪の懺悔をしたい、と言ってきてるんだから……。好奇心が私を突っついた。

「行きたいです。御一緒させて下さい」と答えると、銀髪のがっしりした威厳たっぷりの神父さんは「じゃあ」と言って玄関に向かった。

教会を出て二十分も歩いただろうか。マフィアの首領の未亡人の家はごくごく普通の住宅街の一隅にあった。

さぞかし豪邸、という予想は見事に外れた。門の前に立つと、芝生の向こうに二階建ての家屋が見える。日本人にとっては確かに大きな家だけれど、こちらでは、それほど大きいとも言えない。芝生の庭も、ちょっとしたガーデン・パーティーができるくらいのもので、それほど広くはない。

こんなに無防備でよいのかしら、と思うほどあっけなく玄関に着いた。

玄関のベルを押すと、中年の背の高い男性がドアを開けてくれる。

「マダムはすぐまいりますから」

ホールで待っていると、正面のエレベーターが開いて車椅子に乗った白髪の老婦人が姿を現わした。そして「お待たせしました」と静かに挨拶する。

小柄な痩せた人で、背筋をぴんと伸ばした姿は美しく気品がある。

「主人が私のためにエレベーターを作ってくれましたの。それでこうして家の中を車椅子で動けます」と言う。そして、

「どうぞ、こちらへ」と言って婦人は車椅子を上手に操って先に立った。

奥に招かれて廊下を進んでいくと、何もないがらんとした部屋の絨緞の上で二人の少年たちがプラモデルで遊んでいた。十歳前後だろうか、あどけない表情をしている。私たちを見ると、にこっと笑った。二人とも透き通った顔色で、とてもカリフォルニアの明るい日差しの中をいたずらな仲間たちと遊び回っているようには思われない。

「孫です」と老婦人が説明した。

それから奥まったところにある一室に招かれた。応接間だろうか、それとも居間だろうか。テーブルとソファ以外には、ほとんど装飾品らしいものは何もない簡素な部屋である。片隅の

テーブルの上に飾られた写真に目を止めて老神父が言った。

「これが御主人ですか」

「はい」そう答えると、老婦人は思い出に浸るかのように懐かし気に、そして誇らし気につけ加えた。

「あの人はすばらしい人でした」

渡された小さな額を手に取ると、中に腕を組んだ中年男性の上半身の写真があった。写真の中の男性は、いかにもマフィアの首領らしい恰幅のいい体格で、堂々として自信に満ちた笑みを浮かべている。これが全盛期の首領の姿なのだろうか。

「余生は辛いですね」と老神父は婦人の顔を見詰めて諭すように言った。

「ええ」と婦人は小声で答えると、目を伏せた。しかし、老婦人は凛とした姿勢を崩さなかった。

婦人は老神父を伴って、懺悔のために別室に退いていった。

それから十五分ほど経ったろうか。戻ってきた老神父とともに邸宅を辞した。芝生だけののっぺりした庭を通って入口の門のところに来たとき、傍らにあった小屋の窓が開いて、ぬっと男性の顔が現われた。

入ってきたときには小屋にも気づかなかったけれど、私たちはずっと見張られていたのだろうか。

通りに出て十メートルほど歩いたとき、心なしかほっとした表情で老神父が言った。

「『あの人はすばらしい人でした』などと言っていたねえ。人を何人殺したか知れないのに」

あの白髪の老婦人は、主人がマフィアの首領としてやっていたことを果たして知っていたのだろうか。いったい、どんな懺悔をしたのだろうか。そんなことを考えていると、老神父は言葉を続けた。

「あそこにいた二人の少年は、まるでシシー（女のような男の子）だね。あれがマフィアの孫だなんてとても思えない」

夕食のテーブルでは、その頃封切られたという映画ゴッド・ファーザーの話しで持ち切りだった。

あの凛とした未亡人はその後、どんな日々を送ったのだろうか。

あの華奢で優しい顔の少年たちは成長してどんな大人になったのだろうか。

あの人は、すばらしい人でした……老婦人の言った言葉が心に残った。人間の計り知れない神秘……。あの、悪名高いナチの強制収容所の看守たちも、家庭では良き夫であり良き父親だったと、どこかで読んだ覚えがある。殺人犯で獄中で歌人になり、三十三歳で死刑になった島秋人さんの言葉が想い出された。

「極悪非道って善人が作った言葉だと思います。実際にこれにあてはまる人はないのではないかと僕は思うのです。……善人と思っている人（の中に）は（他人を）悪人と見る人があるけど、悪人と思っている者に（他人を）悪人と見る心はないと僕は思います。哀れなやつと思うくらいでしょう。それぞれに理由があるからです。憎むべき罪人であっても極悪ではない。極善という人が居りますか？　おそらく人間としてはないだろうと思います」（島秋人著『遺愛集』四九―五〇頁、東京美術、平成二年第九刷）

「十七歳からいきなり老人じみたものの考え方をするみたいに覚えます。大きな過失によって小さな幸せを見出すことが出来たと思います。人間として恵まれた境地に歩むことも出来たみたいです。言い過ぎみたいですが、『心』ってものだけは社会の人より恵まれたものを与えられたと思っています」（同書四七頁）

「こころ」を見出す人と見出さずに人生を通り過ぎていく人……、イエスとともに十字架にかけられた二人の盗賊を分かつものはいったい何なのだろうか。人生の最後に「こころ」を見出して「今日、あなたは私とともに天国にいる」とイエスから言われた、天国泥棒と呼ばれる「善い盗賊」と、最後まで呪いの言葉を吐いて死んでいった「悪い盗賊」と……。

「悪い盗賊」と人々の呼ぶこのイエスとともにあった人の心には何が去来していたのだろうか。

ザ・ヤクザ

フランス留学から帰国して十余年を経たある夏のことだった。再びストラスブールの住人となっていた私は、テレビ番組で『ザ・ヤクザ』という映画を見た。それは、いかにもハリウッド製作の映画らしく、異国情緒に満ちたニッポンを舞台に、若き高倉健を主役に得てロマンチックなヤクザの世界を描いていた。ストーリーは憶えていないけれど、高倉健の演じるヤクザは、今ではもう古き良き時代のヤクザとでも言いたい純情なヤクザだったように記憶している。映画も楽しかったけれども、この番組のおもしろさは、映画の放映の後のディスカッションだった。スタジオには五、六名の日本研究者たちが招かれてテーブルに坐っていた。その中に日本人も一人、二人いたように思う。そして、何と、同じテーブルには、何とか会系の何とか一家の親分と呼ばれる人がその一の子分を従えて同席しているではないか。テーブルの横の床には番傘が広げて置かれていて、その番傘には＊＊一家と大きく黒々と書かれている。親分は羽織・袴をきちんと着て、大きな扇子を手にしている。きっとテレビカメラを意識して極度に緊張しているのだろう。扇子をばたつかせ、しきりに額の汗を拭っている。そして親分の隣には普通の洋服を着た一の子分がかしこまって坐っている。心なしか、子分の方は落ち着いてリラックスしているようだった。

出席者たちの紹介が終わると、フランス人の日本研究者たちが、日本の社会におけるヤクザの意味みたいなことについて、それぞれ知識を披瀝した。暴力団、愚連隊、よたもの、ちんぴら、不良、などなど、一人の研究者はそれぞれの違いについて実に明確に見事に説明してみせた。そして一通り研究者たちの話が済むと、親分と子分に向かって率直な質問が浴びせられた。

親分は最初のうちはとても緊張して、額の汗を拭い拭いしながら、どもりどもり質問に答えていたけれど、質問者たちが、楽しみながらこの番組に出演しているのがわかると、次第に気を許し、扇子も畳みこんで、自分自身も楽しみ始めたようだった。そして、「ヤクザの資金源は夜の女性たちのヒモだということですが」と質問者の一人が訊ねると、「はあ、そんなこともありますなあ」などと涼しい顔で答えた。「指を詰めるということですが、皆に見せていただけますか」と求められると、「わしは詰めていないが、これが」と言って一の子分の方を向いた。その言葉に一の子分が詰めた小指を皆に見せると、テレビのカメラがそれを大きく映し出した。皆は興味津々にその指を見詰めていた。

最後にアナウンサーが言った。

「今日は私たちの質問に率直に答えていただいて、楽しく有意義な時間を過ごすことができて感謝しています。マフィアとでは、とてもこんな風にはいかないでしょう」

すると親分はすっかり御満悦の様子で
「いやあ、わたしどもも、とても愉快でよい時を過ごすことができて感謝しています」と胸を張って答えた。

それから一週間ほどした頃、最初に留学した時にご一緒だった女医さんが、学会の序でにと、ストラスブールに立ち寄られ、私と数日間をともにされた。久しぶりのストラスブールを楽しんでおられる彼女に、「こんな番組があったのよ」と例の番組を話題にし、合わせてロサンジェルスのマフィアの未亡人を訪ねた時の話をした。すると、

「あの人はすばらしい人でした、という言葉はよくわかるわ。父は開業医だったので、父のところにヤクザの親分さんがよく診察に見えたのだけど、親分さんは人間的にはとても魅力的な

人で、なかなかの人物だったわ」とおっしゃる。

「そうね。ヤクザだとか、マフィアだとかいうと、私たちとは人種が違う何かとても恐ろしい世界に住んでいる人たちみたいに思うけど、ほんとうは感じやすくて優しい人たちなのかも知れないわね」

そう答えた私は、ずっとずっと以前のことを思い出していた。


それは大学生になって初めての夏のこと、帰省しようと急行列車に乗りこんだ時のことだった。その頃はまだ新幹線もなくて、急行列車は四人掛けの座席の並ぶ長閑《のどか》な車内だった。私が車内に入った時には、もう既に乗客たちが坐っていて、二人ほどが入口の方で立っていた。静かな車内を中ほどに進んでいった時、しめた、と思った。向こうの端の方の座席が一つ空いている。勢いこんでその座席に近づいた。

と……なぜその一つが空席なのか、なぜ二人の乗客が別の端っこの入口の近くで立っているのか、その座席の前に来て初めて理解できた。三つの座席を占めているのは、恐ろし気な顔をした中年男性とどうやらその子分たちらしい若い男性だったのだ。時すでに遅し……。私は彼らの目の前に立っていた。どうしよう……。周囲の乗客たちは、しんと静まりかえって、皆目をそむけている。私の足はそこに釘づけになってしまっていた。引き返そう……でも、そうしたら彼らは傷つくのでは……しばらく迷った末、なんとか決心がついた。

三人の大男たちの間に小さくなって腰を下ろすと、心なしか周囲の人たちの好奇心に満ちた眼差しが注がれたように感じた。列車はゆっくりと走り出し、次第に速度を増していく。私は緊張でこちこちになって坐っていた。しばらくして、そうだった、刺繡をするんだったわ。そう気がつくと私はスーツケースの中からおもむろに刺繡の材料を取り出し、一心に針を動かし始めた。三人の大男たちの眼差しが私の手先と布地に集中し始めたようだった。恐らく車内のしんと静まりかえった緊迫した空気の中で彼らもこちこちに硬くなっていたにちがいない。それからどれほどの時が経ったのだろうか。重苦しい沈黙を破るように兄貴分らしい大男が、ぽつり、と言った。

「女の子って、いいよね」

この言葉に子分の一人がほっとしたように「うん」と相槌を打った。

車内の空気が一変したようだった。皆が胸の中に溜まっていた息を大きくふーっと吐き出して、それから静かに吸いこんだ。重苦しい空気が軽やかになり、和やかな気分が少しずつ広がっていった。

やがて最初の停車駅に着くと、三人の大男たちは恥かし気な様子で列車を降りていった。

少年院にて

マフィアの首領の未亡人を訪ねたことややくざの親分さんのテレビ番組の話を女医さんとしてからしばらくの時が経った或る日のこと、私は一枚の葉書を受け取った。高校時代の同級生からだった。

お近くの少年院に転勤してきました。よろしかったら一度見学にいらっしゃいませんか。

ああ、またとない機会がいただけるわ……。さっそく、少年院を見学させていただくことにした。

少年院の門をくぐると、作業衣を着た坊主頭の少年たちと擦れ違った。

「こんにちは」

「こんにちは」

少年たちは一人ひとり、明るい元気な声で私に挨拶をしてくれる。こんなに気持ちのよい挨挨拶は久しぶりだわ、と思いつつ、「こんにちは」と言葉を返した。

出迎えてくれた友人は一通り施設内を案内してくれると、最後に応接室で言った。

「ここで時々家族のドラマがあるのですよ」

「きっと感動的でしょうね」

「ええ。彼らは幼い時からたくさんの苦しみを背負ってきたのですよ。……そうだ、これがうちのパンフレットです」

いただいたパンフレットにさっそく目を通した。

「あら、ひどいわ」

「え、なにか差し支えるようなことが載っていますか」

「この文章、何か変ではありません？」

「え？」

「ここにも青春があり未来への希望がある、ってありますけど」

「？……。どこかおかしなところがありますか」

「ええ。ここにも、ってありますけど、も、は要らないのではないかしら」

「ああ、本当だ。鋭いですね」

「日本語はデリケートですよ。……今日ここに来て擦れ違った少年たちを見て、とってもよい子たちだと思いました。みんなとても素直で気持ちのよい声で挨拶してくれました」

「ありがとう。彼らは本音で生きています。だから、世の中で生き方が下手なんです」


数日後、学生たちに少年院での経験を話した。そして、「ここにも青春があり未来への希望がある」と黒板に書くと、「ここに書いた文章がパンフレットにあったけれど、この文章にはどこかおかしいところがありませんか」と質問してみた。

学生たちは黒板を見つめたまま、みな黙っている。

しばらくして一人の学生が声をあげた。

「文法が間違っているんですか」

「いいえ、文法的にはなにも間違いないのですが」

別の学生が恐る恐る言った。

「も、のことですか」

「ええ、そうです」

私はすっかり嬉しくなって言った。

「あそこで出会った子たちは、みんなとっても気持ちのよい素直ないい子たちでしたよ」

するとまた別の学生が言った。

「多分、ぼくたちの方がたちが悪いですよ。ぼくらは本音を押し殺して、うまく立ち回って生きています」

あれから何年も経った。あの少年院で次長をしていた友人も、転勤で遠くの少年院に赴任していった。そして、ある年の年末に彼の訃報が届いた。再び近くの少年院に転勤できるでしょう、再会を期待しています、という便りがあったというのに……。

時が瞬く間に過ぎていった。

そして、耳を覆いたくなるような少年犯罪のニュースが、これでもか、これでもか、と押し寄せるようになった。被害者たちの悲しみ、苦しみ、怒りもさることながら、凶悪な罪を犯す子どもたちの心はどんなになっているのだろうか。深い悲しみと底知れぬ闇を心に抱えて生きているたくさんの幼い児たち……。きっとその親たちも心に癒しがたい傷を負って生きて来たのだろう。愛されるために愛するために神さまが一人ひとりに下さった心を殺して、孤独に寒々とした日々を過ごしている子どもたち……

そんなことを思いつつ片づけをしていると、カセットテープが目に止まった。ずっと以前に誰かからいただいたものだった。時間がなくてまだ聞いてはいなかった。何が入っているのだろう。プレーヤーにかけてみると、死刑囚で獄中で歌人となった島秋人さんの歌と彼が死刑前夜に記した言葉が朗読されていた。

にくまるる死刑囚われが夜の冴えにほめられし思ひ出を指折り数ふ

「知恵のおくれた、病弱の少年が、凶悪犯罪を理性のない心のまま犯し、その報いとして処刑が決まり、寂しい日々に児童図画を見ることによって心を童心に還らせたい、もう一度幼児の心に還りたいと願い、旧師吉田好道先生に図画を送って下さる様にお願いしました。その返書と一緒に絢子夫人の短歌三首が同封されてあり私の作歌の道しるべとなってくれました。……

夜の更けるまで教育課長さんと語りあっても話がつきない思いです。僕は生かされた心でしみじみと思うことは、人の暖かさに素直になって知ったいのちの尊さです。厚意の多くに甘え切って裸になって得たよろこびの愛おしい日々のあったことがとてもうれしいと思います。」(『遺愛集』二〇八―二〇九頁)

島秋人さんは人間の限りない尊厳を表わす辞世の歌を遺していった。

この澄めるこころ在るとは識らず来て刑死の明日に迫る夜温し

時の中洲で

それは八月半ばのことだった。数年前にストラスブールで識り合ったシスター・エマニュエルに招かれて、ノルマンディーの谷間にあるベネディクト会修道院を訪ねようと、私はパリのサン・ラザール駅から列車に乗った。初めて訪れる土地ゆえ、私は、用心して向かいの席に坐っていた年輩の婦人に尋ねた。上品で気のよさそうな老婦人は、「エヴルーの駅からバスが出ていますけど、修道院は遠い田舎の何もない辺鄙なところにありますよ。でも、塔に登ると谷間全体が見渡せてとてもよいところですよ」と親切に教えてくれた。美しく年を重ねた老婦人の笑顔に誘われて、それからおよそ一時間、列車がエヴルーの駅に着くまで、とりとめもない楽しい会話が弾んだ。

エヴルーの駅に着くと老婦人は、私の重い荷物に手を貸して列車を降りる手助けをしてくれた。そして一緒に改札口までくると、「あなたはここで待っていらっしゃい。私がバスの出るところを確かめてきてあげますから」と言って先に急いで駅を出ていった。まもなく戻ってきた婦人は、「大丈夫です。一人で持てますから」といって断わる私を、「まだ旅は長いですよ」と言って説得し、小柄な体でスーツケースをバスの停留所まで運んでくれた。バスの運転手さんは、それに気づくと、さっと運転台から降りて、スーツケースを手に取り、よいしょとバスの中に乗せてくれた。老婦人は、いかにもこれで安心したという様子で、「じゃよい御旅行をね」と言ってにこやかに微笑んだ。「ほんとうにありがとうございました」と言って、遠慮がちに手を差し出すと、老婦人は「ごきげんよう」と言いながら私の手をしっかり握り返した。

走り始めて五分もしないうちに、バスはエヴルーの町並を通り抜け、田園風景の中に入った。見渡すかぎりなだらかに起伏する緑豊かな丘陵地が続いている。バスは凡そ五十分、とうもろこし畑やひまわり畑や野菜畑や牧草地の間を縫うように走り抜け、あちらこちらに点在する村落に寄りながら、ようよう修道院の脇に着いた。

停留所には見覚えのあるシスター・エマニュエルが立って手を振っていた。私の後方に坐っていた黒人の若い女性が、「お手伝いしましょう」と言って、重いスーツケースをバスから降ろすのを手伝ってくれた。「よくいらっしゃいました」とシスターは黒人女性と私をかわるがわるアンブラッセした。そして、二人を修道院に伴った。

壁に囲まれた修道院の中は、大きな農場のようで、修道女たちの住まう大きな建物の他に、あちらこちらに泊り客用の建物があった。

シスター・エマニュエルは、私を三階の屋根裏の三畳間ほどの小さな部屋に案内すると、「ここがあなたのお部屋です。トイレは隣り、シャワーは一階下にあります。もうお夕食が始まっていますから、急いで行きましょう。何かわからないことがあったら、あの黒人の女性に尋ねて下さいね。彼女はここの常連ですから、あなたのお世話をしてくれるでしょう。私は今お客さんの係なのでとても忙しいの。でも、多分、明日お話する時間がとれると思いますから。じゃあ、よい御滞在をね」と言って、一足先に食堂に向かった。

荷物を部屋に落ち着けると、黒人女性に案内されて、私は食堂に出かけた。にんじんのクリーム煮とチーズだけの慎ましい夕食のテーブルを囲んで二十人ほどの泊り客が食事をしていた。この泊り客たちに、シスターはその晩と翌朝のお祈りのスケジュールや祈祷書の使い方を説明したり、夕食後の片づけの指示を与えたりして忙しそうにしていた。

翌十四日は日曜日でもあり、聖母マリアの帰天を祝う大祝日の前日とあって、ミサもお祈りも、そこから二キロ離れたところにあるベックの男子ベネディクト会修道院で行われた。修道女たちも泊り客たちも、三々五々、車や徒歩でベックに向かった。小高い丘の谷合いにあるべックの修道院は中世以来巡礼地として知られる聖アンセルムスゆかりの地である。お城のように大きな白い石造りの修道院を囲む敷地の前には巡礼者用の旅籠《はたご》屋があり、土産物屋が並んでいた。敷地内の建物で一番古いといわれる鐘塔に登ってみると、なるほど、あの車中で出会った老婦人の言葉通り、あおあおとした谷間の美しい景観が一望の下にあった。

ミサに遅れまいと塔を後に聖堂に急いだ。五百人ほども入れる大きな聖堂は簡素そのまま、飾りといえば入口に置かれた四体の等身大の聖者の像だけだった。石の白壁に囲まれた空間は澄んで落ち着いた空気に満ち、聖堂内いっぱいに集った巡礼者たちが静かにミサの始まりを待っていた。やがて古式ゆかしい行列をなして修道士・修道女たちが入堂してきた。そして主日の荘厳なミサが始まった。常日頃厳しい練習が行われているのだろう。修道士・修道女たちの歌う聖歌は一糸の乱れもなく澄んだ空間に響き渡り、低く地に下ったかと思うと、やがて天井を突き抜けて高く高く上っていった。

翌日の聖母被昇天の祝日には、いっそう多くの巡礼者が詰めかけ、ミサや祈りは、さらにいっそう荘厳に、いっそう美しく執り行われた。聖堂内を見渡すとミサの参列者の中に黄色い僧衣を身にまとった浅黒い肌の人の姿があった。東南アジアの小乗仏教の僧侶であった。僧侶は神妙に群衆と同じ礼拝の所作をし、説教に耳を傾けていた。

日曜日に聖母の祝日が続いたため、二日間は長いミサと長い祈りに大半の時間が費やされた。その上、泊り客の中に、自殺者を出した家族があったため、シスター・エマニュエルはその応対に追われていた。それでもやっと一時間の面会時間を作ってくれた。大学紛争世代のシスターは「今の若い世代は、安定志向で冒険心が失われているわ。私たちは先のことなど考えずに、何かに賭けてみようと、皆冒険しようとしたのに……。だって人生は賭けでしょう」とフランスの若者に対する不満をもらした。

二日後にオランダの学会が控えていたため、私は二日間の短い滞在でそこを去らねばならなかった。人里離れた山合いの地を通るバスは早朝と夕刻の二便しかない。遠い駅までタクシーに乗る他なしとあきらめていたところ、前の晩に着いた泊り客の若い看護婦さんが、「喜んでお送りしますよ」と車で駅まで送ってくれた。彼女は、看護婦の仕事の傍ら、ストラスブールの神学部で学んでいたのだった。「御好意に甘えてすみません。でも、タクシー代の節約だけでなく、こうしてお友達ができたのがとても有難くって」と車中で礼を述べると、「私の方も。ほんとに不思議な御縁ですね。まるで夢みたい」とはずんだ答えが返ってきた。ほどなく駅に着いた私達は列車の到着までホームで話しこんだ。そして別れ際、「これからどちらに行かれるの」と尋ねると、「まだわかりません。目的地と泊る所をこれから探します。もし見つからなかったら野宿します。でも不思議なことにいつもよいところが見つかるんですよ。昨日もあそこに偶然泊れるようになったんです」と快活に笑って言った。

それから列車で一時間、牧草地やとうもろこし畑やひまわり畑の間を走り抜けて、私は再び人々が行き交い騒めいているサン・ラザール駅に降り立った。

＊　＊　＊

オランダの学会には、友人とベルギーのルーヴァンで待ち合わせて行くことになっていたので、私はベルギー行きの列車の出る北駅に行こうと、人込みをかき分けて急ぎ足でこの駅を出ようとした。

その時のことだった。私の行く手の傍らに、壁に背をもたれかけ、地面に両足を投げ出して坐りこみ、頭を垂れてうなだれているみすぼらしい身なりの女性が目に止った。彼女は疲れ果てて眠り込んでいるようだった。彼女の足元には空缶があり、周囲にはごみが散らかっていた。駅や街角や教会の前でよく見かける風景だった。通りすがら、私は近づいて小銭を数個缶の中にそっと入れた。缶の底で硬貨がコトンと微かに音を立てた。すると突然、はっと驚いたように女性は顔を上げた。彼女の視線が私の視線と出会った。年は四十代の半ばくらいだろうか。

いやもっとずっと若いのかも知れない。見上げたその顔はすっかりやつれ果てていた。しかし、そこには絶望も悲しみも怨みもなく、暗い翳りは微塵もなかった。不思議な安らかさが彼女の全身を包んでいた。

驚き戸惑っている私を、彼女は静かな眼差しで見つめ、言い表わし難い表情を顔に浮かべた。私は無言で彼女を見詰め返した。澄んで透明なものが彼女の瞳の中で輝いていた。何かをひたすら語ろうとする彼女の眼差しは、私の心を激しく揺さぶった。そして、言いようのない深い感動が私の全身を走り抜けて行った。

周囲のざわめきが暗い背景に遠のいていった。そして彼女のいる空間だけが静謐で明るい温かな光に包まれていた。そこでは時が止まっていた。私たち二人は、まるで時の流れの中洲に立っているかのようだった。私たちの傍らをたくさんの人々が行き交い、足早に過ぎ去っていく。それは一瞬の出来事だった。まるで時が止まったような、いやむしろ時を超え出て永遠の高みに向かって突き抜けたような一瞬だった。

我に返ると、時は私たちの両脇を渦を巻いてすごい勢いで流れていた。

名残り惜しい気持ちで、私は流れの中に再び入っていった。そして、北駅を目指して足を早めた。

＊　＊　＊

学会はユトレヒトから車で十五分くらいの郊外の会場で開かれた。二日間のスケジュールがぎっしり詰まったプログラムの合間に、ドイツ人の若い研究者が私をユトレヒト見物に誘ってくれた。私たちは昼食を大急ぎで済ませて、会場を抜け出した。日曜日でもあり、雨もしとしと降っていて街は閑散としていた。運河の縦横に流れる小さな町の中心部を足早に見て廻り、教会の塔に登って下界の街並を見下ろした後、私たちは小さな「現代アメリカ絵画展」に立ち寄った。

カフェ・ギャラリーの中に入ると意表をつく趣向をこらした新しい絵画が壁に並んで掛けられていた。あまり私の関心を惹くものはないな、などと思いつつ三つ目の部屋に入った時、はっとして私は眼を凝らした。入口の横に、ボロをまとった女の人が、地べたに両足を投げ出し壁にもたれて頭を垂れて坐っていた。彼女の前には小銭の入った空缶が置かれ、周囲にはゴミが散らばっていた。あのサン・ラザール駅で出会った女性とそっくりだった。数人の人がその前に立ち止って、感心したようにこの真に迫るオブジェに見入っている。

私もこのオブジェの前に佇んでじっと見つめた。オブジェはいつまでもうなだれたままで顔を上げて私を見つめることはなかった。

＊　＊　＊

八月末に私は帰国して、また元の日常の生活に戻った。時が恐ろしい早さで流れていく。私はたくさんの人と行き交い、数多くの出来事のうちでその日その日を過ごしていく。そして行き交う人々や遭遇する出来事の大半は、時の流れに押し流され、記憶の表面に微かに触れたか触れないうちに、もう過去のものとなっていった。

あらゆるものが瞬時に忘却の彼方に飛び去っていくかのような日常の中で、奇妙にもあのサン・ラザール駅で出会った女性のことが私の脳裡から離れなかった。そして、彼女とともにユトレヒトのオブジェも私の記憶の中にあった。それはあまりにも鮮烈なコントラストだった。顔を上げ、優しい温かな眼差しを向けて私を見つめた女性と、うなだれたままの不動のオブジェと。雑踏の中でごみとともに忘れ去られていた女性と、人々の注目を集めていた人形と……。足を止めて人形を眺めていた人々の心には何が去来していたのだろうか。芸術家はどんな想いを込めてあのオブジェを制作したのだろうか……。私は、もう随分昔のこと、或る人から聞いた言葉を想い起こした。

それは私が初めてフランスに留学して三年目に入った頃のことだった。教会でしばしば出会う四十がらみの人の好さそうなアフリカ宣教会の宣教師がある日私に尋ねた。

「君は遠い東洋からヨーロッパにやってきて、ヨーロッパのことをどう思っていますか」

私はこの問いかけに戸惑った。当時、年輩のフランス人たちは、よいもの・素晴らしいものはすべてフランスにある、世界中から、このよいもの素晴らしいものを求めて人々はフランスにやって来る、と信じて疑わない風だったからだ。私は黙していた。すると
「遠慮しなくっていいんだよ。率直に思っていることを言って。きっとがっかりしているんだろう？」

この言葉に勇気づけられて、私は小声で「そうなんです」と答えた。

宣教師は、我が意を得た、というように頷いて言った。

「実は私もそうなんだ。長いことアフリカにいて、祖国に帰ってきたらなんという社会なんだ。アフリカでは、出会う人は、見識らぬ人でも、みんな〈誰か〉（ケルカン）なんだよ。だけどここでは、みんな〈何か〉（ケルクショーズ）なんだ。ものにすぎないんだよ……」

栄光と偉大さを誇る文明の都市。そして悲惨と弱さを露出する都市。ああ何という矛盾だろう……。

＊　＊　＊

やがて師走の月に入った。新聞の折り込みには、歳暮、クリスマスの贈物、正月用品と、歳末商戦の広告でいっぱいになった。

そんなある日の午後、私は繁華街に出た。通りにはクリスマス・ソングが流れ、華やぎ賑わっていた。人々がデパートや商店の紙袋を両手に下げて行き交っていた。

人の渦の中を歩いていると、私は目眩を覚えた。行き交う人々の姿が次第に影絵のようになり、背後の風景に退いていった。そしてそれに代わって、サン・ラザール駅で出会ったあの女性が前面に現われた。彼女はすべてを剥ぎ取られ、無力になって地べたに足を投げ出して坐っていた。彼女の顔がスクリーンの大写しのようになった。彼女は平和に包まれて静かに微笑んでいた。その微笑みは私の心を照らし、ほんのりとした温かさで包もうとするかのようだった。

私は彼女を見つめた。すると私を見つめる彼女の温かな透明な深い眼差しの奥に、御自分を空しくして、愛の乞食となってこの地上に来られたあの方の慈しみに満ちた二つの瞳があった。

＊　＊　＊

年が明けて一年で一番寒い二月となった。テレビニュースは今年も路上生活者の中に数名の凍死者が出たことを報じていた。

（『声』一九九四年一二月）

無我とカリタス——玄忠和尚さまの生涯を思う

「玄忠さんも、もう相当のお年でしょうね」

こんな言葉が私の家族の間で交わされるようになったのは、和尚さんがお亡くなりになる数年前のことでした。

「カトリックの神父さんやシスターも見えますよ。よかったら、どうぞいつでもいらっしゃい、とおっしゃっていたわ」

三島の法事（玄忠和尚さんの弟さんの年忌）から戻った姉が数年前に言った言葉が思い出されました。一度お寺に伺ってみたい、と思いつつ、四国はとても遠くに思われていました。けれどもチャンスが訪れました。四国の松山で学会が開かれることになったのです。もしかしたら最後のチャンスになるかも知れない、そう思い、学会の前日に高知を訪れる決心をしました。

三島の光子叔母さんから住所と電話番号を教えていただいて、さっそく、電話をしてみました。

「どうぞ、待っていますよ」

和尚さんの優しい返事がありました。

名古屋から高知に向かう飛行機の窓からは、遥か遠く山々の連なる向こうに小さな帽子のような富士山が見え、眼下には伊勢湾の波が見えます。美しく輝いている海を眺めているうちに、私ははた、と気づきました。どうしよう、禅宗のお寺をお訪ねするのは初めてなのに、私は何も作法を知らない……。いつかＮＨＫの番組で見た永平寺の修行の様子が脳裏を過ぎりました。でも、もう遅すぎます。

高知空港に着くと電話をして、お寺までの道順を教えていただき、二時過ぎにお寺に着くように計画しました。ところが、近所まで来て、護国寺への道を尋ねても、大通りの人々は、さあ、と首を傾げるばかりです。やっと一軒のお店屋さんの御主人が地図で見つけて、私を寺の前まで案内してくれました。

なるほど、近くの人が知らないのも無理はない。細い道のどんづまりに生垣に囲まれてひっそり隠れているような一角は、お寺というよりも、民家のようですから。でも、門には、「臨済宗妙心寺派護国寺」と確かに札が立っています。

何となくほっとして門をくぐりました。

玄関に着き木板を叩くと、障子が開いて出迎えてくれたのは、昔話に出てくるやんちゃな主人公を彷彿とさせるお坊さん。その若いお坊さんに導かれて玄関を上り奥に進みました。

初めて訪れる禅寺の内部……多少緊張して玄関に上ったのでしたが、畳と廊下を踏みしめていると、緊張が驚きと感動に変わっていきました。こんなぼろ寺——大変失礼ですが——だとは夢にも思わなかった……。それまで観光などで訪れたお寺や近所のお寺から、立派な建物を想像していたのでした。でも、擦り切れた畳も廊下もきちんと掃除が行き届いていて清々しいのです。

二部屋から成る古い家屋の向こうには新しい小さな家屋がありました。そして、二つの建物は渡り廊下で連なっています。

渡り廊下から向こうは様子が違いました。檜のよい香りが漂ってきます。

障子の外から内に向かって、若いお坊さんが「ただ今、お着きになりました」と声をかけました。すると、「どうぞ」と中から返事がありました。

障子が開くと、部屋の中にはベッドがあり、横になっていた和尚さんが、むくっと体を起こしました。その顔を見た瞬間、ああ、何と優しく懐かしいお顔をしていらっしゃるのでしょう……、今までの緊張が一気にどこかに飛んでいってしまうのを覚えました。初対面という感じが全くしなかったのです。

和尚さんは、禅僧の玄忠和尚というよりも、従兄弟たちの伯父さんの「玄忠さん」でした。そんな気持ちで、私が自己紹介を終えると、和尚さんは、大きな軸を取り出して、お土産に上げましょう、とおっしゃいます。やった、大きな贈物……和尚さんは毎年、お正月には直筆の十句観音経の年賀状を下さっているのを思い出しました。

「あちらでお茶でも入れましょう」

そう言って和尚さんは立ち上がりました。

「病気をするといいことがありますなあ。わしはお金を集めることを知らんでいたら、入院している間に、何時の間にか、こんな住いを皆で建ててくれましたよ」

和尚さんは、そう言ってトイレやお風呂まで見せて下さいました。檜のよい香りがします。最高のお風呂とトイレです。

渡り廊下を再び渡って、玄関脇の四畳半の掘り炬燵に――まだ火はありませんでした――入りました。

「光ちゃん（和尚さんの義妹）も達治君（甥――和尚さんととても仲良しで、接心の後で立ち寄った和尚さんを新幹線まで送っていき、帰宅してほどなく心不全で死亡）が亡くなって寂しくなったでしょうね」

身内のことを思い遣りながら、ぼつぼつと言葉を紡ぎつつお抹茶をたててくださいます。

なんとおいしいお茶でしょう。ゆっくり味わっていると
「これは愛知県の西尾のお茶ですよ。これは最高です」とおっしゃいます。

そして、火鉢に炭を足して言われました。

「この火は四十年間ずっと絶やしたことがないんですよ。夏も冬も」

火鉢に手を触れると、灰にくるまれた炭火の温もりが、ほんのりと伝わってきました。

「坐禅はね、最初のうちは無――っ、無――っ、とやるんですよ」と和尚さんが言われます。

「全く委ね切るのですね」と言い添えますと
「はい、そうです」と和尚さんはとても嬉しそうにお答えになりました。

そして、私の質問に答えて、朝四時からの一日の日課を話して下さいました。このお年になるまで毎日毎日、只管打坐の生活を続けておられる。その弛まぬ生活ぶりは、ただ驚異でした。けれども、和尚さんは、何の気負いもなく淡々としておられます。「夜の坐禅は時々茶話会になってしまいますけどね」と苦笑されました。その茶話会の内容は現今の「あまりにも嘘の多い」世界に対する深い憂慮であることが推察されました。

それからどんな言葉が交わされたのでしょうか。もう内容は憶えていませんが、会話の間中、聖書の言葉やアッシジの聖フランシスコのこと、リジューの聖テレーズの自叙伝などが、心に去来したのを思い出します。

すっかり長居をしてしまいました、もうそろそろ失礼しなければ、と思った時、あの例のお坊さんが顔を出されました。

「薬石など御一緒にいかがですか」

薬石という言葉に私の眼が輝いたのでしょう。例のお坊さんはにやっとして付け加えました。

「と言っても、さつまいものふかしたものですけどね」

ほどなくして、大きなお鍋に入ったさつまいもと味噌汁が掘り矩燵の上に並びました。さつまいもからは湯気が立ち上っています。

和尚さんは、「おいしいですなー」とおっしゃりながら、心からおいしそうにさつまいもを頬ばっておられます。ほんとうにこんなにおいしいさつまいもと味噌汁は初めてでした。

日本にもまだこんな方がいらっしゃったなんて……まるで良寛さんのよう……。高知から松山に向かう列軍の中で、松山に宿を取ったことを後悔していました。もっともっと和尚さんのお話を伺いたいと思いました。というよりも、和尚さんの生活を拝見したいと思いました。

その翌年だったでしょうか、高知が水害に見舞われました。お見舞いの電話をすると、「おかげさまで、寺は大丈夫ですよ。またこちらにいらっしゃい」とおっしゃって下さいます。もう一度、ぜひお訪ねしたい、と思いつつ時が流れていきました。

そして、その翌年のクリスマスのことでした。大学のクリスマス・パーティーの席で、天龍寺におられるトマス・カーシュナーさんにお会いしました。話のネタに和尚さんのことを申し上げるとカーシュナーさんは大変驚かれて、「その和尚さんは最後の禅僧と呼ばれている方ですよ」とおっしゃいます。私も驚いてしまいました。カーシュナーさんは和尚さんにぜひお会いしたいとおっしゃいます。

さっそく、護国寺に電話を入れました。すると例のお坊さん（玄米さん）が、「できるだけ早く来て下さい。今退院してきたところでいつまでもつか分かりませんから。兄弟子たちも帰って来てくれました」とおっしゃいます。

カーシュナーさんと相談して正月明け早々に出かけることにしました。でもお正月まで大丈夫でしょうか……仲良しのシスターにお祈りをお願いしました。シスターは、「大丈夫よ、絶対にお会いできるわ」と、力強い返事でした。

そして一月六日、カーシュナーさんと護国寺をお訪ねしました。

幸い和尚さんは少しずつ回復に向かっておられる御様子で、夕の坐禅の合間に皆でお目にかかることができました。

翌朝、参禅の方々と和尚さんの部屋に伺いました。退院以来、こうして皆の前でベッドの上に起き上がられるのは、初めてのことだったそうです。新年のご挨拶や病気の快方を喜ぶ言葉が交わされました。自分の悩みごとを打ち明ける方もおりました。その方は「私もいつか和尚さんのように平和な境地に達したいと思います」とおっしゃいました。和尚さんは終始寡黙で柔和に微笑んでおられましたが、皆が退室しようとするころ、ぽつり、とおっしゃいました。

「今の人たちは本当のものを見ていません。本当のものを見ていれば、何も怖くはありません。すべてが感謝になります。すべてが施しになります」

和尚さんの言葉に、テレーズの言葉が重なりました。死の床にあった彼女は、同僚の修道女に「どのようにしてそのような変わらない平和の境地に達することができたのですか」と尋ねられて、「私はいつも自分を忘れ、何事にも自分を求めないように努めてきました」と答えたのでした。そして、臨終に際して院長の「あなたはいつも謙遜を理解しそれを生きてきましたから、もう死の準備はできています」という言葉に応えて、テレーズは、「はい、私は生涯、真理だけを求めてきたように思います。そうです、私は心の謙遜を知りました。……私は謙遜であると自分自身思います」と言ったのでした。

翌日の朝食は、和尚さんの部屋で、和尚さんを囲んで皆でいただきました。部屋いっぱいに暖かな日差しが射し込んで、お正月の穏やかなひとときでした。

朝食後、カーシュナーさんは和尚さんに指圧をして差し上げ、お昼には京都に戻って行かれました。私の方は、もう一晩泊めていただくことにして、後に残りました。

そして昼食もまた、皆で和尚さんを囲んでいただきました。昼食後、「和尚さんのところでゆっくりしていて下さい」という玄徹さんのお勧めで、ベッドの傍らに坐していますと、和尚さんは御自分が出家をされた時のこと、見性された時のこと、ねずみの先住さまのこと、畑仕事の時にいつも一緒について回る小鳥のこと、などなど、親しく話して下さいました。和尚さんは、御自分のお師匠さんたちが、それはもう真剣に鍛えて下さったということ、「おまえの見性は本物だ」と言われたということなど、懐かしい昔を振り返るように静かな口調でおっしゃいましたが、見性が本物だったことは、和尚さんの晩年までの生き方と、顔の輝き、自然に口からこぼれ落ちてくる言葉が証していると思いました。

二時近くになった頃でしょうか、玄徹さんが顔を出して言われました。

「朝早かったからお疲れでしょう。枕と毛布を持ってきますから、障子の向こうの縁側でお休みになってはどうですか。日が当たって暖かいですから」

檜の香りのする太陽いっぱいの縁側で昼寝ができるなんて、何と言う贅沢でしょう。子どものようにぐっすり眠ってしまった私は、和尚さんの部屋に年賀のお客さまたちが来られたことも、和尚さんが見に来られたことも、何も知りませんでした。夕食の席で、玄徹さんに、「こんなとこにいた、と和尚さん言っていたんですよ」と笑われてしまいました。

そして、その夕、「夜の坐禅は寒いですから、和尚さんのところでして下さい」と言われて、中谷さんと並んで和尚さんのベットの傍らに坐りました。すると和尚さんはベットから起き上がって、畳に下りられました。そして、お線香に火を点けられます。再び立ち上がった時、よろよろと体が揺らぎました。慌てて支えようと背中に手を当てると、和尚さんの体はごつごつして骨と皮ばかりのようでした。

翌朝、護国寺を辞する前にしばらく和尚さんの部屋に伺いました。玄徹さんがおいしいお茶と甘納豆を差し入れて下さいました。和尚さんはびっくりするほどぱくぱくと召し上がります。本当においしくてたまらない、というご様子です。きっとこれで全快されるでしょう、と一安心の気持ちになりました。

忙しい世の中の時の流れがどこかとても遠くのことのように思われるこの寺でも、一時が過ぎ去っていきます。和尚さんのところを辞そうとして、お茶を下げようとすると、和尚さんは、「捨てないで、この吸い飲みに入れて下さい」とおっしゃいます。私は、はっとしました。和尚さんは生涯、一滴の水も無駄に使わず、すべてのものに感謝して生きてこられたのだ……アッシジのフランシスコの『太陽の賛歌』が心に浮かびました。

たたえられよ、わが主、姉妹なる水のゆえに
　水はきわめて有益で謙遜、そして貴く清らかなり

たたえられよ、わが主、われらの姉妹・母なる大地のゆえに
大地は我らを養い、治め、色とりどりの花と草を生み、
　さまざまな実を結ばせる

最後に和尚さんは、ぽつりと、そして、しみじみとおっしゃいました。
「今の教育が悪いのでしょうか。無になることをどんなに教えようとしても、なかなか分かってもらえない。どうしても損得を離れられないのです」

三度目の訪問は、福祉関係の職場で勤めている友人と一緒でした。でも、彼女と和尚さんとの出会いは、病院でたった十分ほど、しかも一言も言葉を交すことはありませんでした。それでも彼女は、休暇を取り、飛行機代を払って来た甲斐があった、と言います。彼女は、和尚さんが吸い飲みを手で廻して口に運び、お湯を飲まれる姿に感動したのだと言います。ベッドに横たわった人の小さな一つの所作に、その人の生涯が凝縮されていたのでしょうか。私たちは無言で和尚さんを見詰めていました。開かれた口からは、和尚さんの静かな静かな息づかいが見られます。骨と皮ばかりの和尚さんを生かしているのは、体の中を吹き抜けていく無の風なのでしょうか。私たちがこの訪問を計画したとき、それが病院にお見舞いという形になるなどとは、夢にも思いませんでした。ましてや、それが最後になるなどと……。

今回も二泊させていただき、病院にも長時間お邪魔しました。そして、その間に、和尚さんが禅の呼吸法によって、脈拍や血圧が正常になったということを玄徹さんから伺いました。お医者様も大変驚かれたそうです。けれども、それは私にとってそれほど印象的なことではありませんでした。私が感動したのは、むしろ、和尚さんの生き方、貧しさそのものの和尚さんの姿でした。物質的な貧しさもさりながら、ご自身を徹底的に貧しくしていくその姿でした。無我とはこのような姿を言うのでしょうか……。

初めて和尚さんにお会いしたとき、驚きと懐かしさでいっぱいになったことを思い出します。父母未生以前の出会い、とでも言うのでしょうか。私の人生で、数えるほどですが、そんな出会いにも恵まれました。その大半はキリスト教の方々でした。「あれが無我というものですよ。キリスト教のカリタスです」とカーシュナーさんが言われました。そう、二十四年の短い生涯の間、純粋で全き愛（カリタス）のみを追い求めたリジューの聖テレーズは、自らは徹底的に無であることを悟った人でした。生涯に何一つ特別なこともせず、何も自分に徳を積まず、死に際しては空の手で神の御前に出たい、と願っていた聖女でした。しかし、その生涯が人々の心を打ち、死後、教会に大きな変革をもたらしたのでした。彼女は自らを空っぽにし、無に徹していたからこそ、無尽蔵の神の恵みの働く場となったのでしょう。この百年前の聖女と同じ心で現代を生き抜いたのがマザー・テレサだったのだと思います。

和尚さんの四十九日の法事には、三島の光子叔母さんと一緒に参列させていただきました。法要を執り行われた老師は、和尚さんの御骨を墓に納めると、「さあ、これで玄忠和尚さんは大地に帰りました。これからは、宇宙に拡がって働かれることでしょう」というようなことをおっしゃいました。ほんとうに、和尚さんはこれからも常に私たちとともにあって、迷える現代世界に明るいほんとうの世界を見せて下さる光であり続けるのでしょう。

一粒の麦、地に落ちて死なずば只一つに残れるも、
死なば多くの実を結ぶべし
（ヨハネ福音書十二章二十四節）

ほんとうのものだけを見詰め、自分を忘れることを求めて純粋にひたむきに生きた和尚さんの生涯の実りがこれからあちこちで見られることでしょう。まだまだ思い出すこと、書きたいことがあるような気がしますが、この辺でペンを擱きたいと思います。

（『一行一貫――玄忠和尚追悼文集』二〇〇一年三月）

Ⅲ 私の研究

大学紛争のただ中で

その朝もいつものように山田先生は静かに口述を始められました。私たちは細くハイトーンの先生のお声を聞き漏らすまいと耳を欹《そばだ》てながら筆記に専心していました。

と、突如、後方の扉が開き十名ほどの学生たちがどやどやと教室に入ってきました。そして教壇の先生に向かって「スト破り」と非難の声を上げ「なぜ授業をするのか」と先生を詰問し始めました。

これから何が起こるのか……授業中の先生が時にお見せになる激しさを知っている私たちは、急に速度の遅くなった時の流れに身を潜め、不安な気持ちで成り行きを見守っていました。それは不思議な静寂の支配する空間でした。先生は動揺することも激することもなく黙って学生たちの言葉に耳を傾けておられましたが、彼らの言葉が途切れるとくるりと向きを変え、黒板に図のようなものを書き始められました。そして再び黒板を背にされると、「君たちの言うことは二つの意味に理解される」と、トマス・アクィナスさながらに分析を始められました。意表を突かれて学生たちはたじろんだようでしたが、次第に苛立ってくる様子が見て取れました。

とその時、また後の扉が開き、梵文学の大地原先生と英文学の御輿先生が靴音を響かせて教室に入ってこられました。そして対決姿勢で構えている学生たちの後方から教壇の山田先生をしばしご覧になった後、大地原先生が口を開きました。

「君たち、授業の邪魔をするなら僕の授業にしたまえ。この先生は僕の尊敬する山田晶先生なのだ。この先生の授業だけは邪魔しないでくれ」

学生委員のお二人の先生の態度に感じ入ったのか、山田先生の余裕ある態度に怯んだのか、乱入した学生たちは黙って退室していきました。固唾を飲んで成り行きを見守っていた私たちは、意外にあっさりと学生たちが去っていくのを見て呆気にとられていましたが、やがて先生は何事もなかったかのように再び口述を始められました。

その後お二人の先生方と学生たちの間にどんなやり取りがあったのか、私たちは知りません。私たちは先生方の友情と同志愛に感動するとともに、京大きっての勉強家であり紛争中も一度たりとも休講をしない伝説的な山田晶先生の下で勉強できる喜びと誇りを感じたのでした。そしてこの大学紛争は哲学科の先生方が強い絆で結ばれていることを知る機会でした。それも学徒出陣を体験し苦しい敗戦を味わわれた辻村公一・山田晶・藤沢令夫先生は特別でした。三人の先生はこの国のために亡くなった友人たちの分までという深い思いで、それぞれ研究に励んでおられるご様子でした。

私が哲学科に入ったのは日本が国を挙げて経済大国に向かって突っ走っている頃でしたが、そんな日本の有り様を先生方は憂慮し、精神の秩序のためにと切磋琢磨の日々を過ごしておられました。辛い時代を真摯に生きてこられた先生方の言葉には深い思いが籠められており、その厳しさには本当の優しさがありました。戦争の残酷な傷跡を生涯お顔に担われた田中美知太郎先生の温かさと最終講義の名状しがたい気品に満ちたお姿が思い出されます。そして、敗戦から間もなく、新しい日本の精神的使命を果たすべく創設された中世哲学講座――山内得立先生に協力されたプリオット先生からよく経緯をお聞きしました――の責務を忍耐強く果たされた高田三郎先生――広島で原爆を体験された先生はか細いお声で訥々と授業をなさいました――のお姿が目に浮かびます。

（『京都大学文学部の百年』二〇〇六年）

一期一会の露風先生

露風先生に初めて、そしてそれも最後にお会いしたのは、一九六二年の春だったでしょうか。遠い遠い昔になってしまい、記憶はもはや定かではありませんが、先生の訃報に接したのは、それからほどなくのことだったように思います。

そのころ、三鷹にはまだ武蔵野の俤が残り、先生のお住居のあった辺りは、田園風景の中にありました。思いちがいでなければ、まだ舗装もされていない小道の傍らに思いの外小さな先生のお宅がありました。先生には小さな玄関でお会いしたように記憶しています。先生は割合小柄な方でしたが、古武士のような風貌できちんと居住まいを正して正座されました。そして、その少し後方の傍らには、まるで先生を守ろうとするかのような、あるいは、常に先生と一体であるかのような控え目な奥様が、同じように背筋を伸ばして正座されました。

三木露風の名は、日本を代表する歌として有名な「赤とんぼ」の作詞家として知られておりますが、私が露風という名に興味をそそられたのは、高校二年の音楽の時間がきっかけでした。たしか音楽之友社から出ていた薄い音楽の教科書に三木露風作詞・山田耕筰作曲「野薔薇」という曲が載っていて、クラスの皆で歌ったのを思い出します。なんと美しい詩だろう、なんと美しいメロディーだろう……まず美しい言葉とメロディーに魅せられたのでしたが、それよりも何よりも、そこには何か深い思想があるように思われて、心に残り、気になる〈うた〉となりました。

野ばら　野ばら／蝦夷地の野ばら／人こそ知らね　あふれ咲く
色もうるわし　野のうばら／蝦夷地の野ばら
野ばら　野ばら／かしこき野ばら／神のみ旨を　あやまたぬ
あら野の花に　知る教え／かしこき野ばら

この詩が、ハイデガーによって有名になった一七世紀の神秘家詩人アンジェラス・シレジウスの「何故なくに〈Ohne Warum〉」の詩、ひいては一四世紀の神秘思想家マイスター・エックハルトの思想に通ずることを知ったのは、大学に入り、哲学史を専攻するようになってからのことでした。

静岡の高校を卒業した私は、京都大学の文学部に入学しました。最初から哲学を専攻したのではなかったのですが、せわしなく競争の激しい東京の大学よりも、のんびりと好きな〈哲学らしいこと〉を考えながら学生時代を過ごせる京都大学の雰囲気が大好きでした。六〇年安保闘争はあったものの、文字通りのんびりと好きな大学生活を楽しんで、教養時代を無事終えた私でしたが、この二年の間には私の人生に転機がありました。それは、二回生（京都ではなぜか知りませんが、二年生と言わずに二回生と〈回〉という言葉を使います）になったばかりの四月、復活祭を機にカトリックの洗礼を受けたことでした。洗礼を受けるまでには、今思い返せば結構長い道のりがありました。

私が教会に行きはじめたのは小学校六年生の頃だったと思います。姉に誘われてクリスマスのミサに行ったのですが、その頃は真夜中の十二時に行われていたミサに出るのは、いくら好奇心があるとはいえ、まだ子どもであった私にはただただ眠かったのを思い出します。それから、中学生になるとクラスメートたちを誘って、近くの教会に出かけました。それはカトリック教会でしたが、一方で何か深いものがあるのではと魅かれつつ、正直のところ反発を感じることが多かったのを思い出します。まず、よく言われますようにバタ臭いところ、そして、何よりも、多くの信者に見られるある種の〈偽善〉でした。愛とか、愛の実践とか何とか言うけれど、結局神様に〈いい子〉として見られたいだけじゃないか、ほんとうの〈善い人〉とはちがう。自分の〈善意〉の押し付けを愛とかんちがいしたりして、皆自分が可愛いエゴイストに過ぎないじゃないか。それなのに〈聖人〉だの〈聖女〉だのと〈いい子〉ぶったりして……仏教の〈無我〉の方がはるかに聖書にある福音に近いのじゃないのか……クリスチャンと一緒にいるのは疲れるよ、などと……。もちろん中には立派な、心から尊敬したくなるような人もいましたが、そしてこうした反発は私の狭いキリスト教会の個人的な体験にすぎず、あるミッション・スクールでは高校生のある学年で半分が洗礼を受けたというほど、感動と尊敬の念を呼びおこす立派なクリスチャンの先生たちがおられたという話を、後に長い間の友人となった京都大学の学友から聞いてもいます。そして、今では、クリスチャンとはいっても同じ人間なのだから、それにみな罪人なのだと聖書に書いてあるから〈偽善〉なども仕方ない、と私は公言していますが、その頃は、わたしがそのような〈偽善〉を受け容れてクリスチャンになるという勇気はありませんでした。そして、それにもかかわらず教会には結構熱心に出かけていたのですから不思議です。

そんな素朴な反発は中学生から高校生にかけての頃に一番強く感じていたのですが、それから高校生になると人並みに〈人生とは〉〈生きる意味とは〉などと学友たちと放課後に議論をしたりしていました。まぶしい青春を謳歌しつつ青年期特有の〈生と死〉の問題が絶えず意識の前面にありました。そんななかで高校三年になったばかりの頃、担任のおっしゃった言葉に疑問と反発を感じました。「君たちは今、人生とは何かなどと一番よく考える年頃だ。けれど今年一年はその問題はお預けにしてともかく目指す大学に入れるよう受験勉強に専念してほしい。大学に入ればそれを考える時間は十二分にあるのだから」「でも、大学に入る前に死んでしまうかも知れないじゃないか。そうしたら、その人生はいったい何だったことになるの……」

それでも無事希望する大学に合格し、本当に思う存分、考える時間をいただきました。「人生って何」「何のために学問し研究するの」京都の美しい自然と伝統文化の中に生活する喜びをかみしめながら、「真理の探究」の最高の環境の中でやはり、「何のために……」の問いが影が形に伴うようにつねに私とともにありました。そんなとき、高校生でクリスチャンになった姉が私をドミニコ会修道院のヴェンサン＝マリ・プリオット（Vincent-Marie Pouliot）師に紹介してくれました。師はそこで聖トマス学院と名づけた中世哲学研究所を創設し、京都大学哲学科の先生方と協力して研究活動を行っていました。

旧某男爵邸を戦後、修道院として買ったという、なんとも美しい庭の見える一室で白い修道服を身にまとったプリオット師に初めて出会った時、私にそれまで教会で感じていたキリスト教とは、よい意味でずい分異なる印象が与えられました。「朋あり遠方より来る、また楽しからずや」と師の第一声が私を驚かせました。深くすばらしい日本の伝統文化や宗教があるのに、なぜ日本人がキリスト教になる必要があるのだろう。漢詩を読んで想像する広大な自然、山河のある中国の風景から思い描く悠久の時の流れ、果てしなく広がる天空……東洋人である私にとってキリスト教の神様は感覚的にあまりにもちっぽけで人間臭く思われていました。しかしこの方は、東洋の伝統も理解し尊敬しておられる。このことが私を安心させてくれました。小一時間ほどお話ししてくださったでしょうか。そして、最後に師は私に尋ねられました。「あなたは祈っていますか」「何に祈るのでしょうか。私は神様がいらっしゃるかどうか、まだそれすら理解していないのですから、何に向かって祈ったらよいのか……」なまいきな小娘の言葉に腹も立てず師は落ち着いて尋ねました。「あなたは真理を求めていますか。真理の存在は信じますか」「はい、それでしたらずっと以前からいつも真理が知りたい、欲しいと思っていました」「では真理に祈りなさい」この言葉に脱帽して私は満足して修道院を後にしました。

それからの毎日は、「真理を教えてください。真理あなた自身を私にお示しください」と、それこそ寝ても覚めてもこの祈りが私の心の中にありました。授業で碩学の先生方のすばらしい言葉に耳を傾け、文学部生らしく語学の習得に励む時以外には、この祈りの言葉が私の脳裏に棲みついてしまいました。

そして、その頃のことでした。リジューの聖女テレーズの自叙伝に出合ったのです。三木露風もこの二四歳という短い生涯で〈真理〉を〈体得〉したテレーズを讃える文章を書いておられます。私は"小さき花"と呼ばれるテレーズにのめりこみました。そして、今まで疑問に思ったことへの答えを見つけました。〈真理〉とは何か。〈神〉とは何か。他の宗教や文化とキリスト教との関係は……などなど。それこそ私が求めていたものがそこにありました。テレーズの単純で素朴な言葉を通して深い真理に触れることができました。「母なる教会の心臓において私は愛になりましょう」という有名な言葉を残していったテレーズ。神の超絶した愛に対する絶対的な信頼から来る〈無我〉の境地。私たちの〈ちっぽけな愛〉ではなく、無量の神の愛……この愛の不可思議を〈体感〉したテレーズ。こうした聖女を生み出したのがカトリック教会であるならば、これまで多くの過ちを犯し、残虐な罪までも犯してきたキリスト教の歴史はあっても、その教会の一員になれることを私は喜んで希望したい。テレーズを通してカトリック教会の一員となった人々は全世界に何万、何百万あるいは何千万人といることと思います。三木露風の心にもきっと大きな印象を与えたことと思います。

こうして〈小さき花〉のテレーズに導かれて一九歳でカトリック教会で洗礼を受け信者にな

ったのですが、新たな〝悩み〟が生じました。〈真理の探究〉の最高学府で行われる碩学たちの授業は楽しくどの分野の研究も一生をかけるに値するものに思われました。専門を絞り込んでいく困難は高校においても同じでしたが、最終的に私は歴史を専門にしようと考えて京都大学を受験したのでした。ところが天文学もロマンをかき立て、まだ分からないながら哲学が魅力的で、さらには、たしか工藤好美先生が最終講義で話されたカーライルの衣装哲学が深い感銘を与える……といった具合に、二回生の後期には専攻も決めなければならないのに、さまざまな分野の学問に魅かれてなかなか決められませんでした。けれども哲学が私の性格に一番合ったものに思えました。そして、私がカトリックの洗礼を受けるきっかけとなったプリオット師の影響もあって中世哲学を専攻することにしました。けれども、その頃プリオット師は休暇で母国のカナダにお帰りになっておられ、私はなんとなく不安を感じていました。というのも、哲学専攻の教室で探求されている〈真理〉とテレーズの求め体得した〈真理〉とは何か質の違うものに思われていたからです。テレーズの到達した〈真理〉は、カトリック教会の教えの中にあるはずだ。私はその〈真理〉をもっと知りたい。そんな風に思っていた時、思いがけない機会が与えられました。フィリピンのある大学で教えていたドイツ人宣教師から、よければ来て勉強しなさいとお招きを受けたのです。

日本軍が残した戦争の傷跡がまだまだうずいているフィリピンへ若い娘が出かけることに家族は反対しました。けれども、私の心は決まっていました。私の決心というより、何か必然性にかられて何も考えずに出かけていったのです。そして、そこで私はカトリックの信仰を学ぶとともに英文学を専攻して学ぶことになりました。フィリピンではアメリカで勉強された先生方がアメリカ式の授業をされていました。そんなわけで、分厚い英文学史の教科書を読んだり、英詩や短篇小説の手法などを学んで、実際に自分で詩や短篇を創作することなども交えて、たくさん読むことを課せられました。

フィリピン留学は最初二年間の予定でしたが、もう一年残って英文の論文を書いていかないか、誰か日本の文学者についてでよい、というお誘いを受けました。両親は最初反対しましたが、私がそのとき頭に浮かんだ三木露風について書いてみたいと手紙に書きますと、一年延ばすことに賛成してくれました。そして、露風について何も知らない私に父も母も競って文献を集め、フィリピンまで送ってくれました。今私の書棚に露風先生の初版本がかなりありますが、それは、父が神田の古本屋を歩き回って集めてくれたものです。私にとって露風を日本の詩史の中で位置づける上で役に立った日夏耿之介の『明治大正詩史』と岡崎義恵の『日本の象徴詩人』なども、大切に並んでいます。

一年間で露風について何か英文の論文を仕上げるというのは、なかなか大変なことでした。露風の生涯について、詩壇・詩史での位置づけについて書き、露風の詩を英訳し――露風の詩はかなりたくさん英訳したのですが、後にフランスに留学する前、上智大学で教えておられた英国人宣教師に差し上げて、今はそれも失われてしまいました――などなど。私は露風が詩で表現したカトリック信仰への道程に心魅かれました。私はその跡を追ってみたいと思いましたが、論文の指導教員となったアメリカ人宣教師は、まず露風の最初期の作品を取り上げ、自然主義の影響がどのように表われているかをテーマとしなさいと言われました。私は多少不服でしたが――というのも、露風の詩には英詩で学んだロマン派詩人に通ずるものがあったからです。ロマン主義運動はヨーロッパで一九世紀後半にドイツ・フランスを中心に始まりましたが、彼らはルネサンスの人々が中世末期の文化的衰退を前にして、中世期全体を暗黒時代、野蛮で不毛な時代とみなし、ギリシャ・ローマの古典時代を理想として掲げたのとは反対に、機械論的な近代思想の限界を感じ取って、自然の中に生き生きとした神の現存、超越しつつ自然に内在し働いている超越神を身近に感じ取って暮らしていた中世の人々に親和性を見出していたのでした。またカトリック信者になってからの露風の詩は瑞々しさを失って観念的になり、私のあまり好まなかったジョン・ダンなどの形而上学詩人（metaphysical poet）に似ていると思いましたので、比較研究もおもしろいと思っていたからでした――最初の論文としては小さなテーマに絞りなさいというアドヴァイスに従いました。

論文の作成に当たっては、積極的な母が安部宙之介先生をお訪ねしてお願いしたこともあって、先生から多くの励ましと助言をいただくことができました。そんなわけで私は何とか一年間で小さな論文を仕上げることができました。〈A Study of the Influence of Naturalism on Rofu Miki as Seen in "Haien"〉という題でした。

フィリピンから帰国した私は京大に戻り、西洋哲学史専攻の学生となりました。中世を専攻したため、ラテン語の文献をこなすのに追われることになりますが、その前にまず最初に安部先生を東京にお訪ねし、これまでのご援助に対してお礼を申し上げました。先生はとても気さくな方でユーモアもいっぱいの方のようにお見受けしました。そして、露風先生の素顔についてお話し下さいました。子どものような露風先生をずっと見守り続けた奥様についての話は感動的でした。母は私が帰国する前に露風先生にお便りを出していました。大げさでちょっと恥かしくなるような母ですが、その母のおかげで、露風先生をお訪ねすることになりました。

牟礼の小さな日本家屋は、懐かしく、そこにきちんと正座された先生も懐かしく思われました。先生は奥様にしっかり守られて静かな晩年を送っていらっしゃるようにお見受けしました。

口数の少ない先生に「お若い頃、先生はクレルボーの聖ベルナールなどに親しまれたのでしょうか」とお尋ねしますと、「はあ、そんなこともありました」と、何かずっと昔のことでもう忘れてしまった、とでも言いたげなご様子でした。これから中世哲学や中世思想を勉強しようと思っていた私は、少し気が抜けたのを憶えています。先生は、もう別の世界にいらっしゃるのだろうか、キリスト教に対する思い入れや興味は失ってしまったのだろうか、と、何となく淋しい思いがしました。けれども今、私も年齢を重ねて、多くのクリスチャンが若い時には西洋かぶれのようにキリスト教に熱心になっていても、次第に生まれ育った日本の風土や伝統・思想に回帰するのを見てきましたし、私自身も西洋かぶれのキリスト教への熱心さではなく、日本の伝統の中にキリスト教に通ずるものを見出していきたいと思っています。何よりも日本の優しい自然や伝統、先祖たちの大切にしてきたものへの思いが年とともに強くなっています。思えばもともとの出発点で、西洋かぶれのキリスト教への反発が強かったのですから、当然といえば当然ですが。ただ言えることはフィリピンでもフランスでも――私はフィリピンから帰国しておよそ八年の後、フランスに三年間留学しました――それぞれの風土と歴史の中で育まれたキリスト教があり、その中には玉のように光っているものがたくさんあるということです。日本にも日本の風土と伝統文化の中で育てられたキリスト教があるでしょうし、すでに日本人の精神性の中に、聖書的・福音的なものがたくさんあり、〈キリスト教〉と言われなくても共通するものがあれば、それでよいのだと思います。長い間中世哲学の勉強をし、専門分野の仕事として次々に頼まれた論文を書いたり授業をしているうち、露風先生からはすっかり遠ざかってしまいました。けれどももう定年を迎える頃になって、もう一度露風先生の詩を取り上げてみたいと思い、一人のゼミ生――彼女は、露風と童謡のテーマで卒論を書きたいと言っています――と一緒に再び先生の作品に触れる機会を得ました。そして、そこで気づいたのですが、露風はキリスト教と日本の伝統文化、精神性との関係をかなり気にしていたということでした。私は時間がなくて、まだ先生の著作を読んでおりませんが、第二ヴァチカン公会議以前に、文化とキリスト教との関係を問題にし、書いておられるというのは、大変興味深いことだと思いました。

先生とお話しできたのは、本当に短い時間だったと思います。優しい奥様がそばに付き添っておられ、私に安らぎを与えてくれたことを思い出します。日本的な平和な晩年のご夫婦の姿でした。そして、それから何か月後のことでしょうか。新聞で先生の訃報に接し、本当に驚きました。――最近窪田空穂の短歌集を見ていましたら、空穂も露風と長年親交を結んだとかで、突然の事故によるご逝去に驚き、数首を残していました。露風先生のご葬儀は吉祥寺のカトリック教会で行われ、母と参列させていただきました。簡素な清々しいお式だったように記憶しています。

（『三鷹の三木露風』より）

ボナヴェントゥラ研究事始め

「ボナヴェントゥラさん」

気がつくと、いつの頃からかそんなニックネームを頂戴していた。

「どうしてまたボナヴェントゥラを?」と訊かれるたびごとに
「さあ、どうしてかしら。肖像画のボナヴェントゥラがとてもすてきに見えたからかしら」などと冗談を言って私は質問を逃げる。

それというのもボナヴェントゥラ研究の切っ掛けは偶然だったと言ってもよいのだから。

西洋哲学史を専攻して博士課程も三年目に入った頃、私は何かしら不安を感じ始めた。学ぶかたわら高校や女子大で倫理社会や宗教学などの非常勤講師として、教える楽しさと喜びを十分に味わわせていただいていたが、いざ就職を考える段になると、果たしてこれでよいのだろうか、私はヨーロッパの思想を本当に理解しているのだろうか。ただ論理的筋道の理解だけで教えていってよいのだろうかと、とても心配になってしまった。

もともと中世哲学を専攻したのは、神道と仏教の豊かな伝統文化の中に生きる日本人にとって、キリスト教とは何であるのか、という高校時代から抱いていた素朴な疑問に自分なりに納得のいく答えを見つけるために、アウグスティヌスやトマスは何かの手助けをしてくれるのではないか、と思ったからだった。中世哲学の研究は楽しかった。ちょうどさまざまに変わる風景を楽しみつつ野を行く旅人に次から次に新しい地平が現われてくるように、一つのことが分かると次の問題が現われて、興味は尽きることがなかった。しかし、楽しさの中に或るもどかしさを味わっていた。それはいわば映画やテレビのスクリーンに映し出される風景の中を旅しているようなもので、どんなに映像にのめり込み感情移入をして見ていようと、映像は映像であり、現実に触れてはいない、というようなもどかしさ。ヨーロッパのキリスト教思想が私なりに現実感をもって分かるためにその思想の生まれた土地に行って生活し、この手でその思想の風景に触れてみたい……。

突然ふっと湧き上がってきた漠然とした望みを先輩や先生方に漏らすと、フランス政府の留学生試験を受けるようにお勧めを受けた。しかし試験日はもう間近に迫っていた。こうして願書提出のために研究計画書を大急ぎで作り上げなければならなくなった。フランス留学などそれまで考えてもみなかったから、何の準備もなく情報もなかった。そんなわけで、修論で取り上げた「トマス・アクィナスにおける神の像なる人間」の思想の源泉を尋ねてサン・ヴィクトル学派の研究をしたいと目的に書き、指導教官の欄は空白のまま残した。思えば、この空白がボナヴェントゥラ研究の切っ掛けとなったのである。

それは、まるで神様からの贈物のようだった。一九七一年十月の半ば、フランス政府給費留学生として私は留学地のストラスブールに送られたのである。ストラスブールというのは、大慌てで作成した研究計画にぴったりの論文を出版されたJ教授がおられたからだった。

フランス政府の用意した留学生用のエール・フランス機に乗ってパリに到着し、留学生活入門となる語学研修なしにその日のうちにストラスブールに送り込まれてしまった私は、文字通り、東も西も分からなかった。幸い親切な人々と出会えて、お鍋とフライパン、にんじんにかぼちゃ……と日常生活に必要な単語を一つ一つ習い憶えながら留学生活をスタートさせた。そして、ややこしい大学の手続きを何とか済ませ、恐る恐る授業に出て、J教授にご挨拶するとさっそく教授からご自宅を尋ねるようにと言われた。

冬がもうすぐそこに来ていると感じさせるどんよりと曇った日の午後、地図を頼りに私はJ教授のお宅に伺った。カテドラルの真横にある五百年ほど経ったかとおぼしき古い建物に入ると、暗がりに狭い階段があった。弱々しい小さな電燈に照らされた木の階段は擦り減っていて、踏むたびにきしんでギーと音を立てた。

三階に辿り着きベルを鳴らすと、扉が開いて薄暗がりから小柄で太ったJ教授が出てこられた。通された部屋の窓からは、カテドラルの屋根瓦が見え、下方にカテドラルを取り巻く広場の一隅が望めた。そこには、まさに中世の風景があった。

J教授は手ずから紅茶を入れて下さったが、ふと思いついたように立ち上がると「ちょっと待ちなさい」とおっしゃって外に出ていかれた。五分ほどして戻ってこられた先生は小皿にエクレアを載せ、真ん中にフォークを突き立てて「お食べなさい、お食べなさい」とお勧めになった。

緊張しながらお菓子を頬張っていると、「ところで、あなたの研究計画の件だが、あれはもう私が論文を書いて出版してしまった。だからどうだろう、ボナヴェントゥラにしないか。ボナヴェントゥラはまだ研究がそれほど進んでいないから、やりがいがあるだろう」と話を切り出された。

「結構です。そういたします」と私は素直に返事をした。もともと提出した研究計画は慌てて作り上げたものだったから、反対する理由はなかったし、たとえあったとしても、着いて間もない私には、反対する勇気など到底なかったのである。後になってこのことをシャバス先生に打ち明けると、「それはよかった。サン・ヴィクトル学派のものはまだ校訂本も出ていないから、日本人にとっては時間の浪費になったであろう」とおっしゃって私を安心させて下さった。

私の返事を聞かれたJ教授は、「じゃあ、これを貸すからしっかりやりたまえ」とおっしゃって、ボナヴェントゥラの入門書のようなものを貸して下さった。

それから一か月ほど経った頃、再びJ教授から呼び出しがあった。今度はトマスに関する修論の概要を見せなさい、とおっしゃる。詳しい目次を翻訳してお見せすると、先生は「君はなかなか良い方法論を身につけている。ボナヴェントゥラについてもこの通りにやりたまえ」とおっしゃった。これがJ教授と研究について会話をしたほとんど最後となった。聞くところによると、先生は諸般の御事情で授業の準備もままならぬような状態におられたという。

こうして私は、自己流でボナヴェントゥラ研究に船出することになった。幸い中世関係の書物は神学部に揃っていた。私はB4判の厚くて重いクァラッキ版のボナヴェントゥラ全集を図書室の片隅に積み上げて自分のスペースを確保し、毎日そこに通うことになった。

ボナヴェントゥラ研究は順風に乗って好調に滑り出した。京大でアウグスティヌスやトマスなどをしっかり教えていただいたおかげで、ボナヴェントゥラに素直に入っていけたのである。

しかし、大海に乗り出すと雲行きが怪しくなってきた。アリストテレスの論理学に則った明瞭で一貫した論旨の展開を追いながら羅針盤を見ると、針が微妙にぶれている。このぶれはいったい何なのか、どこから来るのか……。私はＪ教授に尋ねたり、アウグスティヌスやボナヴェントゥラに造詣の深い先生方に私の疑問を打ち明けてみたが、誰も私の質問の意味を理解しては下さらなかった。

ひとりで悪戦苦闘している私を見て、学友たちは口々に言った。

「シャバス先生のところに行きなさい。先生だったらとことん付き合って下さるよ」

シャバス先生のご高名と完璧主義の噂を耳にしていた私は気遅れしていた。しかし留学期間も残り僅かとなり、Ｊ教授から論文の執筆を始めるよう命じられた時、私は意を決してシャバス先生の門を叩いた。

「ここにおかけなさい」と言われて、畏《かしこ》まって腰を下ろした私に、瞬時もおかず「あなたの質問は？」とお訊きになる。緊張のあまり吃り吃り疑問点を打ち明けると、「それでテキストは？」とおっしゃる。私はそれまでに書き写したノートをいっぱい展げてお見せした。それを先生は何時間も何時間もじっと見詰めておられた。そして最後にぽつりと言われた。

「それで存在論の方はどうなっていますか」

ずっしりと確かな手応えが伝わってきた。

時計を見るともう七時を廻っている。先生のお宅を辞して外に出ると、肩の力が抜けて、私は大きく息をした。急に空腹感が襲ってきた。けれども、私の拙い推測に対して力強い支持者・援護者が現われたように思われて、心は喜びと満足感でいっぱいになっていた。

それから、数か月間、時間と競争しつつ、論文完成まで何度かシャバス先生の教えを乞うことになった。「質問は？　テキストは？」の繰り返しである。こうして何とか「ボナヴェントゥラによる神の像にして類似なる人間」の完成に漕ぎつけることができた。そして公開審査の日、親しくして下さった先生方と下宿の大家さんをはじめとして、三年間の留学生活を温かく支えてくれた年齢のまちまちな友人たちが、私の応援に大勢して集まってくれた。

論文の完成（といっても時間切れと力不足で大変不十分なものであった）を誰よりも喜んで下さったのはシャバス先生だった。先生が審査員に決まった時、私は論文を先生のお宅にお届けに上がった。先生はお疲れの御様子で、眠そうな眼で序文を読み始められた。緊張して先生のお顔を伺っていると、先生の眼が突然に輝き出した。そしてお顔はもう嬉しくてたまらないという表情になった。若い時から、「あらゆる文化にキリスト教は宿りうる」と確信しておられる先生は、私の問題意識を理解して、とても喜んで下さった。先生は「若い時、インド仏教も勉強したんですよ」とおっしゃった。そして、私が卒論と修論でトマスを取り上げたことを「よかった」と言われ、にこにこしながら「私はトマスが大好きで、若い時、夢中になってトマスの全著作を隅から隅まできちっとノートを取りながら読み通したのだよ」とおっしゃって私を驚かせられた。それは初めて見る先生の名伏しがたく美しい笑顔だった。

しかし、私の論文に最も厳しかったのもまたシャバス先生だった「存在論に関する一章が足りない。あちこちに示唆はされているが、それでは不十分である」と御不満だった。こうして私のボナヴェントゥラとのおつき合いがその後長く続くことになったのである。

「ボナヴェントゥラ研究はいかがですか」とフランスでよく訊かれた。そのたびに私はフランス人の好きそうな語呂合わせで、「ボナヴェントゥラの災難・不運（mesaventure de saint Bonaventure）です」と答えた。ボナヴェントゥラのために、私は一度ならず文字通りに目を廻してしまったから。しかし、考えてみれば、この研究を通して多くの「よき出来事」（Bona-venture）に恵まれ、素晴らしい人々と出会い、そしてたくさんの勉強をさせていただいたのだから、「聖ボナヴェントゥラの幸運（bonaventure de saint Bonaventure）です」と言い直さなければ、ボナヴェントゥラさまに申し訳ない。

（『創文』一九九三年五月）

中世哲学とトマス・アクィナス

それでは中世哲学とはどういうものか、ということについて、また中世哲学の最高峰のトマス・アクィナスについてこれからお話しさせていただきます。お手元にトマス・アクィナスとはどのような思想家であったか、ということをお話しするためにコピーいたしましたトマスの肖像画をお配りしました。

中世哲学とは何か

西洋と東洋

ところで中世哲学と申しましたが、もちろん、ここでは西洋の中世哲学のことでございます。そこで、まず西洋と東洋という言葉について、私たちは何気なくこの言葉を使っておりますが、実は地理的にどこに西洋と東洋の境界線を置くかという難しい問題がございます。西洋というのはラテン語でオクシデンス、東洋はオリエンスと言います。そこからオクシデンタル、オリエンタルという言葉が出てまいりますが、オクシデンスというのは沈む、落ちるという意味で太陽が沈む方向を指しております。それからオリエンスは太陽が昇る方向を指しております。これはヨーロッパの人たちから見て太陽が沈む、また昇る方向を指しておおまかに言っているわけですが、どのあたりから西洋なのか、どのあたりから東洋なのかを地理的に区別しようとしますと、だいたいインドあたりが真ん中なのではないかと思います。日本人の私たちから見れば、インドは地理的には東洋であっても哲学的な発想からすれば西洋であるとも思われます。言葉もサンスクリット語、つまりインド・ヨーロッパ語族のものですから、インド哲学にはギリシャ哲学に近いものがあります。けれども私たちが扱う中世哲学の研究分野の中には今のところインドは含まれてはおりません。このように地理的なことを申しましたのは、後でお話しいたしますが、いわゆる中近東で生まれた哲学も西洋中世哲学にとって無縁ではなく、重要な一部分として扱われているからです。

「中世」という時代

次に中世という時代区分を表わす言葉がどのようにして生まれてきたかということについてお話ししたいと思います。「中世」はラテン語でメディウム・アエヴムと言います。つまり真ん中の時代という名称ですが、この名称はルネサンスの人々に由来します。一四世紀を迎えると西欧ではルネサンスが始まり、ヒューマニストの運動が興りました。ヒューマニストと言うのは人文主義者とも人間中心主義者とも訳されますが、その彼らが古代ギリシャ・ローマを理想として考え、人間性を謳歌し豊かに表現した古代とその文化を復興した「現代」、つまり一四世紀、との間の時代を中世と呼んだわけです。そして彼らは、古代ギリシャは人間性の豊かな明るい時代であった、また今の文芸復興の時代も明るいものである、それに反してその真ん中の時代、つまりメディウム・アエヴムというのは野蛮不毛で、文化的には何にも無い時代である、と言いまして、中世を暗黒時代と言い表わしていたわけです。そしてこの歴史観が一九世紀の初頭まで続きました。

ところが、中世には見るべきものは何も無いのだ、野蛮な人たちが動き回っていた時代だと見捨てていた、この歴史観が一九世紀の初頭になって変わってまいります。それはドイツやフランスを中心にロマン主義の運動が興ったためでありました。ロマン主義の思想家達、例えばドイツではフリードリッヒ・シュレーゲル（一七七二―一八二九）、フランスではシャトーブリアン（一七六八―一八四八）などを中心としてロマン主義運動が興ったのですが、彼らはルネサンスの人々とは逆に中世というものを理想としたわけです。そして中世のほうがむしろ光輝く時代、光明の時代であるとして、今まで見向きもしなかった中世のロマネスクの教会堂やゴチックの教会堂、音楽や絵画、文学など、そういうものに目を向けて再評価をしていく、という潮流が生まれてまいりました。偏見を捨てて中世をもう一度新しい目で見直そうとしたわけですが、それはどういうことだったかと考えてみますと、ちょうど私たちが今置かれている時代状況がそれに似ていると思います。日本はこの一〇〇年間一所懸命に近代化を推し進めてきましたが、それ以前は封建時代で非常に暗い時代であったと、そういうふうに考えてきました。そこで以前あったものはすべて無価値なものとして否定し、新しい時代を推進しようと精出してきたのですが、気がついてみると近代もそんなに理想化できない、そしてこの近代化の過程で私たちが忘れてきた大切なものがあるのではないか、という反省が起こってきました。こうした反省に立って今近代思想を振り返り、同時に近代以前の時代を見直してみようという気運が高まっています。ちょうど同じように、ルネサンスの人たちは自分たちの過去の時代――実はルネサンス直前の時代というのは中世の衰退期で、いろいろなものが硬直化していましたが、中世にも高揚した時代と衰退した時代があって、一三世紀の終わりから一四世紀初めというのはいろいろな意味で行き詰まった閉塞感のある時代でした――直前の時代状況から判断して、中世というのは暗黒時代である、顧みるべきものは何もなかったのだ、ということで切り捨てて、新しい道を追求していったのです。ところが一九世紀になりますとそれも少し行き詰まり、それでまた今度は中世に理想の世界を見出そうとしたわけです。それはちょうど今の日本の置かれている状況と似ているのではないかと思います。歴史と言うものは、とどのつまり、そのようなものかもしれません。

ところで、中世というのは非常に長い時代で、実はどこからどこまでを中世と考えるかということにはさまざまな説があり、なかなか決められません。そこでア・クオ、つまり始まりをどこに置くか、出発点は何年なのかということになりますと、最も早い説で三二四年か三二五年、コンスタンティヌス大帝がリキニウスに対して決定的な勝利をおさめた年になります。もうひとつは三七五年、民族大移動によって古代ローマ帝国が揺さぶられ、ローマがゲルマン民族に押さえられていった、その民族大移動の始まりの年と考える人もいます。それから三九五年。これはローマ帝国が東西に分裂した年ですが、その年を中世の始まりと考える人もいます。それから四七六年。これはゲルマン民族によって西ローマ帝国が滅亡した年です。それからさらに六〇〇年代を考える人もいます。これは教皇グレゴリウス・マグヌス（在位五九〇—六〇四）の時代で、その時代を中世の始まりとしています。それから九世紀のカール大帝（シャルル・マーニュ）の宮廷時代、つまり八〇〇年にカール大帝がローマ皇帝として戴冠した年を区切りとしてカロリング朝の時代を中世の始まりであるという人たちもいます。このように中世の始まりについてさまざまな説がありますが、終わり（アド・クエム）に関してもさまざまな説がございます。まず、だいたい一四世紀の、先ほど申しましたルネサンスの始まりをもって中世の終わりとする説があります。それから一四九二年。これはコロンブスがアメリカ大陸を発見した年ですが、ここから新しい世界が開かれてきた年です。それからもう一つは一五一七年。これはマルチン・ルターが宗教改革の宣言をした年で、これをもって中世の終わりとする、そういう説もございます。

「中世哲学」の「発見」

こうした始めと終わりの区切り方は中世の歴史一般に関するものですが、それでは哲学史の中で中世哲学をどのように考えたらよいのかということになりますと、この一般の歴史的な区分と中世哲学の歴史的な区分とは必ずしも一致しないわけです。そこで、中世哲学としての纏まりをどのように考えていったらよいのかということで、さまざまな議論が起こりました。

ところで、先ほど、一九世紀になってドイツやフランスを中心にロマン主義の思想家たちによってそれまで無視されていた中世が見直され始めた、と申しましたが、この見直しは、哲学の分野にも及びました。実際、それ以前には哲学として中世には顧みるべきものは何も無いということで――日本ではこの見方が少し前までかなり支配的で、西洋哲学史では中世を飛ばして古代から近世に行ってしまうことが多々ありました――無視されていた中世思想に対して、ドイツやフランスで関心を寄せ始めてまいります。例えばヴィクトル・クーザンとかバルテレミー・オレオーなどの哲学史家が中世の哲学を取り上げて、その哲学にはキリスト教の影響が強いのが欠点であるが、しかし、哲学として興味のないものではない、と言います。このように中世の哲学に関心を寄せ始めたとはいえ、一九世紀の前半には、中世哲学は哲学であると言ってもキリスト教の教会が支配し監視をしていた時代の哲学で、教会の権威に守られていたのであるから自由な哲学ではなかった、という評価がございました。

ところが一九世紀も終わりに近づきますと、違った視点から中世哲学研究が始まります。中世の哲学は、はたしてこれまで考えられてきたようなものなのだろうか、中世にも哲学的に興味深いものがあったのではないか、とそれまでの歴史観に対して疑問を持った哲学史家たちが強い関心を持ち始めました。それには二つのグループがあります。一つはカトリックの神学者たちで、彼らは正統的な神学の立場に立ちながらも、神学を歴史的に捉えてその変化の相を見ようとしました。もう一つはキリスト教と関係のない合理主義的な思想家たちで、いわゆる宗教や信仰には無関心な哲学史家たちが興味を持ち始めました。二〇世紀に入りますと「キリスト教哲学論争」というものが始まります。それはどういうものかと申しますと、先ほど述べましたように一九世紀の哲学史家たちは、キリスト教の教会が非常に力を持っていた中世の時代には、教会に守られそして他方では監視されて自由な哲学はできなかった、だから、そこにあるのはキリスト教思想であって哲学ではなかった、と考えていたわけです。

ところで、「キリスト教哲学」という表現には、実はかなり古い歴史がありました。実質的には、哲学者たちが真理の探究の果てにキリスト教に行き着いたということがキリスト教の初期には多々あり——と言いますのも、このヘレニズムの時代には、哲学つまり知恵への愛は純理論的というよりもむしろ道徳的宗教的色彩を帯び、生きる上での拠りどころとなっていたからです——彼らのおかげでキリスト教が思想的基盤を得て、思想として発展してきたのです。そうしたわけで、「キリスト教哲学」の伝統が生まれたのですが、次第に教義が確立してくるにつれて、また信者の拠りどころとして教会が大きな力を得てくるに従って、事情が変わってきます。後でお話ししますトマス・アクィナスの時代になりますと、学問としての神学と学問としての哲学との対立も生じてきます。詳しいことは今日お話しできませんが、哲学と宗教ないし神学、理性と信仰あるいは啓示、という問題が古くからありました。これらの二つの異なるものの関係が問われたわけです。そして、これら二つが原理的に区別されますと、二つの原理的に異なるものを一つにした「キリスト教哲学」というものは果たしてあるのだろうか、という疑問が起こったわけです。

論争は一九二八年にエミール・ブレイエという哲学史家が「キリスト教哲学は存在するか」と題した講演をブリュッセルの学会でしたことから始まりました。ブレイエはそこで、キリスト教思想はキリスト教のドグマと一致するものでそれは哲学ではなく神学にすぎない、そして、哲学的に思索するときには信仰とは関係なくするのであって、キリスト教の啓示に基づいてするのではない、トマスも哲学者としてはアリストテレスに依拠したのであり、したがって、「キリスト教哲学」は未だかつて存在したこともなければまた存在することもできない、というようなことを言いました。つまり、「キリスト教」と「哲学」の二つを一つにすることは矛盾している、形容矛盾である、ちょうど、数学は数学であってキリスト教数学などありえないように、哲学は哲学であってキリスト教哲学などありえない、と主張したのです。それに対してジルソンという非常に有名な哲学史家で中世哲学に関しては一番大きな仕事をした方が一九三一年にフランス哲学会で反論いたしました。つまり、哲学は数学や物理学などと違って、その営みは人格全体に関わるものであり、思索の原理や方法が純粋に理性の営みによるものであるならば、そこには哲学の営みがある、そして、その哲学体系がキリスト教の存在なしには説明できないとすれば、それは確かに「キリスト教哲学」である、と言いました。これを切っ掛けに、この年、フランスの哲学界では、著名な哲学者・思想家たちがこの問題をめぐって大いに論争をいたしました。そして、今では大体のところ、ジルソンの主張は認められていると思われます。こうして、一九五五年、ジルソンは堂々と『中世におけるキリスト教哲学の歴史』という大部の書を公刊いたしました。

「中世哲学」の射程

ところが、それではキリスト教哲学が中世哲学なのかといいますと、そうとも言えないのです。先ほど申しましたように、最初キリスト教の正統的な神学者たちが中世に注目し研究を始めましたので、始めはキリスト教哲学に対する関心が強かったわけですが、だんだん研究が進んでまいりますと、キリスト教だけでは中世は理解できないということになりました。しかもキリスト教哲学といっても最初のうちは西欧のラテン・キリスト教の研究がほとんどだったのですが、キリスト教思想には東欧のギリシャ語圏のキリスト教思想もございます。こうしたビザンツの思想も視野に入ってまいりました。それから、アラビア哲学とユダヤ哲学が中世哲学の重要な分野として研究の対象となってまいります。

アラビア哲学といいますのはイスラム教の中から生まれた哲学ですが、イスラム教はムハンマド（五七〇頃―六三二）を創始者として七世紀からアラビア半島を出発点に非常な勢力を得て地中海一帯にまで広がってまいりました。ところが、もともとイスラム教は宗教であって哲学ではございません。その中から西欧に大きな影響を与えることになる哲学が生まれたというのはどういうわけかと申しますと、それには歴史的な理由がありました。先ほど中世の出発点をどこに置くかという話しで、いくつかの区切となる年をあげましたが、それらが示しているのは、一方ではローマ帝国が分裂して衰退していく過程であり、他方ではキリスト教がローマ帝国に広がっていく過程であります。そしてキリスト教が広がっていくなかで皇帝もキリスト教に改宗していくわけですが、五二九年、東ローマ帝国の皇帝ユスティニアヌスが異教的活動を禁止して、プラトンが創設したアカデメイア学園を異教の哲学を教えるものとしてこれを閉鎖しました。そのためにギリシャ哲学の伝統はローマ帝国内ではほとんど途絶えることになります。一方、ギリシャ哲学の研究者たちはペルシャの方へ退去して、そこでギリシャ哲学の研究が受け継がれていくわけです。そしてアラビア半島でイスラムが出てまいりました時にはプラトンの伝統を引く哲学とともにアリストテレスの著作が研究されておりました。その研究をもとにアラビア哲学が発展してきたわけです。一番有名なアラビアの哲学者はアヴィセンナとアヴェロエスの二人ですが――ヨーロッパでどうしてそのように呼ばれるようになったのか分からないのですが、アラブの方ではそれぞれイブン・シーナとイブン・ルシュドと呼ばれていま す――この二人のほかにもアル・キンディー、アル・ファーラービー、アル・ガザーリーなどたくさんの哲学者が輩出いたしました。そして、たくさんのひとがアリストテレスを研究していたのですが、そこには底流としてヨーロッパと同じく新プラトン主義が大きな力を持っておりました。そのためにアリストテレスの解釈には新プラトン主義的な傾向が色濃くありました。このアラビア哲学は、西欧の思想界に大きな影響を与えるのですが、しかし、中世哲学にとって重要な役割を果たす思想はアヴェロエスの亡くなった一二世紀末までとされています。

次に、ユダヤ教の中から生まれたユダヤ哲学ですが、ユダヤ教は非常に古い歴史を持っております。ユダヤの宗教思想は旧約聖書という形で伝えられてきたのですが、哲学との接触がアレクサンドリアで旧約聖書がギリシャ語に訳された紀元前三世紀あたりからございました。その結果として、ギリシャ哲学の、特にプラトンの影響を深く受けて旧約聖書を解釈した人にイエスと同時代の人と言われるアレクサンドリアのフィロンという人がおります。この人はユダヤ思想の基礎を築いた人と言われています。けれども、中世哲学にとって影響があった哲学として見ますと、ユダヤ哲学はだいたいアラビア哲学と同じ時期に始まって、アラビア哲学よりも少し長く一五世紀くらいまでの伝統があると考えられます。ユダヤ哲学者として主だった人の名前をひとり、モーゼス・マイモニデスを挙げておきましょう。

さてキリスト教哲学ですが、それは先ほど申しましたように西方ラテン哲学と東方ビザンチン哲学がございます。それと言いますのは、三九五年にローマ帝国が西と東に分裂いたしますが、それ以前、三世紀くらいまでは地中海地方はヘレニズムの時代でギリシャ語が話されておりました。ところが四世紀を境にイタリア半島から西側ではラテン語が話されるようになり、やがてローマ帝国はふたつに分かれて東側は東ローマ帝国に、そして西側は西ローマ帝国になります。そこで、キリスト教哲学の始まりはどこに置くかの問題なのですが、だいたいキリスト教が誕生してそれを思想の形で表現し始めた初期のころ——これを教父時代と呼びます——からという考えがまずあります。さらには、西方キリスト教としては、カール大帝（シャルル・マーニュ）の文化政策によって文化が花開いたカロリンガ・ルネサンスの時代を中世思想の始まりと考える人もいます。そして、終わりは新しい思想運動が興ったルネサンスまで、あるいは一六世紀ころまでを考える人もいます。一方、東方キリスト教思想の方は、コンスタンチノープルが陥落した一四五三年をもって終わりと考えられています。

以上で中世哲学を構成する宗教的に異なるグループの歴史的背景を見たのですが、次にこれらの哲学的伝統を地理的・言語的視点からも見てみたいと思います。

まずアラビア哲学といいますのは、ひとかたまりにして言えばアラビア語で書かれたものが中心になりますが、その他にシリア語で書かれたものもございますし、それからペルシャ語で書かれたものもございます。それらは当時地中海地方一帯に広がっていたイスラム教国において生まれた哲学思想ということになります。それからユダヤ教ですが、ユダヤ人というのはご承知のように流浪の民で、ヨーロッパの各地や地中海一帯に散らばっておりました。イスラム教国に住んでいたユダヤ人もあれば、キリスト教国に住んでいたユダヤ人もいたわけです。そして、彼らは、自らの思想を書き表わすにあたって、居住する国の言葉を用いることもあれば、民族の言葉であるヘブライ語を用いることもありました。最後にキリスト教哲学ですが、これには西方ラテン哲学と東方ギリシャ哲学とがあり、もともとローマ帝国が領土的にも言語的にも二分されたことから生じたことだと先ほど申しました。この政治的な分裂が宗教にも影響してキリスト教が東西の教会に分かれ、その結果、前者はローマ・カトリック教会に、後者はギリシャ正教会に属するということになりました。

さて、こうした四つの伝統を一つにして西洋中世哲学とするわけですが、それは、これらの間に密接な繋がり・交流があり、私たちが今日考えるようなキリスト教とユダヤ教とイスラム教が拮抗して激しく憎みあっているといったような構図はその当時にはあまりなかった、ということです。イスラム教国は当時の先進国でそこでは学術文化が咲き誇っておりました。私たちは中世と言うと直に十字軍を思い出すのですが、確かにそのような時代もあったのですが、全体として見ますとイスラム教徒もユダヤ教徒もキリスト教徒も平和共存し、しかもお互いに思想的に認めあい関係しあっていました。そして、それぞれの宗教思想を支えている哲学思想になりますと、そこには同じ哲学思想の流れがありました。その流れのひとつは先ほど申しました新プラトン主義の流れであり、それは早くから広く全体に行き渡っておりました。それから、もうひとつの流れはアリストテレスですが、このアリストテレスはラテン世界では長い間論理学の一部分しか知られていませんでした。その全体像が知られてくるのは一二世紀からで遅いのですが、しかし、一二世紀からは非常に重要な役割を演じていきます。ところで、つい先ほど、それぞれの宗教と言ったのですが、実は、周知のように、これらの三つの宗教は同じ一つの根から生じてきたものです。つまり旧約聖書がもとになっている宗教で、唯一神を立て、その唯一の神によって啓示された宗教であると信じている、そういう信仰を持った思想の纏まりとして私たちは考えています。そして、中世哲学の研究分野を見ますと、先ほど申しましたように、最初のうちはキリスト教徒の哲学史家たちが開拓したために、キリスト教哲学――特に西方のラテン哲学――の研究が主要な部分を占めていて、しかも、形而上学的な問題が多く取り上げられていました。それから次第にユダヤ哲学やアラブ哲学の研究が出てきまして、形而上学だけでなく認識論や論理学、そして科学哲学――当時は自然学と呼びましたが――の研究も盛んになってまいりました。そして最近では、言語哲学の面で中世哲学に大きな関心が寄せられています。それと言いますのも、中世には言語に対する研究が盛んになされたからです。実際、トマスの『神学大全』など読みますと、至るところで言語哲学に出合うとさえ言えるほどです。さらに付け加えて申しますと、国際中世哲学会という学会では、二〇年くらい前からでしょうか、世界的に視野を広げてということで、東洋と西洋の中世哲学の比較研究をひとつのセッションのテーマに掲げました。けれども、これはまだうまくいかないようです。

トマス・アクィナスの人物像

ところで、渡部菊郎先生は最初に現代哲学のハイデガーを学び、それから中世に移られてまずアウグスティヌスをなさり、そしてエックハルトについてご研究になられたのですが、アウグスティヌスは四世紀から五世紀の人（三五四―四三〇）で、エックハルトは一三世紀から一四世紀の人（一二六〇―一三二九）、その間に一三世紀のトマス・アクィナスという、中世の思想家の最高峰と考えられる人（一二二四／五―一二七四）がおります。これら三人はいずれも西方ラテン・キリスト教思想家ですが、渡部先生は主にトマス・アクィナスに集中して研究を続けておられました。それで、これからトマス・アクィナスについて少し紹介させていただきたいと思います。

トマスの時代

お手元のコピーにあるトマス・アクィナスの肖像画をご覧下さい。

Francesco Traini（1321-65）作

これはトマスの時代の思想的背景とトマスが生涯を懸けてなしたことをよく表わしている象徴的な絵ですが、トマスの上部には、最上部にトマスを祝福するキリストがおり、その下にペトロ（あるいはモーゼ）とパウロがいて、その両脇に四人の福音書記者がいます。トマスの左右にはプラトンとアリストテレスが立っています。そして、トマスの足下には、あの偉大なアラブの哲学者アヴェロエスが横になっております。また、その両脇に立つたくさんのドミニコ会士たちはトマスを仰ぎ見ています。トマス・アクィナスの時代と言いますと、西欧中世の盛期と言われます。西欧の隆盛は既に一〇世紀から始まっておりますが、この時代ヨーロッパは経済的に非常に豊かになってまいりました。ヨーロッパの建設に力あった人として修道会を創立したベネディクトが有名ですが、実際、修道士たちは原野を開墾して農地を広げ学校を建てて熱心に教育し、写本を作り研究に励んで古代ギリシャ・ローマの遺産や先人たちの文化遺産を守り、懸命に経済や文化の発展に貢献してきました。ところが、一二世紀頃になりますと商業が非常に発達してまいりまして、都市があちこちで復興し繁栄してきます。そうしますと、人々は豊かさの中で堕落するということも起こってまいりました。とくに世俗主義に陥った修道士たちや聖職者たちも多く、彼らの間に弛緩堕落が生じました。その一方で、多くの民衆はまだまだ貧しかったのです。こうした状況の中で正義感の強い人々が、貧しい民衆のために立ち上がりました。この世直し運動はとくに北イタリアと南フランスで激しかったのですが、その中でもカタリ派と呼ばれる集団が大きくなりました。このカタリ派は善悪二元論に立って、カトリック教会は悪魔の教会であり自分たちの教会は善なる教会である、自分たちは清いものであって、カトリック教徒は堕落した悪なるものである、と主張しました。こうした二元論は分かり易いために多くの人々が惹きつけられたわけです。これはカトリック教会にとって大きな危機となりました。この危機の中で、二人のカリスマ的な人物が現われました。一人はアッシジに生まれたフランシスコであり、もう一人はスペインに生まれたドミニコという人です。フランシスコの方は徹底して貧しい生活、無所有の生活を送り、彼に従う多くの人々が乞食・托鉢によって生きる集団となって世直し運動をカトリック教会の内部で進めていきました。他方、ドミニコの方は、民衆に正しいキリスト教の教えが伝えられていないことがカタリ派に人々が惹きつけられる原因であると考えました。実際、教会で説教をする司祭たちは大変怠惰で勉強不足でした。そこでドミニコは、神学をしっかり勉強して正しいキリスト教を伝えようという志をもち托鉢によって生計を立てる貧しい修道会を創立しました。

ところで、一二世紀の中葉より西ヨーロッパの各地で大学が誕生します。そして次第に文化の担い手として大学が成長してまいります。そうしますと、ただ貧しい生活をするということだけでは世直しには不十分になってまいります。そこで知的な面での活躍も必要になってまいりました。そういうわけで、フランシスコ会もドミニコ会も大学のある都市に修道院を作って、そこで若い会員に勉強をさせる、大学に通わせる、ということになります。また、当時のヨーロッパで最高の知性とされた学者たちも会員に加わってまいりました。そのような時代背景の中でトマスはドミニコ会に入ったわけです。そして、そこで非常に恵まれた師との出会いがありました。その師というのはアルベルトゥス・マグヌスでした。このアルベルトゥスは当時魔法使いという評判を立てられるほど、人々の知らない非常にたくさんのことをよく知っていたと言われています。彼はとくにアリストテレスの自然学をよく研究していました。

西欧とアリストテレス

ところで西欧では、一二世紀の後半までアリストテレスの著作は論理学の一部分を除いて他には知られていませんでした。それは先ほど申しましたように五二九年にアカデメイア学園が閉鎖されまして、哲学者たちはローマ帝国から退去してしまったことに原因がありました。こうした経緯でアリストテレスは西欧世界では論理学者としてしか知られていませんでした。しかも論理学の中でも範疇論と命題論のみでした。アリストテレスの論理学書は六世紀初頭にボエティウスがすべて翻訳したのでしたが、失われていたのです。ところが、十字軍の時代にアラブ世界と交渉が盛んになります。そしてアラブの世界からたくさんの文物を買ってきます。それで、その書物をアラビア語からあるいはシリア語からあるいはまたギリシャ語から翻訳する人たちが現われます。そうしているうちに、アラブの世界は非常に進んでいてヨーロッパの方が遅れているということに気づきます。それでヨーロッパの世界では遅れを取り戻そうと必死になって翻訳を読み出したようです。それで、それまでほとんど知られていなかったアリストテレスが翻訳されあちこちで読まれました。それとともに、アラブの哲学者たちが著した書物が読まれますが、そこにはアリストテレスの注釈書もありました。なかでもアヴェロエスの注釈書は後で申し上げますように大変重要な書物でした。こうして彼らはアリストテレスの哲学の素晴らしさに驚いたのですが、この哲学は、それまで西欧世界で形成されてきたキリスト教思想とは異なる発想のものでした。研究者たちはアリストテレスに熱中し、キリスト教界は大いに揺さぶられることになりました。これに恐れをなしたカトリック教会の権威者たちは、アリストテレスを研究してはいけない、というお触れを出したのですが、それは無視されました。そして、再三のお触れにもかかわらず、人々はますますアリストテレスに熱中し研究に励みました。

トマスの生涯

こうした激動の時代に生まれ育ったトマスは若いときからアリストテレスに親しむ機会がありました。ローマとナポリの中間に位置するアクィノに生まれた彼はまずナポリ大学で学んだのですが、ここでアリストテレスの自然学に触れました。そして、この時にドミニコ会士たちに出会い、自分の生涯を決めました。つまり、托鉢によって生きる乞食集団のごときドミニコ会に入会してしまったのです。それまでトマスには貴族的なベネディクト会士になることを望んでいた家族は大いに怒りました。それを見たドミニコ会の上長はトマスを家族から遠く離れたパリに送ることにしました。当時、パリにはヨーロッパの知的最前線となっていたパリ大学があり、各地から多くの研究者や学生たちが集まってきていました。そこでトマスは先ほどのアルベルトゥス・マグヌスに出会ったわけです。こうして彼はキリスト教の新しい可能性を開拓していき、神学のマギステル（教授）となってパリ大学で、続いてナポリ大学やその他の地で神学を教えつつ、聖書とアリストテレスの研究に情熱を傾けていきます。その間にトマスはいくつかの危機に遭遇し、それと戦います。危機のひとつは、托鉢修道会士たち、つまりフランシスコ会士とドミニコ会士を大学の教職から締め出そうとする運動であり、もうひとつは、ラテン・アヴェロイズムという哲学思潮でした。ここでは後者の危機についてお話ししたいと思います。

先ほどお話ししましたように、アリストテレスの哲学はそれまでの伝統的な神学とは発想が異なっておりました。それというのも神学の哲学的な基礎となっていたのは、伝統的に新プラトン主義だったからです。そして、アリストテレスの思想にはキリスト教の教義にとって問題となるいくつかの要素が含まれておりました。そのひとつは、世界は始めもなく終わりもなく永遠に存在するという世界の永遠性説であり、もうひとつは、知性（可能知性）は全人類にとって一つであるという知性単一説でした。世界永遠性説は神による世界創造を否定するように思われ、知性の単一説は個人の道徳的責任と死後の魂の不死、生前の行いに対する応報、といったキリスト教の教えの否定につながるものだったのです。そして、これらの説は、アヴェロエスによるアリストテレス説の解釈に依拠する哲学教師たちによって広められました。そして彼らは、真理には信仰の真理と哲学の真理の二つの真理があると主張したのです。これらについては詳しい歴史的な検証が必要ですが、簡単に言って、これがラテン・アヴェロエス主義の危機でした。このような、世界は永遠から永遠に亙って存在するとする説や人類にとって知性は一つであり死後には個人の魂は残らないとする説は、キリスト教にとって問題になるだけではなく、すでにイスラム教にとっても問題となったのでした。

さて、こうしたラテン・アヴェロエス主義のもたらす危機に直面して、神学者たちは戦いを挑みました。彼らは一様にキリスト教の教えを守るために戦ったのですが、彼らの間には神学と哲学に対して異なった理解と立場がありました。ここでは、トマスの独自性をよく表わしている世界の永遠性の問題に対する対処の仕方をごく簡単に見てみたいと思います。

トマスは他の神学者たちと同じく、神による世界創造の教えは信仰によって堅持しなければならないと主張します。けれども、哲学的には世界に始まりがあったということは論証できない、つまり、始まりがあったともなかったとも言えない、と言います。これに対し、トマスのパリ大学での同僚であり友であったフランシスコ会士のボナヴェントゥラは、無限は現実にはありえないということから、世界の永遠性は哲学的にも考えられないと主張します。そして、このボナヴェントゥラの弟子がトマスを攻撃したために、神学界は二分されてしまいました。こうして、以前パリ大学で托鉢修道会の会員を教師群から締め出そうとする動きに対して共同戦線を張って戦ったフランシスコ会士たちとドミニコ会士たちは対立し、二つのグループは自説を堅持して譲ろうとはしませんでした。この問題に対する二つの立場は哲学の歴史を見ますと、トマスを継ぐカントとボナヴェントゥラを継ぐヘーゲル、そしてなおトマス説を支持する人々とボナヴェントゥラ説を支持する人々のいる現代へと、二つのグループは依然として対立したままです。

ところでトマスは、世界の永遠性の問題に対して自説が理解されないことに苛立ち――こうしたことはトマスには珍しいのですが――、『世界の永遠性に関して、もぐもぐ言う人々を駁す』という過激な題名を付した一書をものして、パリを去ってイタリアに帰っていきます。そして、一二七四年、リヨンで公会議が開かれることになりました。この公会議は、東西の教会を和解させる目的で開かれたものです。東西の教会と言いますのは、東方ギリシャ教会と西方ラテン教会のことですが、この両者の間には長い間対立があり、一一世紀初頭以来、亀裂が深まっていました。この対立のもとには教義の問題がありました。そんなわけで、当代のラテン教会でもっとも力ある二人の神学者、トマスと先ほどのボナヴェントゥラが招聘されました。しかし、残念なことに、その会議に赴く道すがら、トマスは病に倒れて亡くなります。彼はすでに力を使い果たしていたのでした。死の前年から彼は執筆をやめ、祈りに専心していたと言われています。そして、ある神秘体験をした彼は、弟子たちに、自分が生涯命を懸けて書いたものは、すべて藁くずにすぎない、死後に燃やしてほしい、と頼んだのだそうです。弟子たちがその頼みを聞き容れなかったことは幸いでした。

トマスと哲学

ここでもう一度お手元の肖像画をご覧下さい。トマスはキリスト教神学者でした。彼は西欧世界に新たに知られてきたアリストテレスをよく理解し、その哲学を用いて新しい神学を打ち建てることに邁進し、それに成功しました。けれども、彼はそれ以前の神学思想を廃棄したのではありません。それ以前のキリスト教思想は、プラトンの系統を引く新プラトン主義に哲学的基盤を措くものでした。キリスト教思想は、聖書を信仰の拠り所としながら、さまざまな哲学の助けを借りて表現されてきたものです。その意味で、歴史的な連続性と一貫性を持つとともに、また変化に富んだものでもあります。トマスは、理性の限界を認めつつも――世界の永遠性の問題にそのよい例があります――人間理性に大きな信頼を寄せ、真の哲学が信仰と矛盾することはありえない、信仰に矛盾するような哲学であれば、それは本当の哲学ではない、と考えていました。肖像画でトマスの両脇にプラトンとアリストテレスが立っており、頭上にはペトロとパウロそして四人の福音書記者がいて、最上位にいるキリストがトマスを祝福しているのは、そうしたわけなのです。（ペトロは教会の礎となった人、パウロはキリスト教思想の礎となった人、福音書記者たちはキリストの言行を伝えた人々ですが、ペトロの代わりにモーゼがいるとしますと、モーゼは「在りて在る者」という神の名を伝えた人で、トマスに彼の形而上学の核心を示唆した人として、この肖像画の意味が分かり易くなるかも知れません。）トマスはたとえ信仰上受け容れられない説であっても、それを斥ける際には哲学的にその誤りを明らかにしてきちんと説明をしています。パリ大学の学芸学部でラテン・アヴェロエス主義が大きな脅威となった時にも、哲学の力・理性の正しい使用を信じていました。こうしてトマスの死は、論敵であった学芸学部の哲学者たちにとっても大きな悲しみだったということです。

ところで、トマスはアリストテレスを熱心に研究し、晩年にはアリストテレスの注解をたくさん書いていますが、彼の分析は緻密でその鋭さ・理解の深さには驚かされます。私も時々アリストテレスを読むのですが、よく分からないときにはトマスの注解書を参照します。すると、アリストテレスが問題にしていたこと、その論考の進め方など、実によく整理されて明快に説明がなされています。ひょっとするとアリストテレス自身、「私の考えていたことはこれだったのか、よく分かった」などと言うのではないか、とさえ思えるのです。それほどトマスはアリストテレスの内部に入って、内からこの哲学者を理解していたのだと思います。そして、この経験主義的な哲学者に寄り添って、新しい神学の道を切り拓いていったのだと思います。

（平成一三年七月一四日関西大学での講演「渡部菊郎先生と中世哲学研究」より）

老哲学者とお茶とママン——モーリス・ネドンセル先生の死を悼む

十二月八日の正午前、たまたま研究室を訪れてくれた友人に、私は、何となしにネドンセル先生のお写真や先生からいただいた数冊のご著書を見せながら、先生の話をした。そして、それから十分もたたぬうちに、私はJ氏から次のような便りを受け取ったのだった。

ストラスブールにて、

一九七六年十二月三日、

フランシスコ・サビエルの祝日に

マドモアゼル、五月十五日に電話でお話ししましてから、十八日にパンフレットを同封してお便りいたしましたが、お受け取りになりましたでしょうか。あれから音信がないので心配しております。

ところで今日ペンを執りましたのは、ある友人からあなたのお心を打つ出来事を知らされ、それをお伝えしたかったからです。友人の手紙を同封致しますので、どうぞお読み下さいますように。

また、私たちの愛する亡くなった方ご自身がお書きになったお便りも、コピーしてお送りいたします。

敬具

R・J．

同封の手紙は、ある婦人からJ氏にあてて次のように認《したた》めてあった。

ストラスブールにて

一九七六年十一月二十八日

ムッシュー、お招きのお便りをありがとうございました。お返事がこんなに遅くなり、申し訳ございません。実は、この数週間というもの、モンセニョール・ネドンセルのことで全く頭がいっぱいでございました。モンセニョールが病床に臥されたのは十月二十五日のことでしたが、もうすでに癌にすっかり蝕まれて、医学の力は、もはや施す術を知りませんでした。モンセニョールは、友人たちに最後のお言葉を少しずつ遺したいと、私に秘書役を仰せつけになりました。こうしたわけで、私は今月に入ってから毎日モンセニョールにお目にかかりました。モンセニョールはずいぶんお苦しみになりましたが、ほんの一瞬たりとも、あの明晰さも、あの忍耐力も、そしてあの優しい柔和さも失われませんでした。そして、金曜日から土曜日にかけての夜半に、モンセニョールの生命は消え去ってゆきました。今、私は、九十九歳になる母上のお世話にかかっております。母上は全く寝たきりでいらっしゃいますが、よもやこの感嘆すべき秘蔵の息子よりも長生きするとは、想像だになさらなかったことでございましょう……。

（ネドンセル先生は聖職者ではあったが、司教にはならなかった。モンセニョールという名誉称号は、先生の哲学者・神学者としての業績に対して贈られたものである。）

以上の手紙とともに、ストラスブール大学神学部からの、かつての名誉神学部長であり、レジォン・ドヌール受勲者であるネドンセル先生の死亡広告の切り抜きと、五月三十日付の先生の短い手紙のコピーが同封されていた。

一九七六年五月三十日

日本からのお葉書ありがとうございました。それに私たちの学生だったヒサコの近況をお知らせ下さってありがとうございました。あなたのやさしいお心遣いに心を打たれております。どうか私の誠実なる挨拶をお受け取り下さい。

ストラスブール大学人文学部　モーリス・ネドンセル

私がネドンセル先生と個人的面識を得るという喜びを与えられたのは、一九七一年十月の末、フランス政府給付留学生として渡仏して間もないころだった。フランス語もまだ不自由な私を、先生は最初の授業のあとで研究室に招いて下さり、わからないところは何でも遠慮なく質問するように、とおっしゃって下さった。そして講義がよくわかるように、と先生のお書きになった本を貸して下さったのだった。それ以来、先生は何くれとなく温かに接して下さり、授業中にもときにはお話を中断されて、私のためにわざわざフランス語の難しい言い回しなどを説明して下さったり、お会いするたびごとに「論文は進んでいますか。住居の不自由はありませんか。食事には慣れましたか。友だちはできましたか。日本からよい便りがありましたか……」と細やかなお心遣いを示して下さるのだった。

若き日々、エマニュエル・ムーニエらとともに『エスプリ』誌を中心にペルソナリスト（人格主義哲学者）として活躍された先生は、既に三十代にして有名になられるという並外れた才能に恵まれた方だったが、七十歳近くになってもなお若々しさに溢れ、その端麗な容姿、聡明に美しく輝いている目、強い意志を表わすきりっと結んだ口元などは、遠く外国からも数多《あまた》の学生を集めたという昔の輝かしい先生のお姿を彷彿とさせるのだった。しかし、先生は単なる偉大な思想家というにとどまらず、人格主義というご自身の思想を具現しておられ、先生の周りには、不思議な魅力ある雰囲気が漂っていた。まさにフランス精神の表われであるかのような明晰なお話しぶり、きっぱりとした口調、けれども温和で上品な物腰ですべての人を迎えられる先生は、私のような新米でまだ西も東もわからぬ学生をつねに温かく見守っていて下さった。

かつてはカトリック教会の前衛であられた先生も、第二ヴァチカン公会議以後には、マルセルらとともに公会議後の混迷を憂えて保守の陣営に向かわれたために、神学部でフランス人学生の人気を失われ、先生の授業に出席する者は、ほとんどが外国人学生という寂しい晩年だったが、決して頑なにも辛辣にもなられず、つねに柔和な態度で学生たちに接しておられた。私は先生との会話を思い出す。それは、私の滞仏二年が過ぎた一九七三年のクリスマスの後のことであった。私はその年のクリスマスのご挨拶に、「先生、私は多くの期待を抱いてフランスにまいりました。けれども、二年が過ぎ去った今、私は、この期待が裏切られるのではないかというかすかな不安にかられています」というようなことを書き添えた。すると先生から、「あなたのおっしゃることはもっともです。あなたは残念なことに、フランスの最悪の時期に来たのです。もしも三十年前だったら……。このことについて一緒に話し合いましょう。年が明けた五日の午後五時、よろしければお茶においで下さい」とお返事が来た。

明けて一月四日、日本から母急死の電報を受け取った私は、五日のお招きに応えられなかったが、日を改めてうかがったとき、先生はこの話を切り出された。「現代生活はあまりにも物質的です。もはや人々は精神的価値を求めない。物質に追い回されて、ますます忙しい生活になっています。パリも、もうニューヨークのように犯罪都市になってきています。東京も、だんだんそうなるでしょう。ほんとうに困ったことです……」先生のご心配は、そのお顔にもお声にも表われていた。「はい、先生のおっしゃる通りです。でも私は生来オプティミストなのか、明るい未来を信じています。この混乱の中から新しい秩序ある世界が生み出されつつあることを信じたいのです。三十年前のフランスがどんなであったのか私は存じませんが、私は過去よりも未来を信じたいのです……」。先生にはまるで小娘のようなものの生意気な言葉に出ばなを挫かれてしまったにもかかわらず、先生は、「そうですか、それならいいですが……」とおっしやって微笑まれた。

留学中、私は数知れぬ方々の厚情を受けた。しかし、先生をとりわけ懐かしく思うのは、先生がだれよりも同情心に富んでおられ、それをデリケートな仕方で表わされる方だったからであろう。私は、母が亡なった折に先生から受けた慰めと励ましに対して、感謝の気持をとうてい言葉に表わすことができない。一月五日、約束の五時少し前に、私はようやくの思いで先生に電話をした。「先生、今日は伺うことができません。母が亡くなりましたので」先生はおわかりにならなかったらしく、「何か用事でこられなくなったのですか」と問い返された。「母が亡くなったのです」「え?」「母が亡くなりました」「……」先生はしばらく声をのんでおられたが、「残酷です。あまりにもひどい」とおっしゃられ、またしばらく押し黙ったのち、「勉強をお続けなさい。勇気を失ってはなりません。勉強を続けることがお母さんの望んでおられることなのです。お母さんは今、もっとあなたの近くにいるのですよ。……今どこにいるのですか。まさか一人でいるのでは……」「はい、ご親切な家庭で家族のようにしていただいております」「それを聞いて安心しました。元気を出して下さい。祈っています。そして近いうちにお会いしましょう」

数日たって先生にお会いしたとき、先生は「子にとって母は、つねに永遠にともにいてくれる存在であるかのように思われますね。国に帰りたければお金をお貸ししますよ。けれども、一度帰れば再びフランスに戻ってこられなくなるのではないか、それが心配です」とおっしゃって、改めて心をこめた同情と激励のお言葉を下さった。それから毎年、母の命日に先生は忘れずにお便りを下さった。

永遠に子とともなる母といえば、先生は齢九十余になる母上と二人で病院の一隅に住んでおられた。病院住いというのは、母上がいつ病気になられても心配ないように、という心遣いからだったであろう。先生と親交のあった人々は、「モンセニョールも母上の前では、まるで可愛い孝行息子といったところですよ」といっていた。実際、先生からお茶に招かれるたびごとに、私は先生と母上との微笑ましい情景を楽しむことができた。「ママン、マドモアゼル・ジャポネーズがみえましたよ」と、先生は私を招き入れてくださるとすぐに隣室の母上に声をかけられる。すると老いてもなおお才気煥発の母上が出てこられるのだった。「すみません、こんな薄暗がりの中で。今お茶を沸かしているのです。一度に電気を使うとヒューズがとびますので」そういって母子で笑われる。やがてお茶が沸くころになると、「ママン、ここに坐っていて下さい。僕がお茶をとってきますよ」と先生は母上の前で孝行息子ぶりを発揮なさる。そのときの先生の立ち居振る舞いは、まるで十七、八歳の坊ちゃんのようであった。母上もまた、私の前で七十歳に近い老哲学者を世の常の母親のように、いつも心配でならない可愛い坊やのように扱われるのだった。

先生のご生活はあらゆる点で簡素であった。衣といえば、先生のお召しになるものは、つねに変わらぬ聖職者の服装であったし、住いといえば、病院の一室がカーテンで仕切られて書斎と寝室になり、小さな隣室が食堂になっていた。けれども、つつましいとはいえ、先生のお部屋には何ともいえぬ気品と人間的な温かさが漂っていた。書棚にはたくさんの古い本がきちんと整頓されて並び、壁には東洋的な掛け物がかかり、隅のソファの上にはきょとんとした表情の剥製の小犬が坐っていた。この小犬はまるで「先生が、犬は犬同士の友情よりも、人間との友情を大切にし、人間に誠実を尽くすと書いておられるのは僕のゆえ、だよ」とでもいいたげに……。先生は衣・住のみならず食に関してもフランス人には珍しいほど質素だった。先生ご自身が入れて下さるお茶は、お世辞にもおいしいとはいえなかったし、缶を開けてすすめて下さるクッキーは決して上等のものではなかった。けれども、この細やかなお茶への招待は、先生と親しく打ち解けてお話しできる楽しいひとときであった。このひとときは、常に午後五時に始まり七時に終わった。というのも、七時になると先生と母上のため病院の食事が運ばれてくるからだった。先生は一度その食卓を見せて下さったが、それは貧しい夕餉のテーブルであった。先生は、「食事に招くことができなくてすみません。私たちは下宿人なので」と笑っておっしゃりながら、頬をぽっと赤らめたのだった。

大学でお目にかかる先生は、ときにひどく疲れていらっしゃるようだった。しかし、学生に接せられるとき、先生は敏捷で若者のようにぴちぴちした挙動を失われることがなかった。週二回の面会日には、先生の研究室の前に学生たちが待っていた。一人ひとり論文の指導をいただくためだったが、先生から指導をいただいた学生たちは、皆一様に満足していた。先生は、私の論文のテーマにはそれほど詳しくなかったので、直接ご指導をいただくことができなかったが、しばしば研究室に私を呼んで下さり、論文の進行具合を心配して下さった。しかし先生は、ただご親切で優しかったのではない。実際生活においてそうだったように、先生は学問においても折り目正しい方であり、学生には高いレベルを要求される方だった。先生とのお話し中、私が自らの無知を暴露してしまうと、先生はふっと、いらいらして不機嫌になられ、「そんなことは、あなたは知っているはずです。もちろん知っているべきです」とにべもなくおっしゃる。しかし数分後には、また元の笑顔に戻られるのだった。こうして私は、いつも先生とお話ししたのちには、清々しい気分になり、研究への意欲をかき立てられるのだった。

三年と三か月ほどの留学生活中、先生と親しく接する機会を与えていただいた私には、先生のさまざまなお姿が生き生きと懐しく目に浮かぶ。バスを降りて寒そうに外套に身を包みながら大学に急ぎ向かわれる先生。廊下を足早に歩いていらっしゃる先生。研究室の前で待っている学生に、ドアを開けてにっこり微笑みながら、「今ほかの学生が来ています。もうしばらく待っていて下さい」とおっしゃる先生。早口に、しごく真面目に講義をなさりながら、ふっとユーモラスなことをおっしゃって顔を赤らめられる先生。図書室で立ったまま少し背をまるめてたくさんの雑誌に目を通していらっしゃる先生。廊下で、また図書館で「マドモアゼル！」といって笑って呼びかけて下さる先生。先生の字が読めなくて尋ねた私に、「私の字はひどいですからね」と苦笑しながら読んで下さった先生。論文の審査員の一人になることを引き受けて下さったときの満足気で嬉しそうだった先生。ある評判の悪い教授の学者的良心のない言動に腹を立てた私に同情しながらも、ぷっと吹き出されて、「あの先生にも困りましたね。フランスは病んでいるのです。今に日本も感染しますよ。ですから、せめて私たちだけでも、まともにいられるよう努めましょうよ」とおっしゃって私を抱腹させた先生。「モンセニョールは永遠の青年ですね」と私はあるとき、スイス人で年上の学友にいった。「ほんとうに」と彼女は答えた。「モンセニョールのあの細やかな心遣いには心を打たれます」と多くの人々がいった。

私は、先生のお宅での最後のお茶の時間を忘れることができない。それは、一九七五年一月半ばのことだった。いつものように五時に、私は病院の先生のお部屋のドアを叩いた。「お入りなさい」と先生の少し鼻にかかった調子の高い声がした。そしてお部屋に招き入れられた私は、まず論文審査が無事に済んだことに対して先生からお祝いのお言葉をいただいた。私は三年間の緊張も解けて、先生と父子のように自由に話すことができた。会話の途中で私は、記念に母上と一緒に先生のお写真を撮らせて下さい、とお願いすると、先生は隣室に退いておられた母上を呼びに行かれたが、しばらくして笑いながら戻ってこられた。そして、「マドモアゼル、女性というのは何歳になっても美しくみられたいのでしょうか。母はこの皺くちゃな顔を写真に撮られるのはいやだ、といってきかないのですよ。困りましたね。仕方ありませんから母の若いときの写真を後で送りましょうか」と、いかにもおかしそうにいわれた。そうこうしているうちに、この最後の二時間は、あまりにも早く過ぎ去ってしまった。いつものように七時になると病院の食事が運ばれてきたのである。母上は、「マドモアゼル、さあ、お別れの時間がまいりました。いろいろありがとうございました。あなたの前途にあらゆる意味での幸福を祈っておりますよ。またフランスにこられたら、ぜひ寄って下さいね。もうそのときには私はこの世にいないでしょうが、息子がいるでしょうから」といわれたのだった。母上は、よもや逆縁になるとは夢にも思われなかったのだろう。先生は餞《はなむけ》のお言葉を下さると、寒い廊下を出て病院の玄関まで送ってきて下さった。ちょうど、初めて伺ったとき、同じように雪がちらつく薄暗がりの中を、私が迷ってはいないかと心配されて、玄関まで捜しに出て下さったように……。

帰国後の数か月は息もつけぬほど忙しく過ぎ去った。私は、別れてきた恩師や友人たちのだれにも無事の帰国を感謝する便りを出せないでいた。そうしたとき、「便りがないので心配しています。無事に帰国できましたか。お母さんの不在を感じているのではありませんか。……最近私の母が病気がちなので心配です。私たちのためにお祈り下さい」というお手紙が先生から届いたのだった。もうこんなに温かなお心づくしを先生からいただくことはできない。フランスを訪ねても、先生に再びお目にかかることはできない。けれども、母の死去に際して先生がおっしゃって下さったように、先生のご逝去にあたって、「先生は、今もっと私たちに近くなられたのです。もっとよく私たちを見守って下されるのです」と言おう。

J氏の手紙に同封されていた婦人からの手紙は、次のように結ばれていた。

こうしたわけで、お返事がすっかり遅れてしまいました。どうぞお赦し下さいませ。

きっとあなた様は、この世を去ってゆかれたあの方のためにお祈りになることでございましょう。けれども、次のように申した方がよりふさわしいのではないでしょうか。あの方に祈ろう、今私たちは神の光において輝ける取り次ぎ者を得たのだからと。

（『世紀』一九七七年五月）

老聖書学者の微笑み

ジョゼフ・シュミット先生は、新約聖書学者である。そのころお年はもう六十を過ぎていただろうか。四角ばったお顔に怒り肩のがっしりした体軀で、全体にいかめしさが漂っているといったような先生だった。しかし、聖書学が盛んになっていたこともあって、先生の新約聖書釈義の授業は、いつも学生でいっぱいだった。学生たちをひきつけたのは、たしかに先生の学殖であった。しかし、先生独特の講義の仕方にも、多くの学生が集まる一因があった。というのも、先生の講義は、フォルティシモとピアニシモの絶えざる交替で、こぶしを振り上げて大声を上げ、ライオンが吠えるように呼ばれるかと思うと、次の瞬間には、振り回していたこぶしを下ろし、「お聞きなさい、皆さん」といって急にささやくような声になる。二百名ほど入る大教室に、先生のお声が高く低く反響し、先生の前に置かれたマイクがときには壊れるのではないかと心配されるほどだった。

先生については多くの伝説が学生のあいだで流布していた。遅刻する学生や聖書を忘れてくる学生には、先生はかみつくようにどなるという。そして大の女嫌いという。たしかに大教室には、五、六名の女性が毎回出席していたが、先生はけっして「皆さん」のなかに女性を入れてはおられなかった。常に「ムッシュー」（殿がた）と呼びかけ、「マダム」（ご婦人がた）の語は先生の口から一度たりとも出ることはなかった。先生はまた、ご自分独自の説については批判を極度に怖れておられたという。実際、何か先生ご自身の新しい解釈について話されるときには、「皆さん、ペンを置きなさい。これから私がいうことは、けっしてノートをとってはなりません」とおっしゃって、一堂をぐるりと眺めわたして学生が命令に従ったことを確認した後、初めてご自分の考えをおっしゃるのだった。そして、そんな授業のあとで、教室から出がけに学生同士で何かしゃべっていると、先生は学生に、今何を喋っていたか、と詰問されたという。「こわかった」と、ほとんど首根っ子をつかまれんばかりに詰問された学生は述懐していた。しかし、先生には「恐ろしさ」と「魅力」が同居していた。授業はいつも活気に溢れ、先生の怒号も怒れる獅子のごとき表情も、何かしら学生たちをひきつけるものをもっていた。私も先生の授業は楽しみだった。

授業の前、先生はいつも五分ほど廊下を行ったり来たりしておられた。ある日のこと、私は前の授業をいつもより少し遅れて終えると、急いでシュミット先生の授業に向かった。と、いつもおられる先生のお姿は廊下に見当たらなかった。「これは大変、先生はもう教室に入られたのだろうか」と私は内心心配しながら教室に急いだ。すると案の定、教室の入り口の扉はすでにぴたりと閉まっていた。教室の入り口は、教壇の横に一つあるのみである。「どうしよう。遅刻者には先生はどなられるという。しかも女嫌いだそう……」私は一瞬、ドアの前でたじろいでしまった。しかし、ほんの数分のことで先生の授業を逃すのは惜しかった。意を決した私は、そっと扉を押してなかに入った。学友たちの視線がいっせいに私に向けられた。私は頭がぼうっとしてくるのを感じ、大急ぎで教壇の先生の方に向かって会釈すると、前方の空席に飛び込んだ。そのとき、教室中からさざめくような笑い声が起こるのを私は遠くに聞いた。「雷が落ちるかしら」とひやひやしながら、私は聖書を取り出すと、どこかまわず開いて、一心にそれを見つめた。そして、私は顔を上げて先生の方を見ることもできず、熱心にノートをとるふりをして、ようよう一時間が過ぎていった。

先生が教室を出ていかれると、教室中に笑い声が起こった。私のすぐ前に坐っていた学生は、ふだんは控え目だったが、そのとき先生が席を立つや否や、くるりと後ろを振り向き「ヒサコー」といって握手の手を差し延べ、私の手をちぎれるほど振った。「いったい何が起こったの」

と私は小声で尋ねた。「あのシュミット先生が君ににっこり微笑んだのだよ」と彼はおかしそうに答えた。教室を去りながら学友たちは「おめでとう」「すごい」「あの先生が微笑まれた」と、私にさまざまの言葉を浴びせた。なかには「ヒサコ、不まじめだぞ」と、私をおどけた調子でしかる学友もいた。数日後、仲良しのシスターが「ヒサコ、シュミット先生のことを聞いたわ。あの女嫌いの先生を武装解除させるなんて、皆があの出来事のことを話しているわ」と言った。実際、私はそれからしばらくのあいだ、すっかりうわさの主になってしまった。

次の週の土曜日から日曜日にかけて、隣接する町のＪ修道院で、先生の、復活についての連続講演会があった。私は学友たち五、六人と二台の車に分乗して出かけていった。車中、「カメラをもってきたので、先生のお写真を撮らせていただきたいけど」と私がいうと、「さあ、どうかな。むずかしいよ。先生はめったにそうした願いには応じられないというから」と同乗の学友の答えが返ってきた。

先生のお話に、五十名ほどが出席していた。講演の合い間、私たちは庭に出て、柳の大木のまわりをゆきつもどりつ散歩しながら、先生のうわさ話をしたり、講演の内容について批評し合った。夕食後は皆で街に出かけて、古い街並の美しさを楽しみ、学友の一人の誕生日をカフェで祝った。

翌朝、私は早く目覚めた。静まりかえった庭を一人散策した後、食堂に下りてゆくと、シュミット先生が一人で朝食をとっておられた。先生は、入り口に私の姿をお認めになると、「やあ、マドモアゼル、私の横におかけなさい」と、ご自分の隣席に私を招かれた。私は恐れ多しとばかり、もじもじしていた。すると幸いなことに、学友たちが数人食堂に入ってきた。先生は、大学ではお見せにならない親しげでうれしそうなご様子で、皆に向かって、「やあ、わざわざ私の話を聞きにきてくださって光栄です。皆さん私といっしょに食事をしませんか」と一同をお誘いになった。そして、私たちは先生と楽しい朝食をいただくことになった。

午前中の講演の合い間に先生はにこにこと私に近づいてこられた。「名簿のなかにあなたの名前を見つけましたよ。ナガクラというのでしょう」「はい」このとき、私はとっさにつけ加えた。「先生、今日のお話が全部すみましたら、記念に写真を撮らせてくださいませんか」すると先生は、「いや私は写真が嫌いでね。それに帰りは知人が車で送ってくれることになっているから時間がない」やっぱりだめなのか、と私はがっかりした。それでも、「先生、明日は聖ヨゼフの祝日です。先生の祝日のためにぜひとも」と私は言い添えた。

二日間、五十名ほどの人が寝食をともにして参加したシュミット先生の連続講演は、夕方近くに終わった。先生は満足げに講壇を離れ、人々とともに入り口に向かわれた。そのとき先生は、入り口近くで私をお見つけになると、わきにいた知人に向かって「少し待ってくださいませんか。彼女が私の写真を撮りたいというんでね」そのお声を聞きわけた私は、「では先生、お庭でお待ちします」とはずんだ声でいった。そして学友たちを探した。「先生が写真を撮らせてくださるといわれたわ。だからいっしょに入って」彼らは一瞬驚いた顔で私をみつめ、そしてうれしそうにいっしょに庭に出た。

しばらくして、先生は銀髪をなでながら、「やあ、お待たせしました」といって出てこられた。そして、はにかみながら、背広を伸ばすようにして、カメラの前に立たれた。私はまず先生おひとりで、そして学友たちを両脇に、二枚の写真を撮らせていただいた。

私たちは再び二台の車に分乗し、次第に暮れてゆくアルザスの田舎道を帰路についた。車中、学友たちは口々にいった。「驚いたよ、ヒサコ。こんなことはシュミット先生には例外だよ」「すごいね。先生の写真はいまに価値が出るよ。きっとハイデッガーの写真のように」

二枚の写真は上できだった。写真のなかの先生のお顔は、なかば恥かし気に微笑んでおられる。私は写真を先生にお手わたしする勇気がなく、短い手紙をそえてお送りした。すると、先生からていねいなお礼状が届いた。

それからおよそ二年後、私は留学を終えてフランスを去った。そして、さらに二年半を経て、私は再びストラスブールを訪れる機会を得た。夏休み中のこととて、知人、恩人、友人たちの多くはバカンスに出ていた。それでも私は、何人かに会う機会を得た。住所録を繰りながら、私はふとシュミット先生にお電話しようと思い立った。電話口に出られた先生は、「あなたのことはよく憶えていますよ。私に会いにきますか」と張りのあるお声でおっしゃる。私はとうとう先生のお宅を訪問することになってしまった。

先生のアパルトマンは、閑静で瀟洒な住宅地の一隅にあった。玄関のベルを鳴らすと、こげ茶色のスーツをお召しになり、銀髪に櫛の跡も鮮やかな先生が、にこにこと扉を開けてくださった。先生は若々しいお声で、「ジャポネーズと聞いたとき、すぐあなただと思いましたよ」とおっしゃって、私を書斎に招き入れてくださった。気品のあるりっぱな書斎には、たくさんの本がきちんと書棚に納まっていた。私に日本で何をしているかとお尋ねになられた後、「記念に私の本を差しあげましょう」とおっしゃって数冊の本を取り出され、机に向かって腰をおろし、献辞と署名を書き始められた。「先生、お写真を撮らせていただいてもよろしいでしょうか」といって、私はカメラを取り出して先生にレンズを向けた。先生は何もおっしゃらずにペンを動かしておられた。私はうつむいて書いておられる先生を一枚、そして、お顔を上げられた先生を一枚カメラに収めた。
数日後、聖書学をしている学友の一人に再会したおり、先生からいただいたご本を見せると、「これは、最近出したものだよ、うらやましいなあ」と羨望の嘆息を漏らした。
帰国後、できあがった写真を見ると、二枚のうち一枚は、先生が机の前に座してペンをもち、お顔を上げたところだった。先生の表情は、あの怒れる獅子のごとくにこぶしを振り上げて呼ばれる授業中の先生を彷彿とさせた。しかし、驚いたような、半分口を開けておられる先生の多少こわばったお顔のなかに、感じやすく心のやさしい、少年のような恥かし気な二つの目を私は見出した。短い便りを沿えてお写真をお送りすると、短い礼状が届いた。その末尾には、「オールヴォアール（また会いましょう）」と大文字で書かれていた。

シュミット先生のこの思い出を記してから、しばらくの時がたった。私は、今夏、五年ぶりに再び先生にお目にかかれるかもしれないと期待していた。しかし、最近の友人からの便りで、お元気だった先生が一九八〇年の秋、突然にお亡くなりになったことを知った。古きよき時代のよき師がまたひとり、神様に召されて私たちを去った。

（『世紀』一九八二年九月）

ヨーロッパの真ん中で――トミストたちの戦い

「大変なところに来てしまった」

二日目の基調講演を聞いているうちに、内心の声がそうつぶやき出していた。四つの講演が終わって質疑応答に入った。会場には、エッセ、アクトゥス・エッセンディ、エッセンティア、アニマ、スピリトゥス、ペルソナ、イマゴ・デイ……自由、責任……などなどの言葉が飛び交う。

午前中のセッションが終わり、会場を出るとルーヴァン大学名誉教授のJ・ラドゥリエール先生に出会った。

「やあ、またお会いしましたね。初めてお会いしたのはたしかストラスブール、それからパリの近くで……」と先生はにこやかに話しかけてくださる。

午後のワークショップが終わったところで、また先生にお会いした。そして夕食の時間を待ちながら先生と立ち話することになった。先生は終始微笑んでおられる。先生の笑顔に誘われて、私はつい不安な気持ちをもらしてしまった。

「私は何か場違いなところに来てしまったような気がしています。私もトマスを少し勉強しておりますが、テーマが現代の文化における自由ということでしたから、もうちょっと別のものを期待して来たのですが、講演では皆同じことを繰り返して言っているみたいで……。」

「私も同じ印象ですよ。新しいことは何も出てこない。……今、共産主義の体制がうまくいかないこともはっきりしたし、それかといって資本主義体制にも問題は多い。世界中、問題だらけですね。今は将来に向かってどう考えていったらよいのか、暗中模索の時代でしょう……」

そして、五日目の夕食後のことだった。学会の開かれていたルブリン市の郊外にあるマイダネックのナチ強制収容所跡で平和を祈る集会が開かれるというので、学会参加者たちに混じってバスを待っていると、ラドゥリエール先生が近づいてこられた。そして例の温顔で話しはじめられた。「今日はとても感動的な場面に出会いましたよ。教授のインタヴューがあったのです」

あら、しまった、と私は思った。英・仏の両語で書かれたちらしを見て、私は是非それに出席したいと思っていたのに、その日は疲れて学会をさぼってしまい、そのインタヴューのことはすっかり忘れてしまっていたのだった。

「九十歳になる教授は、哲学者としての御自分の生涯についてお話になりました。それはとても心を打つものでしたよ。インタヴューのおわりにジャン・ギットンとともに非聖職者の哲学者の一人としてヴァティカン公会議に招かれたということで教授は、ヴァティカン公会議の意義について尋ねられました。中世以来続いてきた時代の流れに終止符を打った出来事であり、オフィシャルなトミズムに終わりを告げたのです、とおっしゃいました。それで司会者の方から、『では、先生にとってトマスはどんな意味をもっていますか』という質問が出されました。すると教授は『トマスは私にとって最も偉大な哲学者です』と答えておりましたよ……」

オフィシャル・トミズムの終焉という言葉に、十数年前のことがよみがえってきた。

それはフランス語圏のルーヴァン大学で開かれた国際中世哲学会の折のことだった。昼食を終えて野の小径を散歩していると、ヴェベール師に出会った。ヴェベール師は『ボナヴェントゥラとトマスの対話と対立』の著者であり、ボナヴェントゥラとトマスに関する翻訳や研究書を数冊出しておられる。先生もお散歩の途中であった。並んで歩き出すと先生は言われた。

「トマスの思想を歴史の中で理解すること、こうした研究は私の師であるシュニュー師やイヴ・コンガール師らによって拓かれたものです。それは決して易しいことではなかった。彼ら先輩たちは、トマスの思想を『久遠の哲学』と呼んで歴史性抜きで奉じるトミストたちと戦わなければならなかったのです」

私の脳裏に、一九七四年ローマで開かれたトマス没後七百年祭に身近に接する喜びを与えられたシュニュー師のお姿が浮かんだ。見上げるように長身の師は齢八十歳とはとても思われぬかくしゃくとしたお姿で盛んに冗談をとばしておられた。またコンガール師も同じくらいのお年だっただろうか。同じ年リヨンで開かれたリヨン公会議七百年祭を祝う学会で、先生は一番前の席にお坐りになって、活発に質問をしておられた。そこにはル・ゴフやベルジェなど中世史の大家たちが出席していた。小柄なコンガール師は杖をつき、御不自由なお体を支えておられるようだった。「コンガール師はすっかり消耗しておられる」と、私を学会に誘って下さったボナヴェントゥラ研究者が私に囁いたが、実際、そのお姿は痛々しいほどであった。しかし、師は、その後十余年間、人々の求めに応じてペンを執り続けられたのだった。そして最晩年に、病院のベッドの上で執筆をされるお姿が「この一徹不屈の老人」と題されて大きな写真入りの記事がある新聞に載っていた。

学会会期の日が進むにつれ久遠の哲学としてトマス思想を奉じるトミストたちの集まりなのかも知れない、という学会に対する不安は次第に消えていった。たしかにゲスト・スピーカーたちの多くはトマスの人間論にもとづいてかなりドグマティックな報告をしていたが、それは主催者であるルブリン大学の事情から来たものであった。ポーランドのルブリン大学神学部は、ソ連邦崩壊の時まで、東ヨーロッパのカトリック思想の牙城となっていたのであり、神学部はトマスを思想的拠り所としていたのであった。学会には、ポーランド国内から、ロシアをはじめとする東欧諸国から、西欧諸国から、南北アメリカ大陸から、と多彩な参加者があった。西側の参加者たちの大半はカトリック大学で教鞭を執る人々であったが、東の参加者たちの背景はさまざまであった。ロシアにおけるアルコール依存症の問題を報告した精神科の医師、ポーランドの工業高校で教える哲学教師などなど。英語の少ない語彙を駆使して、共産主義体制の崩壊後、自らの思想的拠り所を失ったと苦渋に満ちた表情で語りかけて来る人、共産主義体制下でパスカルの研究論文を提出したためにポストを奪われた苦しい過去を語る人……。「ポーランドを第二の日本に」というワレサの発言のためだろうか、彼らは日本に過剰な期待を抱いていた。その彼らに、私は正直に言った。「日本は今、あまりにも多くの問題を抱えています。自由主義経済の中で、私たちは将来に不安を抱えています。ほんとうの自由とは何なのか、よくわからなくなっているのです。どうか、日本を現想化せず、しっかりと御自分の国の将来をお考えになって下さい」

学会最後の六日目の朝、総括討論があった。最初にゲスト・スピーカーたちが意見を求められると、高齢のスイス人でヴァティカンの顧問神学者であるコティエ師がマイクに向かわれた。

「この学会のテーマは現代の文化における自由でした。しかし、ゲスト・スピーカーの中に経済学者も社会学者も政治学者も心理学者も精神科医もいなかった」

温顔のトミストから出された厳しい批判だった。しかし、これは参加者の多くが感じていたことだった。「ルブリン大学ということで多かれ少なかれ予想はしていたけれど、基調講演にはちょっとショックだった」という感想をもらす人もいた。主催大学のスタッフの学生たちも大変な献身ぶりで学会運営そのものは完璧に近いものだったのだが、そしてワークショップのテーマは政治、社会、経済、宗教、教育等々と多岐に亙っていたのであるが、基調講演の報告者の人選とテーマにおける視野の狭さ（と西側からの参加者たちには見られた）は、この五十年間ポーランドの置かれた歴史的状況を物語っているように思われた。

会場からの意見が求められると、スペイン人の女性が発言のために壇上に上がった。そして美しいクィーンズ・イングリッシュできっぱりと言った。

「私たちのなすべきことは、トマスが言ったことを繰り返して言うことではなく、トマスが十三世紀にそうしたように、現代の問題をしっかりと受けとめることではないでしょうか」

会場から大きな拍手が起こった。

三十余年前、カトリック教会はヴァティカン第二公会議を開き、それまでの護教的態度を改めて現代世界の問題・苦悩を共に担い分かち合う教会へと一挙に移行した。その変化はドラスティックに見えた。しかし、その背後には、護教的トミストたちに対する別のトミストたちの長い忍耐強い戦いがあったのである。ストラスブール大学名誉教授のシャバス先生は、折にふれトミズムに対する誤解について話して下さった。先生によれば、先述のシュニュー師やコンガール師だけでなく、セルティランジュ師のトマス思想の理解も、仲間うちから大変な反発を買い大きな戦いとなったという。この先人たちの戦いを通して、カトリック神学界は視野を大きく広げることになった。トマスの時代のように教父研究が盛んになり、また異文化におけるキリスト教の土着化や諸宗教との対話の道が開かれてきたのであった。今盛んになっている諸宗教との対話の道も困難なしには開かれなかったのである。シャバス先生は若き日を回想して言われた。

「インドへ宣教に行っていたモンシャナンが帰国した折、彼の話を聞く機会がありました。その頃、私はまだリヨンで教え始めたばかりでしたが、たまたま私の寄宿先の部屋が広かったので私のところに集まって大きなテーブルを囲んで話を聞きましたよ。スンニャーシンの生活をしてインド人になりきっていたモンシャナンの話は大きなインパクトを与えました。それでリヨンの神学者たちはアンリ・ド・リュバック師を中心にしてインド思想の勉強を始めたのです。

そしてド・リュバック師は『アミダ』を出された。しかし、それを危険視する保守派がいて……。私は、ド・リュバック師に『トマスをもって反論して下さい』と言って、トマスの言葉を抜き書きして持っていったのですが、結局ド・リュバック師は沈黙する方を選ばれた……」

それから半世紀が過ぎ、シュニュー師もコンガール師も、ド・リュバック師も長い間の忍耐と貢献を賛えられる中、天に召されていった。

アルザスの小さな村で――マリタン夫妻の面影を訪ねる旅

ストラスブールの町を出てから車でおよそ三十分、なだらかなうねりをなしてつづく麦畑やとうもろこし畑やひまわり畑を通りすぎると、小さな村落の片隅に、小さな城がひそやかに立っていた。

それは八月も半ばを過ぎたある暑い日の午後のことだった。私はM氏に案内されてジャックとライサのゆかりの城を訪れた。一七世紀に居館として建てられたその城は簡素なたたずまいだった。

ジャックとライサはこの城の主に招かれてしばしばバカンスをここで過ごしたという。そして二人の亡きあと、この城の片隅にジャックとライサの膨大な蔵書と出版物と、そして自筆の原稿が収められ、今やジャック・マリタン研究センターと名づけられ、M氏夫妻がその整理にあたっていた。かたわらの小さな部屋はライサの部屋と名づけられ、生前のライサの日常用品が、まるで主が今なおそこで生活しているかのように、書物机の上にきちんと並べられていた。そして周囲の壁には、ライサとジャックの友人たちが贈った絵が掛けられ、部屋の中央に置かれた屏風には二人の写真をとり巻いて、二人と交友のあった人々の写真が飾られていた。M氏夫妻が写真の説明として丹念に一人ひとりの名前を記したノートと見比べながら、私はライサの書物を通して知った人々の面影を古くなって赤味を帯びた写真のなかに見出した。

私が、ライサの書物はほとんどのものを読んだ、そして、感銘深い文章はノートに記しておいた、と言って、記憶に残っていた言葉を口ずさむと、M氏は、嬉しそうに、「私もその文章はノートに記しましたよ」と言った。そして、M氏は整理されたロッカーのなかからライサの自筆原稿をいくつか取り出して見せてくれた。そのなかには、小さな紙片に覚え書きのように記されたものもあり、罫線のはいった下敷きの上で、きれいな読みやすい女性的な書体できちんと清書された原稿もあった。つづいてM氏はジャックの自筆の原稿を収めた紙ばさみを取り出した。そして、「ほら」と言って微笑みながらそれを開いてみせた。A4の白紙の中央に可愛らしいハートの絵が書かれ、その下には「ライサへ」と記されていた。

「ジャックは二度夢中で恋したんですよ。一度はライサに、もう一度は聖トマス（アクィナス）に、それもライサを通して聖トマスに出会ったんですよ」

とM氏は付け加えた。私はライサの死後ジャックが編纂して出版した『ライサの日記』に二人の友人のある修道士が寄せた序文を思い出した。その序文には「ライサがいなかったらジャックは決してこのような立派な仕事を達成することはできなかったであろう」とあった。ジャックがライサのおかげを被ったのは聖トマスとの出会いだけではなかった。

序文を寄せた修道士は、ライサの、そして生涯を二人のために尽くして独身を通したライサの妹のヴェラの、人々への温かなもてなしを讃えている。マリタン家に招かれた人々は、いつも心が満たされて帰っていったという。また、ジャックが大西洋の向こうの大陸にも多くの友人を得、国際的に大きな影響を与えるに至ったのも、もとはといえばユダヤ系のライサとその妹をナチの手から守るためにパリからニューヨークに渡ったから、と言ったとしてもジャックはけっして自尊心を傷つけられたとは思わないであろう。

ジャックとライサの思い出の詰まった部屋を見終えると、M氏に案内されて二人の墓を詣でることになった。村はずれの木立ちのなかのプロテスタントとカトリックの共同墓地の片隅に二人は静かに眠っていた。墓石の中央には大きく「ライサ・マリタン（一八八三—一九六〇）」と刻まれ、そのずっと下方に「そしてジャック（一八八二—一九七三）」と小さな文字が添えられていた。碑文はジャックの生前の願いでこのように刻まれたという。それはジャックのライサに対する愛と感謝の気持ちを表わしてあまりあるものだった。二人の墓石のかたわらには、晩年、ライサの死後にジャックが修道士としてシャルル・ド・フーコーの小さな兄弟会に入会したとき、この八十余歳の老哲学者の修練長となり、若くして逝った修道士の墓と、城の主だったG氏の墓が並んでいた。堅い友情に結ばれて過ごした人々の美しい生涯を讃えるように墓石のまわりをベゴニヤやマリ・ゴールドの花が飾っていた。

一週間後再び城を訪れると、M氏は城の主であるG未亡人に紹介しましょう、と言った。

「G未亡人は大変ご高齢で耳が少し遠いです。大きな声で何度も繰り返して話して下さい。話が食い違っても驚かないで下さい。お会いになる前にG夫人がどのような方かを少しお話ししましょう。G夫妻はプロテスタントでしたが、マリタン夫妻と出会ってカトリックに改宗しました。それから生涯両夫妻はしばしばこの城の客となりました。そんなわけでライサが亡くなったとき、墓をここに決めたのです。さあG夫人のところに御案内しましょう」とM氏は立ち上がった。

隣の部屋の扉が開かれた。「G夫人ですよ」とM氏に言われて気がつくと、そこにやせて背の高い老婦人が杖を手にして立っていた。つば広の帽子の下には、たくさんの深いしわの刻まれた顔があった。突然に、まるで映画のスクリーンいっぱいに大写しにされた顔の前に立ったかのようだった。しわの奥深くから、微かに、けれども鋭い光を放つ二つの目が私を見つめていた。私は一瞬緊張した。しかし次の瞬間、しわくちゃの顔に浮かんだ微笑に誘われて私も微笑み返し、即座に緊張は消え去った。

「こちらにおいで下さい」

と夫人は私を案内した。

「庭でお話ししましょうか、木陰がありますから」

と夫人は先に立った。扉が開かれると、広い美しいフランス庭園があり、眼下には、アルザスの豊かな大地がゆるやかな起伏をなして広がっていた。

木陰のベンチに並んで腰を下ろすとG夫人は話しはじめた。

「M氏からあなたのことを聞きましたよ。遠い日本からライサのことを訪ねてこられて、ほんとうに嬉しく思います。不思議なことですね。ライサはきっと満足していることでしょう」

静かに語る夫人の温かな言葉に誘われて、

「もうずっと以前、友人たちからこの城のことをきいて、何度もここに来たいと思いました。でも機会がなかったので」

というと、夫人は、

「このごろは、ライサたちのように真理を探し求める人はすっかりいなくなりました。人々は新聞や雑誌に書かれていることをそのまま信じて、それで満足しています。おかしな世の中です。でも、ときどき、世界中からこうして訪ねてきてくれる人がいるのはありがたいことです」

「私はもう何年も前、ある日本人と素晴らしい出会いをしましたよ。ギイがその方をここに連れてきたのです。その方はフランス語がほとんどできませんでした。でも私にとって、それは言葉を越える美しい経験でした。その方は、幼いころ貧しい家庭に育ったので、野草を食べたのだというのです（たぶん戦争中のことでしょう）。私が庭の案内をすると、野草をじっと見ていました。そして、これは食べられる、といくつも指してみせました。その方のお帰りになったあと、私たちは試してみました。料理してみるとほんとうに食べられましたよ」

と言って、夫人は微笑んだ。それから、

「実業家の息子がときどき日本のことや日本人のことを話してくれますよ。最近はスペインで余生を過ごす日本人もいるとか……。日本の人々は、ほんとうに素晴らしい人々です」

と続けた。夫人のほめ言葉に私は多少戸惑いを感じたが、それは決して外交辞令ではなく、夫人が心から日本人を愛していることを感じて嬉しかった。

夫人のまなざしは遠くをみつめるようになった。そして一瞬の沈黙の後、

「ライサは特別な人でした」

と夫人は続けた。

「彼女は体が弱かったのですけど、精神力のすぐれた人でした。講演会の折には、どんなに疲れていても、眼を輝かせ、一所懸命に筆記していましたよ」

親しい愛する友のことを語る夫人の眼は輝いていた。そして、口元にはたえずやさしい微笑みがあった。入口で初めて夫人の顔を見たとき、そのあまりにもたくさんの深いしわに一瞬はっとして恐れを感じた私だったが、一緒にベンチに腰をかけて、つば広の帽子の下の顔を仰ぐようにして夫人の話に耳を傾け、夫人の表情をみつめているうちに、私の全身は静かな深い平和に包まれてしまった。

「ときどき、私たち友人はマリタン家の人々のだれが聖人になるだろうか、などと話しましたよ。ある人はまず最初にヴェラを候補にしよう、などと言いました。私は三人全部一緒にです、と言いました。なぜなら、そのうちのだれか一人が欠けていたら、あれほど美しい物語とはならなかったでしょうから……。ライサの死に臨席した人も、もう私一人になりました。聖人にするための調査で証言を求められても、もうこの年ですからね、記憶に誤りがあっては嘘の証言になって困ります」

と夫人は微笑んだ。そして、

「ジャックが亡くなった後に、私たちが二人の遺品を引き取ったのですけれど、だれかがこれを整理してくれないとばらばらになってなくなってしまうと心配していたら、ルネ（M氏のこと）が来てくれました。ここだけの話ですけどね、ルネは哲学者でここに来たころは実際的なことは何もできない人でした。電車に乗りまちがえるやら何やら、それはもう大変でした。でも取り越し苦労は無用でした。今ではルネは立派に仕事をこなし、出版社との交渉でも何でも堂々とやっています。全集も次々と世に出ていますし。奥さんも、ほんとうによく協力しています。何でも神様がうまくやって下さいますよ」

と話を結んだ。

先刻、初めて夫人の前に立ったとき、私の脳裏を横切っていった「老残」という言葉は、跡形もなく消え去っていた。長い人生が彫り上げた深みのある美しい表情を私はカメラに収めたいと思った。

「記念に写真を一枚撮らせていただけますでしょうか」

とおそるおそる尋ねると、

「いいですとも、もうこんな姿で、美しい写真は撮れないでしょうけれど……」

と夫人は快く応じてくれた。

五メートルほど距離をとってファインダーを覗くと、ベンチの背に片手を掛け、足を組んで、優雅に坐っている気品に満ちた老婦人の姿があった。

それから夫人は立ち上がると、

「また来て下さいね。お仕事のよき実りを祈っています。ごきげんよう」

と握手の手を差し延べた。

ストラスブールへのバスの便のある隣り村までM氏が車で送ってくれた。別れ際、

「あなたの訪問は、ほんとうに嬉しかった。必ずときどき便りを寄せて下さいよ」と整った顔立ちの真面目なM氏が私の手をしっかり握っていった。

ライサが四十余年も前に著した『大いなる友情』が今もなお友情の輪を広げている。この書物に刺激され、理想をかき立てられたたくさんの人々に私は出会った。

「この美しい話は、作り話ではなく、ほんとうに生きられた実話なのです。だからこそ素晴らしいのです」

とG夫人が言った言葉を、夕暮れの田舎道を走るバスのなかで、私は嚙みしめていた。

（『世紀』一九九〇年二月）

ヨーロッパ中世の森で

自然とは何なのだろうか。人間とは、人間の生とは何なのだろう。この世界や人間の歴史は、どこに向かっているのだろうか。いったい、私の存在の根っこは何なのだろう……などなどと考えているうちに、いつしか私はヨーロッパ中世の森の中を彷徨《さまよ》っていた。

中世の森は深い。

見慣れぬ概念の樹々に戸惑いつつも、先人たちの道案内を頼りにうっそうとした繁みの中を進んでいくと、木々の間をぬって射してくる微かな光に気がついた。木もれ日は次第に輝きを増してくる。そして光は加速度的に明るさを増して、やがて中世の森の中にぽっかりと開かれた明るみの中に私は立っていた。そこには万物を育む暖かで限りなく優しい光が燦々と降り注いでいた。そこで人々は、万物が同じ存在の根っこを持つことを知り、太陽や月や水や草や動物たちを兄弟姉妹と呼んでいたのである。

かつて「ヨーロッパ中世は暗黒時代である」と言った人々がいた。西ローマ帝国の崩壊後、人々は全エネルギーを注ぎこんでキリスト教ヨーロッパの建設に励んだ。そしてこれに一応の成功を収めアラブ世界の進んだ科学にも追いついた西欧は、一三世紀を頂点としてやがて急速に頽廃していった。長い時間をかけ徐々に構築されていったシステムは、いまや人々の心を圧迫するものとなっていた。そうしたとき、人間味豊かな古代ギリシャを理想にかかげ、この時代の閉塞感を打ち破って新しい風を吹き込んだのがルネサンスであった。「暗黒時代中世」と彼らが呼んだのは、この衰退した中世末期に対してであった。そして人々は西ローマ帝国の崩壊からルネサンスに至る長いヨーロッパ中世時代を一括りにして暗い時代として記憶の彼方に押しやってしまったのであった。しかし、ルネサンスから始まった近代も、一九世紀になると、さまざまな綻びを見せ始めた。こうして歴史の読み直しの必要に迫られた時、ヨーロッパの人々は、中世のもつ豊かさ・明るさを発見したのだった。そして、これに遅れること約一世紀、わが国においても細々ながら中世研究が始まったのである。私が西洋哲学史を専攻したとき、同輩のほとんどは近世哲学の研究に向かい、残りの少数は古代ギリシャを専門として選び、中世思想研究を志した者は私ひとりであった。しかし、いまや中世思想研究者の裾野は広がって、本場のヨーロッパの人々を驚かすほどの勢いを見せている。私が学生だった頃には日本語訳はほとんどなく、研究対象も大物のアウグスティヌスとトマス・アクィナスに集中していたのに、この十年ほどの間に中世全般をカヴァーする翻訳や研究が次々に世に出た。

ヨーロッパに行くと、なぜ東の端っこの人間が遠い世界の研究をしているのかとよく訊ねられる。たしかに研究を始めた頃は私にとって中世ヨーロッパの思想は異質で遥か遠いものであった。しかし、それにもかかわらず、ヨーロッパ中世の思想には、近・現代思想にはない何か不思議な魅力があった。東洋の伝統に育った日本人である私の感性に訴えかけてくる何ものかがあった。ルネサンス以降、西欧の人々は何かを忘れてきてしまったのではないのか。新しい世界を築くために無反省に過去をすべて悪しきものとして葬り去ってきたのではないか。敗戦後の日本人が無反省にただ経済大国への道をひた走りに走ってきたように。

学生の頃、私は歴史の呼応を不思議に思うことがあった。地理的に遠く離れ交流のなかった地方で、時を同じくして相似た出来事が起こるという不思議に。ギリシャで、インドで、中国で、人類の偉大なる教師たちを輩出して「人類の黄金時代」と呼ばれる紀元前五世紀……そして、西欧ではアッシジのフランシスコやスペインのドミニコ、ボナヴェントゥラやトマス・アクィナスが、わが国では法然や親鸞、明恵や道元などなどが人類の精神史に飛躍的な一ページを記した一二・一三世紀……。人間や自然の「奥行」に迫った彼らには、東西思想の表面上の違いを超えて、何か共通するところがあるように思う。私の現在の関心はこの一三世紀西欧の精神史であるが、それはこの時代が拓いた哲学上の新たな次元に注目しているからである。この時代は西欧各地に「大学」の誕生を見、ネオ・プラトニズムの哲学的伝統の中で育った西欧キリスト教が、アリストテレスの思想やイスラムやユダヤの思想の挑戦を受けて、大きな飛躍を遂げた時代である。学生たちと教師たちの共同体である「大学」では「神は存在するか」、「真理とは何か」、「善とは何か」、「世界には始めがあったか、なかったか」などなどの形而上学的問題から「人間は動物を殺して食べてよいか」とか「利子を取ってもよいか」などといった具体的な生活や生存に関わる倫理上の問題までが、激しく真剣な討論に付されていた、知的ロマンに満ちた時代であった。このような時代に拓かれた新しい哲学の次元こそ、学生時代の私の直観に訴えてきたものであった。

この次元は、もちろん、どの時代の、どの文化圏の人々も何らかの仕方で表現してきたものである。二十世紀においてはハイデッガーがこれを形而上学の根本問題に据えて生涯これと格闘したのだった。この次元を哲学的にきちんと把握することは普遍的立場にたって東西の思想的対話を推し進める上で重要な鍵となる。もちろん、人間本性の深みに触れるもう一つの次元をも見据えなければならない。科学技術のめざましい発展とともにますます深くなる闇に、これら根源的次元の理解が何らかの光をもたらしてくれるのではないか、そんな期待をもって私はテキストの分析に励んでいる。

（『南山』一九九八年三月二十一日）

ヴィヴァリウム——古代ギリシャ・ローマの遺産を守った図書館

図書館の歴史を考えるとき、誰でも心に思い浮かべるのは、あの、アレクサンドリアの図書館であろう。古代の文物の宝庫であったこの大図書館は、周知のように焼失してしまった。それは、人類にとってまことに大きな損失であった。しかし、「膨大な書物を読まなくてもよくなったのだから、よかったよ」などと冗談を飛ばす研究者もいる。情報の溢れる時代ならではのジョークである。

ところで書物と学問の歴史を考える上で忘れてはならないものに、ヴィヴァリウムの図書館がある。この図書館について知る人はわが国ではまだ少ないが、古代ギリシャ・ローマの遺産の伝承という点で、その果たした役割は大きく、これがもし存在しなかったとしたら、西欧の学問の歴史は、今日我々が知るものとは、かなり異なっていたに違いない。ローマの南方、ナポリに近いヴィヴァリウムに図書館をつくったのは、カッシオドールス（Flavius Magnus Aurelius

Cassiodorus Senator 四八〇年前後―五八〇年前後）である。カッシオドールスは、西ローマ帝国の滅亡（四七六年）後、イタリア半島を支配したゲルマン民族の支配者の一人、東ゴート族のテオドリックにその能力を買われ、この支配者に仕えた秘書官であった。同じくその才能と教養を買われてテオドリックに用いられ宰相まで務めたボエティウスが讒言にあって無念の最期を遂げたのに対し――それは、西欧の学問・文化の発展にとって大きな損失であった――カッシオドールスは長生きして、テオドリックの後継者たちにも仕えたのだった。しかし、状況判断において優れたカッシオドールスは、異民族の支配者と東ローマ帝国の皇帝との間の不穏な空気をいち早く感じ取っていた。近い将来、ローマは戦火に包まれるかも知れない。そう判断したカッシオドールスは、自分の所有していたヴィヴァリウムの地に修道院を建て、そこに書物を集めたのだった。この図書室に収められたのは、聖書やキリスト教関連の書物のみならず、古代ギリシャ・ローマのあらゆる分野の書物だった。それというのも、早くから彼はキリスト教大学創設の夢をもっていたが、ゴート族とビザンツの睨み合う空気の中で、その夢を実現できないでいたからである。大学のカリキュラムの構想はすでに彼自身作り上げていたが、教師を見つけえない状況の中で、修道士たちのために書物を集めたのだった。中でも文法・論理学・修辞学・および算数・音楽・幾何学・天文学に関する書物は、三学・四科という自由学芸の伝統となって西欧中世の大学の成立に至るまで、基礎教育科目となった。そして、豊かな蔵書をもつヴィヴァリウムの修道院では、翻訳と写本の作業が進められていったのである。カッシオドールスの死後、修道院は消失したが、書物は安全な場所に移されて、やがて西欧のあちこちで文化を興す基となったのであった。

（『南山大学図書館カトリック文庫通信』二〇〇一年七月）

Ⅳ　折々に

ジャン・ギャバンの馬と人間の値

フランス留学中のある夏、パリ近郊の町シャンティイのはずれにある某私立図書館で勉強していたときのことだった。エヴリンという女子学生が私を車で迎えにきた。彼女は学期中ストラスブール大学の大学食堂の前にある小さな聖堂のミサに毎日集まってくる学生仲間の一人だった。彼女はこれから私にジャン・ギャバン（一九〇四—七六、フランスを代表する映画俳優）の馬を見せてあげるというのである。

シャンティイは、クレーム・ド・シャンティイ（生クリームをホイップしたもの）と、今はコンデ美術館となっているルネサンス風の美しい城と、そして競馬で有名である。パリの北方に広がる森のなかにぽっかりと開けた枠で小さなこの町は、全体が馬のために成り立っているといった感がある。私たちは、この小さな町の街並を五分もたたぬうちに通り抜け、広い青々とした競馬場を過ぎてまもなくエヴリンの家に着いた。彼女の父親は馬の飼料屋さんだった。両親から素朴な心のこもった挨拶を受け、おやつをいただいて、それから彼女の案内で厩舎に向かった。

厩舎には一頭一頭いずれ劣らぬ立派な馬たちが並んでいた。そのなかになんとかいう日本人の持ち馬もあった。やがて私たちは、二人の背の高い馬丁さんと、身の丈一メートルあまりの小さな馬丁さんの三人がたむろしている厩舎の前に着いた。エヴリンは、三人とは幼なじみらしく、親し気に彼らに話しかけ私を紹介した。三人は得意そうに「これがジャン・ギャバンの馬だよ」と厩舎のなかの馬を指していった。なるほどそれは、立派な美しい馬だった。四肢は伸びやかで、全身はつややかな黒炭のような黒い毛で覆われていて、いかにも手入れのよさを思わせた。「これには保険金が＊＊フランかけてあるんだよ」と馬丁さんの一人がいうと、皆得意気な顔になった。私はもうゼロの数を憶えていないが、それは私の頭を混乱させるほど巨額なものだった。

エブリンの家に戻ると間もなく夕食になった。私は多少愉快な調子でいった。「今日は馬の前で自分が恥ずかしくなりました」「ほう、それはまたどうして」とエブリンの父が尋ねた。「ジャン・ギャバンの馬には途方もないほどの保険金がかけてあるそうですね。でも、人間の私には、いったいいくらの保険金をかけてくれるのでしょう。百分の一にもならないかもしれないと思って……」私の言葉を聞いて純朴な馬の飼料屋さんは、真顔になっていった。「いやいや、人間には値はつけられないのですよ。人間の価値はお金では量れない」冗談めいていった私の言葉に返ってきた真面目なこの答えに私は深く感動した。そして、この馬の飼料屋さんの知恵に満ちた言葉は、私の心に刻まれて、ジャン・ギャバンの名馬とともにときどき記憶の底からよみがえってくる。

その昔、ソクラテスは、単なる知識の獲得ではなく、「知恵」の探究こそ大切なのだと説いた。世の人々は、牛馬にさえ立派な調教師を求めて探し回るのに、こと自分の大切な息子の教育に関してはどれほどの配慮をしているのだろうか。大切なのは単に生きることではなく、人間としてよく生きることなのだ。人間としてよく生きるとはいったい何なのか、とアテナイの街角に立って若者たちに問いかけてやめなかったソクラテスの話を学生たちにするとき、私はこのジャン・ギャバンの馬と人間の値の話を持ち出す。

「一人の人間の生命は、地球よりも重い」という言葉をよく耳にするが、「人間には値は付けられない」という言葉は、「人間が神の似姿として創造された」（『創世記』一・二六）ことをさらによく表わしていると私は思う。アウグスティヌスがこの『創世記』の言葉を解釈していうように、無限の神を容れうるもの、無限の神の生命に参与することのできるものとして造られている人間は、一人ひとり無限の価値をもっているのだから。そして、この自分に与えられた無限の価値を知り実感することから、自己と他人に対する真の愛が生まれてくるのだから。

（『世紀』一九八五年二月）

じゃが芋の芽

もうそろそろお昼だわ。

そうそう、じゃが芋があったんだっけ……。

お昼の食事の支度に取りかかった時、忘れていたじゃが芋を取り出した。

手に取ってみると、あちこちえくぼのようにへこんだところに、薄緑のポチポチがある。

芽を出し始めたんだ。そう思ってほかのじゃが芋も取り出してみると、どのじゃが芋にものじゃが芋にも小さな芽が生え出している。中には、薄紫の茎から四方八方に透明な太い髭のような根が伸びているものもある。

可愛らしいいのち、生命の芽生え……そう思いつつ、皮むきナイフを取り出して、皮をむこうとあらためて眺めると、じゃが芋は張りを失って心なしか表面がしわしわしている。新しい生命のためにじゃが芋は自分の身を削っているのだ……。

しばらく眺めていると、なんだか愛おしくなってしまった。

じゃが芋の芽は毒だから……そう思って小さな小さな芽も一つ一つ丁寧に取り除いていると、じゃが芋さんにすっかり申し訳なくなってしまった。

でも、感傷にふけっていると、お料理はできなくなる。じゃが芋さんごめんなさい。私は意を決してナイフを持った手を早めた。

＊　＊　＊

「こんなことになるなんて……もう一度子どもたちに生命の尊さを説いて聞かせます」

いたましいいじめの犠牲者が出るたびに繰り返される言葉を聞くと、いつもなんとも言えない複雑な気持ちになる。

「人のいのちは地球よりも重いのです」と報道の終わりにアナウンサーは決まって念を押す。

こんな抽象的な言葉で子どもたちにいのちの尊さが伝わるのだろうか。土のついたにんじんも、虫が食った穴だらけの小松菜も一度も目にしたことのない子どもたち。かぶと虫やうさぎや犬は、デパートやペット屋さんで売っていると信じて疑わない子どもたち……ファーストフード店で買った食材のわからない食べ物で胃を満たす子どもたち……。

「動物と植物の間に根本的な境界線はどのように引かれるのですか。無機物と有機物の間には……もっと突っ込んで言えば、人間には無機物から生命を作り出すことができますか」

ある有名な大学の遺伝子工学の教授に質問を出す人がいた。それは二十数年前のことだった。日本にはこんなにもたくさんの宗教があったのかしら、と思うほどさまざまな宗教に属する研究者や宗教家たちが、比叡山に集まって、新しい生命科学の研究成果について説明を聞き、討論をするという集まりに、私も参加させていただく機会があった、その時のことだった。今ではもう常識になっているDNAのらせんも、その頃はまだ一般にはよく知られていなかった。

「遺伝子工学といっても、昔から酵母菌などでやっていることですよ」と教授は笑ったが、スライドを使っての説明は、新鮮な驚きだった。

「生命の合成は可能です。人間は生命を作り出すことができます」教授の答えは明解だった。

しかし、翌朝人びとが総合討論に集まった時、思いがけない言葉が教授の口からもれた。

「昨日、一晩かかって考え直しました。やっぱり人間には生命の創出は不可能です。DNAと蛋白質があっても、そこに生命を入れてやらなければDNAと蛋白質から生命が合成されないのです」

教授は前日の答えを撤回したのだ。前日、「科学は驚くほど進歩したのですよ。けれど、皆さんの宗教はちっとも進歩していない。そこを何とかして埋めないと宗教に未来はありませんよ」と笑って言った教授の正直な言葉だった。

二十世紀は「進歩」の時代だった。人びとは「進歩の観念」に追いたてられ追いまくられて〈いのち〉を削り、快適で便利な生活を追い求めた。そして、今、その見返りに多くの困難な問題を抱え込んでしまったことにようよう気づき始めている。

＊　＊　＊

「もう二十数年前のことになりますが、生命の合成は既にある生命を入れてあげることなしには不可能だと聞きました。先生、今でもそうなのでしょうか」

或るとき、ご高名な免疫学者の多田富雄先生に親しくお伺いする喜ばしい機会が与えられた。

「はい、そのとおりです」

先生はどこかとても深いところからお答えになっていらっしゃるように思えた。

「〈はじめに、いのちありき〉ということなのでしょうか」

「いいえ」

「では、やはり無機質から有機質に進化したのでしょうか」

「はい」

「でも、どうして……」

先生はゆっくり、一語一語に意味を込めるように言われた。

「それは、もう、奇跡としか言い様がありません」

私はトマス・アクィナスの言葉を思い出した。可能態を現実態に移行させるためには、はじめに現実態がなければならない。はじめに……この〈はじめ〉についてトマスは、時間軸でも本性の次元でも考えられると言う。

奇跡……はじめに〈いのち〉がある。時間を超え空間を超えた、大文字の〈いのち〉がある。

「さきほどの先生のお話にはカルチャー・ショックを受けましたよ」

白人の中年男性が英語で多田先生に話しかけてきた。

「私はスイス国籍で医者をしておりますが、脳死や臓器移植の問題で、日本ではそんなに長い間議論されたということなど、全く知りませんでした」

「いやまだまだこれからきちんと決めなければならないことがありますよ」と多田先生は言わ

れる。

「そうですね。誰が移植を受けられるか、という問題……それらについては、ケース・バイ・ケースとさきほどフランス人が言っていましたが」とスイス人が言う。

「いいえ、ケース・バイ・ケースはだめです。しっかりしたディシプリンが必要です」と多田先生は言われた。

「そうですね。ケース・バイ・ケースではお金持ちや頭脳優秀な人はいいけど、ヒトラーはだめだとか……」とスイス人は冗談半分に言う。

そして、私の方を向いて
「ジョギングを発明した人は誰だか知っていますか」と皮肉っぽい調子で尋ねた。そしてけげんそうな顔をしている私を見て笑って言った。

「お金持ちのアメリカ人ですよ。おいしいものの食べすぎでジョギングをしなければ健康管理ができないのだそうですよ。地球上には、満足に食事も摂れない人たちがたくさんいるのにね」

そう言ってスイス人は今度は隣の人に向かって何やら話し始めた。

「先生、もう一つ教えていただきたいのですが……」

「はい、どうぞ」

「たった一つの細胞の中にすべてがある。そして細胞は発生過程で自己のあり方を選択していく」

「はい」

「その場合、選択するという意味は……」

「もちろん、意志を以って選択するのではありませんが、細胞は自己のあり方を選択するのです」

再びトマス・アクィナスの言葉を思い出した。理性的動物である人間は、究極目的を目指して多くの可能性の中から自己の行為を選択していくが、無機物や理性をもたない生物は、あたかも弓から放たれた矢が射手の意志によって的を射当てるように、究極目的を達成していく……。

すべてのものが最善を目指して動いている……。

宇宙は何に向かって動いているのだろうか……。

進歩するもの、進歩しないもの、そして進歩を超えるもの……。

「最近の生物学や生命科学の発達は、驚きと大きな関心をもってテレビなどで学ばせていただいております。もちろん、先生のものも……」

「生命は神秘に満ちています。宗教を問題にする人にとって生物学はとても大切です。よく勉強して下さい」

ルネサンス以来の自然観は、多くの研究によって、今、大きな転換期を迎えようとしている。二一世紀には、人びとは何を求めて生き続けるのだろうか。もう一度、根源的で本質的なるものへ眼差しを向け変えるのだろうか。進歩を超える永遠のものへの感受性を回復していくのだろうか。

＊　＊　＊

じゃが芋が煮えたようだ。

お鍋の蓋を開けるとおいしそうな匂いが立ちのぼってくる。

「じゃが芋さんありがとう。いただきます」

私は手を合わせて、いのちの与え主を賛えた。


（一九九九年三月）

猫ちゃんとめぐみ先生

ある日のこと、めぐみ先生はお山を散歩しました。それは、さくらの木に薄桃色のつぼみがいっぱいついていて、いっせいに花開こうと待ちかまえている春の日のことでした。

めぐみ先生は、バスを降りてゆっくりと坂道を上っていきました。道の両側には家々がぽつりぽつりと立っています。けれども、しばらく行くと、もう家のない山道となりました。静かな山道を少し登っていくと、めぐみ先生ははっとしました。どこからともなく、たくさんの女の人が歌う、美しい歌声が聞こえてきたのです。めぐみ先生は、その歌声のする方を目指していきました。すると大きな白い建物が緑の木立の間に見えてきたのです。歌声はそこからやってくるのでした。めぐみ先生が近づいていくと、そこには大きな門があり、門には修道院と書いてありました。歌声は修道女たちの歌う賛美歌だったのです。

「ここには、いったいどんな修道女たちが、なん人くらいいるのかしら」

めぐみ先生は澄んだおごそかなメロディーに耳を傾けながら、白い建物の前を通って、山道をトコトコと登っていきました。

するとと今度は、ゴーンという鐘の音が聞こえてきました。めぐみ先生は鐘の音のする方に向かって、トコトコと登っていきました。しばらく登っていくと、めぐみ先生はなるほどとうなずきました。なぜなら、お寺が見えてきたからです。お寺の前にはたくさんの石段がありました。先生は石段をカタカタと登ろうとしました。すると、石段の上から何か茶色の小さな動物がピョンピョン、ピョンピョンと下りてきます。

「おや犬かしら。それとも猫かな」

先生は立ち止まってじっと下りてくる動物をみつめました。小さな動物は石段の中ほどまでくると、立ち止まって、めぐみ先生をじっとみつめました。

「おやおや、猫ちゃんだ」

猫の大好きなめぐみ先生は、「ニャーオ。のらちゃん。お友達になりましょう」と呼びかけました。すると茶色ののらちゃんは、びっくりして、おろおろ、おろおろと石段の上を右に行ったり左に行ったり……。めぐみ先生は膝をかがめて、おいでおいでをしながら、「ニャーオ。のらちゃん、いっしょにお散歩をしませんか」と話しかけました。めぐみ先生がやさしく笑っているのを見て、のらちゃんはすっかりうれしくなり、石段をピョンピョンピョンピョンと下りて、めぐみ先生のところにきて、ニャゴ、ニャゴと鳴きながら、「はいはい、お友達になりましょう」と先生のパンタロンに頬をすりよせました。

「さあ、私たちはお友達になりました。いっしょにお散歩をしましょうね」そう言ってめぐみ先生が歩きはじめると、のらちゃんは先生の前をピョンピョン、ピョンピョンと石段を上ったり、先生のまわりをぐるぐるまわったりして、いっしょにお散歩をはじめました。

山の中は静かで、木立の間でときどき小鳥がチュッチュ、チュチとさえずっているのが耳にこころよく響きます。お日さまはやさしくうす黄緑の木の芽に早く木の葉になあれと、金色の光をいっぱい投げかけています。先生とのらちゃんは、楽しそうに山道をトコトコ、ピョンピョンと登っていきました。

すると、おやおや。今度は小さなほこらがあって、山の神さまがおまつりしてあります。めぐみ先生がほこらの前で立ち止まると、のらちゃんはなんと思ったのか、ピョンとほこらの中にとびこんで、めぐみ先生を見ながら得意そうに、長い尻尾をピーッと左右に振りはじめました。驚いためぐみ先生は、「のらちゃん、いけません。神さまに失礼ですよ」とのらちゃんを叱りました。すると、得意になっていたのらちゃんは、急に恥かしそうになって、ピョンとほこらから山道に降りました。

それからまたしばらく、先生とのらちゃんは山道をトコトコ、ピョンピョンと上っていきました。お空は青く晴れて、たった一つまっ白な雲がお船のようにぽっかりと浮かんでおりました。そして、お山の上からは遠くの町が小さな小さな小人の町のように見え、ずっと向こうにはお空のように、青い海がのぞいておりました。まるで海と空の境は一つに溶けているようでした。先生ものらちゃんもお山の甘い空気をいっぱいに吸いこんで、やさしいお日さまの光をいっぱいにあびて、心もからだも温かに元気いっぱいになりました。

「のらちゃん、もうそろそろ帰りましょうか」先生はのらちゃんに呼びかけました。

「ニャアオ」のらちゃんは先生に「ぼく、さんせい」という合図を送りました。そこで先生とのらちゃんは、トコトコ、ピョンピョンとお山を下りはじめました。

やがて山の神さまをおまつりしたほこらの前を通り過ぎて、お寺の石段のところにつきました。するとのらちゃんは、急に立ち止まりました。先にトントン、トントンと石段を下りはじめていためぐみ先生は、びっくりして、「どうしたの、のらちゃん。早くいらっしゃいよ」と下の方からのらちゃんに手を振りました。するとのらちゃんは、ピョンピョンと下りてきました。そこで先生も、トントントントンと石段をまた下りていきました。ところが十段ほど下りて振り返ってみると、のらちゃんはまた立ち止まっていました。先生がまた大きく手を振ると、のらちゃんはまたピョンピョン、ピョンピョンと下りてきました。先生もまたトントン、トントンと下りていきました。そして先生がもう一度振り返ってみると、またのらちゃんは立ち止まっていました。先生はまた下の方から大きく手を振りました。けれども今度はもうのらちゃんは、ピョンピョン、ピョンピョンと下りてはきませんでした。「だってぼくはお寺の猫なんだもの」とのらちゃんは言っているようでした。めぐみ先生も「そうか、のらちゃんはお寺の猫だったのね」と気づきました。そして「のらちゃん、さようなら。のらちゃんといっしょにした楽しいお散歩のことは、決して忘れませんよ」と言って、手を振ってさようならを言いました。

めぐみ先生はトントン、トントンと石段を下りて、だんだん修道院の方へ下りていきました。そして、もう一度先生はお寺の方を振り返ってみました。すると石段のところでのらちゃんが、尻尾を振りながら先生をずっと見送っていました。

（『時報』一九八〇年一一月）

淳ちゃん

お便りありがとう。戦争の時の事を聞きたいということですね。でも、久子おばちゃんは戦争が終わった時、まだ、五歳になっていませんでした。だから、チビちゃんだったおばちゃんに感じられたことは、ただ「こわーい」ということだけでした。では、どんなに怖かったのかこれから書きましょう。

おばちゃんが赤ちゃんから子どもになったころの思い出が二つ三つあります。

そのころ町はとても静かでした。落ち着いたよい町でした。おうちのことはよくおぼえていませんが、お店が広くがらんとしていて真ん中に鉄の棒が一本立っていました。戦争になって売る物がなくなってしまったのです。淳ちゃんのおじいちゃんはお店を閉めて住友におつとめに出たそうです。子どもたちは広いお店を遊び場にして遊びました。真ん中の鉄の棒につかまってくるりと廻ったら、すとんとひっくりかえってしまったのをおぼえています。

チビちゃんたちは近くの幼稚園に通っていました。おばあちゃん子だった久子おばちゃんには、淳ちゃんのひいおばあちゃんが幼稚園までついていってくれて、いつも大人たちの待合室で終わるまで待っていてくれました。ある日のこと、先生は折り紙を教えてくれました。教わった通りに自分で作ったものをもって一人ひとり先生に見せに行きました。先生は一人ひとりにチューリップやさくらの花などのきれいなシールをはってくれました。久子おばちゃんが先生のところにもって行ったら先生には久子おばちゃんが見えなかったのか、知らん顔をしていました。おばちゃんは悲しくなってひいおばあちゃんのところへ行きました。ひいおばあちゃんは久子おばちゃんの手を引いて先生のところへ行き、おばちゃんの作った折り紙を先生に見せました。先生は折り紙にとてもきれいなシールをはってくれました。

このことが原因だったかどうかわかりませんが、久子おばちゃんは、それから幼稚園に行くのが嫌いになってしまいました。それで近所の洋子ちゃんや修ちゃんやつねちゃんなどのお友だちが「久子ちゃん、幼稚園へ行こう」とさそいに来ると、押し入れに逃げ込みました。そのうちに戦争もはげしくなってきたので、幼稚園は開かれなくなりました。

ある朝のことでした。ひいおばあちゃんが「今日は遠くに連れていってあげる」と言いました。久子おばちゃんはとても嬉しくて朝中待っていました。けれどもひいおばあちゃんはちっとも「さあ行こう」と呼びに来てくれません。へんだな、と思ってひいおばあちゃんを探しました。ひいおばあちゃんはどこにもいませんでした。だまされた！　大人がだますなんて……と久子おばちゃんは悲しい気持ちと怒りたい気持ちでいっぱいになって泣きそうな顔をしていました。おじいちゃんは「子どもをだますのはよくない」と言っておばちゃんを自転車に乗せて安倍川の橋まで連れて行ってくれました。橋を渡って戻ってきて、これでやっとおばちゃんはにこにこになりました。

そのうちに、いつのまにかおじいちゃんが家からいなくなりました。そして大きなお家もなくなりました。爆弾でやられるといけないからと言って、こわしてしまったのだそうです。小さなお家に移って、おばあちゃんがお家の前の、お家をこわして広くなったところに畑を作っていました。久子おばちゃんはおばあちゃんが畑を耕す横のござの上で妹の光子ちゃんと一緒に遊んでいました。おばあちゃんがあわてて光子ちゃんのところにとんで来ました。見ると光子ちゃんがお口の中に土をいっぱい入れてお口のまわりが黒くなっていました。おばあちゃんが光子ちゃんの口に手を入れて口の中から土を急いで取り出しました。

ある夜のことでした。ぐっすり眠っていたところをひいおばあちゃんに起こされました。眠い眼をこすりながら、でも何か大変なことが起こったと感じてとても緊張してすぐしたくをしました。防空頭巾をかぶり、住所と名前・年齢・血液型を書いた布をぬいつけた上っぱりを着ました。おばあちゃんが光子ちゃんをおぶい、ひいおばあちゃんが久子おばちゃんをおぶいました。雅子おばちゃんと禮子おばちゃんはしっかり手をつないでいました。皆で固まって「さあいいね」と言っておばあちゃんが裏の木戸を開けました。すると夜空がまるで夕焼けのように赤くなっていました。皆はなればなれにならないように一緒にお浅間さんの方に逃げました。

山のはしに洞穴がほられていて防空ごうになっていました。その穴の中には人がもう大勢入っていました。わたしたちもそこに入れてもらいました。しばらくすると、皆その穴から逃げ出しました。火が入ってきたのです。おばあちゃんが、洞穴の入り口近くにいて、爆撃機がすごい音を立てて飛んでくるのを見ていたのだそうです。そうすると目の前に爆弾が落ちて火がおばあちゃんの着物に燃えついたのだそうで、おばあちゃんは、もうだめだと思いながら近くにいた人に、「助けてください」と言ってしがみついたのだそうです。そうすると、不思議に火が消えてしまったそうです。でもおばあちゃんは手と足に大やけどをしてしまいました。

穴から逃げ出した家族は、山ぞいに田んぼのある道を逃げていきました。逃げる途中で下駄をなくした人々が、熱いので田んぼの中に入って水で足を冷やしていました。私たちも田んぼに入って足を冷やしながら、爆音を立てて飛んでいく戦闘機を見上げていました。それから田んぼから出て、うちの田んぼを耕していてくれた家族のところにお世話になりました。

とっても恐ろしい夜をすごすと、次の日、おばあちゃんのお兄さん（久子おばちゃんのおじさん）が田舎からリヤカーで私たち家族を探しにきてくれました。大やけどをしたおばあちゃんと一緒に光子ちゃんとリヤカーの上で久子おばちゃんはすっかり疲れてぐっすり眠ってしまったのでしょう。途中の景色は何もおぼえていませんが、町は焼け野原になってしまっていたそうです。おじさんは、迎えに来てくれる途中で焼け焦げて死んでいた子どもたちを見て、久子おばちゃんたちももうみんな死んでしまったのかもしれない、と思ったそうです。

それからおばあちゃんの生まれた田舎の離れで皆が生活することになりました。おばあちゃんが大やけどのけがでしばらく寝ていたので、ひいおばあちゃんが食事を作ってくれました。うちの家族のほかにも、もう一つの家族がここに逃げてきて、お蔵の二階に住むようになりました。その家族は大人ばかりでした。雅子おばちゃんは歩いて遠くの町の女学校に行きました。禮子おばちゃんは近くの田舎の小学校に行きました。久子おばちゃんはひいおばあちゃんと一緒に山の中にわらびやぜんまいなど食べられる野草を採りに入ったり、食事を作るためのたきぎになる木の枝を拾いに行きました。チビちゃんの久子おばちゃんも頑張って「はい、木があったよ」とひいおばあちゃんのところに久子おばちゃんよりもずっと大きな木の枝を引っぱって行ったそうです。

お食事は毎日のようにかぼちゃとおいもが出てきました。かぼちゃは水っぽく、今のかぼちゃのようにほこほこしていませんでした。おいもはさつまいもが多く、甘いものがそれほど好きでないおばちゃんはまいりました。ある日「食べたくない」と言ったら、おばあちゃんに「それならごはんを食べなくてもいい」と怖い顔でしかられて、びっくりしてあわててがまんして食べました。ほかに食べるものは何もなかったからです。

なにしろ食べるものがなかったので皆必死でした。でも田舎に疎開できたひとは幸せでした。私たちは山や野原で食べられる草を探して採ったり、小川でしじみを取ったり、畑の中でいなごを捕ったりして食べものにしました。いとこたちとも遊びました。不思議に久子おばちゃんの家族もおじさんの家族も女の子ばかりでした。久子おばちゃんは学校に行かなくてよかったし、幼稚園はなかったので、一日中、ひいおばあちゃんのお手伝いをしたり、いとこたちと遊びました。ある日のこと、いとこたちと遊んでいると、畑のすみにいちじくの木があり、おいしそうな実がなっていました。あんまりおいしそうなので、いとこと一つずつ取って食べてしまいました。今久子おばちゃんの住んでいるアパートの共同の庭にいちじくの木が一本ありますす。毎年おいしそうな実がなりますが、いちじくの実を取る人がいないので、せっかくの実が熟れすぎて落ちてしまいます。もったいないなあ、と思って久子おばちゃんは時々いただいてきます。とても甘くておいしい実です。

おばあちゃんの生まれた家は大きな家でずっと昔から村長さんをしていました。昔々は庄屋さんと言っていたようです。そんなわけで、夕方になると村の人たちがよく集まってきました。広い座敷に坐って、村の人たちは町に行って見てきた、という話をしました。久子おばちゃんも大人たちの話を熱心に聞きました。でも、話はいつもとても怖い話でした。町は焼け野原で、町と村の境の家には爆弾が落ちて、ちょうどおかみさんにそれが当たって破裂して、おかみさんの首が飛んでしまって大きなくすの木の枝にひっかかっていたという話は、本当に怖い話でした。そんな怖い話を聞いたあとでは、夜かならず怖ーい夢を見ました。

いとこのひろ子ちゃんやとく子ちゃんと一緒におじさんの家の隣の家で飼っている馬を見に行きました。隣の家のご自慢の立派な馬でした。三人で馬を見ていると馬は急に人間になり、馬小舎を飛び出して三人を追いかけてきました。三人はびっくりして走って逃げました。でも、久子おばちゃんはつかまりそうになって「助けて」と声を出そうとしたのですが声が出ません。どうしよう……足がすくんでしまいました。その時、目が覚めました。

怖い夢ばかり見ているうちに久子おばちゃんは熱を出すようになりました。夜になると天井からまっ黒な雲がもくもくわき出してきて怖くて仕方がありません。ひいおばあちゃんはじめ、久子おばちゃんのまわりに皆集まって心配して声をかけはげましてくれました。でも毎晩のようにまっ黒な雲が天井にわいてきて、久子おばちゃんは「こわい、こわい」と叫びました。「何が怖いの」と雅子おばちゃんが尋ねました。でも、何が怖いのかわかりません。ただ怖い気持ちでいっぱいでした。

そのうちに悲しい出来事が起こりました。妹の光子ちゃんが死んでしまったのです。お乳があまり飲めなくて栄養がよくとれなかったからでした。光子ちゃんのなきがらをリヤカーに乗せてどこかに運んでいきました。お庭でそれを見送っていた久子おばちゃんは悲しくなってこっそり泣いてしまいました。ひいおばあちゃんが、「死んでしまったのだからしかたがない、泣かないように」と言いました。

それからどれくらいたったのでしょうか。町の新しいお家が建ったので町に帰ることになりました。小さな家でしたが、家族は皆満足でした。昔の大きな家よりも久子おばちゃんには明るくて皆一緒にいられるので嬉しくてなりません。例のまっ黒な雲ももう出なくなりました。

ひいおばあちゃんとおばあちゃんは昔家があった焼け跡と焼けて崩れ落ちてしまったお蔵の中と、お庭のあったところを全部畑にしてかぼちゃやきゅうりやおそばの種を蒔きました。おなすやトマトも作りました。かぼちゃの黄色の花やおそばの白い花などそれはそれはきれいでした。ひいおばあちゃんとおばあちゃんの作った野菜は、家族が食べて残ると家の前に戸板を広げて、その上に並べて売りました。でも夜中にかぼちゃやきゅうりが盗まれてしまったこともありました。ある日近所に買い物に行っていたおばあちゃんが青くなって帰ってきました。お財布を盗まれてしまったそうです。おばあちゃんとひいおばあちゃんは、おまじないをして仏壇に手を合わせてお祈りしました。その後お財布は見つかりましたが、お金は中にありませんでした。

その頃は泥棒やすりやひったくりの話をよく聞きました。時々、また怖い強盗の話も聞きました。家族は女ばかりでしたからやっぱり怖いものでした。

久子おばちゃんも学校に行くようになりました。一年生になったのです。とても嬉しかったです。久子おばちゃんの行った学校は近くの学校で空襲でも焼けませんでした。でも市内のたくさんの学校は焼けたので、焼けた学区の子どもたちが勉強できるように久子おばちゃんの学校を貸してあげたそうです。それで、午前中は久子おばちゃんの学区の子どもたちが使い、午後は他の学区の子どもたちが使ったり、青空教室といって教室の中でなく校庭や運動場やプールの中（もちろん水は入っていません）で授業をしました。夏はとても暑かったです。

そしてある日のことでした。受け持ちの先生が久子おばちゃんを呼んで、普段と違った様子で「今からすぐ家に帰りなさい」と言いました。教室の前には禮子おばちゃんが待っていました。

急いで家に帰ると、雅子おばちゃんも帰ってきました。おばあちゃんは家にいませんでした。しばらくすると、おばあちゃんが家に帰ってきました。おばあちゃんの横にリュックサックをしょってよれよれのカーキ色の服を着た男の人が立っていました。男の人の頭の上には汚いカーキ色の帽子が載っていました。

雅子おばちゃんと禮子おばちゃんは「お父さん。お帰りなさい」と言いました。久子おばちゃんは男の人を見てなんだか変だなーと思いました。皆は家の座敷に上がって腰を下しました。久子おばちゃんは、変な服を着ておかしな帽子をかぶった人をひいおばあちゃんの横に坐ってこっそり観察していました。自転車に久子おばちゃんを乗せて安倍川の橋まで連れていってくれたお父さん（おじいちゃん）とは別の人のように見えました。すると「久子、これはおみやげだよ。」と言ってその人はリュックサックの中から袋を取り出しておばちゃんにくれました。袋の口をあけて中を見ると小さなパンがいっぱい入っていました。こうばしい匂いがしていました。口に入れてみると固くて塩味がきいていて、今まで食べたものの中で一番おいしいと思いました。それは乾パンといって今は非常食として缶詰になっています。知っているでしょう。

ひいおばあちゃんはせっせと畑を作りました。久子おばちゃんがお手伝いすると、ひいおばあちゃんは時々「あーあーあの立派な家も倒して家ごとみいんなお蔵の中に入れてしまった。お蔵の中には御先祖様の江戸時代からの宝物もたくさんあったのに……」と悲しそうな顔をしました。お蔵の焼け跡の中からはお皿のかけらなどが時々見つかりましたが、焼けた時の熱はものすごかったのでしょう。空襲が終わって三日目に火を吹いたというお蔵の焼け跡には、昔の思い出は何も残っていませんでした。ひいおばあちゃんはおじいちゃんのぼんやりとした顔を見て時々言いました。「大切にしていた本がみな焼けてしまった。疎開したかったんだけど、おんな子どもばかりでどうしようもなかったんだよ」お蔵の中には図書館のようにたくさんの江戸時代からの古い古い本がいっぱい入っていたのだそうです。おじいちゃんは遠い戦地から「本だけは焼かれないように疎開して」と手紙を書いたそうですが、お手紙はすべて焼けてしまったあとに届いたのだそうです。

皆何もなくなって貧しくなってしまったけれど、町の中には活気がありました。皆一所懸命に働いて頑張っていました。子どもたちも元気よく学校に行きました。先生たちも張り切っていました。子どもたちは、髪の毛にしらみがわいてかゆいので、一列に並んで髪の毛にＤＤＴ

の粉をふってもらいました。回虫がお腹の中に住んでいる子どもがほとんどだったので、回虫を殺すために皆飲むように学校からお薬をもらいました。お薬を飲むと、お尻の穴からみみずのように長い虫が出てきました。今思い出しても気持ち悪くなります。

久子おばちゃんの思い出の中にある空襲で焼ける前の町はとても立派でした。でも何となく暗い感じでゆううつな雰囲気がありました。焼け跡の町はバラックといって貧しいそまつな家が立ち並んでいましたが、なんだかとても明るくて皆自由で張り切っていました。空が青く青く広がっていました。貧しくても怖い戦争がなくなったので、新しいよい社会を作ろうと皆で手をつないで頑張りました。久子おばちゃんの家には、近所の子どもたちがたくさん遊びに来て、お庭の赤まんまの花やけいとうやほうせんかやダリヤの花を摘んだり、おじゅずで首飾りを作ったり、ままごとやかくれんぼをして遊びました。とてもとても楽しかったですよ。

さあ淳ちゃん、書きたい思い出はたくさんありますが、もうこのくらいでやめましょう。淳ちゃんたちも皆で手をつないで平和でよい社会を作っていって下さいね。久子おばちゃんたちの子どもの時代は、とても貧しい日本だったけど、皆の心は明るく自由でのびのびしていました。これからよい社会、よい日本になるんだ、と皆希望をもって一所懸命に働きました。大人も子どももです。そして皆仲間でした。これからも平和な国であるように皆仲良く生きましょう。お友だちをたくさんつくって楽しい子ども時代を過ごして下さいね。おじいちゃんやおばあちゃん、お父さんやお母さん、お姉さん、おじさんや、おばさん、いとこたち、お友だちなどなど大切にして下さい。そうしたらきっと平和でよい社会に住むことができるでしょう。

（一九九五年五月四日）

あとがき

研究の合間に少しずつ書いていたエッセイらしきものがたまった。雑誌（『世紀』『声』など）に発表したり、コピーを友人たちにお見せしているうちに出版をすすめて下さる方たちに多く出会った。

研究とは別の素顔の私を発表するのは何となく気遅れがしてずいぶん長いことためらっていたが、この四月突然に思いがけず癌の宣告を受け、もう恥かしがっていられないという気持ちになった。幸い、長年おつき合いしていただいている知泉書館の小山光夫さんが快く出版を引き受けて下さり、急に慌ただしく一冊にまとめて世に出すことになった。

ここに書かれていることは、マフィアの首領の未亡人の話から乞食の女性とオブジェとの出会い、そして猫ちゃんの話に至るまで全部実話である。フィクションと言えるものは何もない。信じられないようなことが多々あって、これは私に書かせるため神様が仕組まれたのだと思いたくなるほどだ。いや実際、神様が仕組まれたことなのだろう。

大好きな地質学者の友人ジャンヌが最後に言った言葉が思い出されてくる。

「あなたは出会いを信じるかしら」とある日突然にジャンヌは私に尋ねた。出会いを信じるって、多分出会いの神秘とか、出会いの中に働いている神様の配慮とかを信じるかどうか尋ねているのだろう、と思って、「ええ、信じるわ」と私は答えた。するとジャンヌは満足そうに「私もそうよ」と付け加えた。

出会いほど不思議なことはない、と私はいつも思う。家族にしても友人たちにしても私は選んで家族になり友人になっているわけではない。長い宇宙の歴史の中で、そして広い地球の中で「今ここ」にしか存在できない私は、いつでも「今ここ」で出会う人々とともに生きている。そして、「今ここ」での出会いは永遠で地理や空間を越えている。人生は出会い、いま・ここの出会いでしかない。

振り返ってみれば、私はいつも、いま・ここの出会いに恵まれてきたと思う。ものごころついた頃から定年を真近かに控えた現在に至るまで、つねに人々の温かな眼差しの中で生きてきたように思う。恩寵の溢れる旅路、それが私の人生であることを、どんなに感謝しても感謝しきれない。

まだまだ書きたいことはたくさんあるように思われるけど、ひとまず神様と人々への感謝の気持ちとしてまとめておこう。ほんとうにほんとうにありがとう。

最後に、エッセイ集として出すことに大きな励ましを下さった友人たちと家族、そして何よりも哲学者で文化功労者の岩田靖夫先生に感謝の気持ちを表わしたい。岩田先生は恐れ多くも、私の拙いエッセイに共感を寄せて下さった。そして、長年私の拙い原稿をワープロに入れて下さった松下千鶴子さんと都甲かほるさんに、また熱心に校正をして下さった松村良祐さんにお礼を申し上げます。

最後になりましたが、いつも励ましと共感を寄せて下さる知泉書館の小山光夫さんと髙野文子さんはじめスタッフの皆さまに心より感謝申し上げます。

そして最後の最後に、このエッセイに登場した方々と私の心の背景におられるたくさんの方々、そして読者の皆さまに心からのありがとうを申し上げます。

二〇〇七年八月　聖母被昇天の祝日に

ルルドの聖母に感謝を込めて

長倉　久子

長倉　久子（ながくら・ひさこ）

1940年生まれ。京都大学文学部哲学科博士課程修了。現在南山大学教授。宗教学博士（ストラスブール大学），神学博士（同）。

〔著訳書〕*Un Dieu transcendant, Créateur et Exemplaire, selon saint Bonaventure: Un essentialisme cohérent*（Strasboug, 1988）。『ボナヴェントゥラ　魂の神への道程』（創文社），『神秘と学知』（創文社）

〔論文〕*L'homme à l'image et à la resemblance de Dieu selon Saint Bonaventure*,「事物の類似たるイデア―ボナヴェントゥラのイデア論における問題」「ボナヴェントゥラにおける創造の問題」「トマスの創造論―ボナヴェントゥラの創造論に対するトマスの批判」「トマスにおける実在と言葉」他

〔恩寵の旅路〕　ISBN978-4-86285-017-1

2007年9月5日　第1刷印刷
2007年9月10日　第1刷発行

著者　長倉久子
発行者　小山光夫
製版　野口ビリケン堂

発行所　〒113-0033　東京都文京区本郷1-13-2
電話03(3814)6161　振替00120-6-117170
http://www.chisen.co.jp
株式会社　知泉書館

Printed in Japan　印刷・製本／藤原印刷